U0024809

滄狼行

卷6

不傳之秘

指雲
笑天道

目錄

CONTENTS

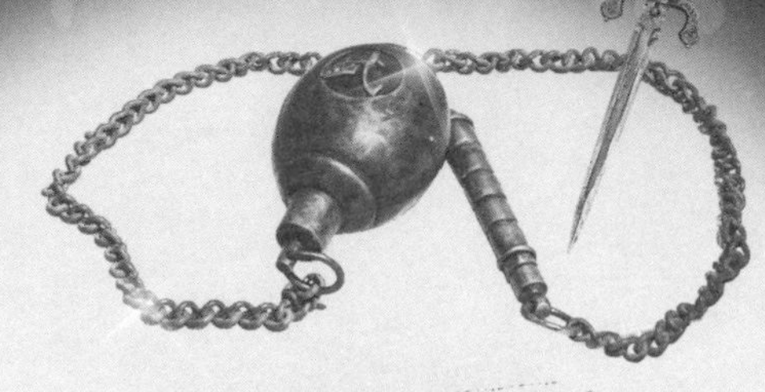

第一章

紫光之死

公孫豪眼中泛出一絲淚光：「武當掌門，
紫光真人在三天前，駕鶴西去了！」
李滄行腦子變得一片空白，臉上難以置信的神情，
搖頭道：「不，幫主，
你一定是跟我開玩笑的，這怎麼可能！」

錢廣來指正道：「陸炳那裡是錦衣衛，加入錦衣衛可是當武官，不是當大頭兵，最差的錦衣衛也有個流外武職的，再有些江湖人士加入六扇門，當了公門捕快，往往也都是小吏，不是那些服徭役當衙役的平民。

「招幾百個軍官容易，但要招幾千上萬的軍隊，那肯定多數人都是大頭兵，**難道十年習武，只是去為了當個兵嗎？更不用說還要失去我等江湖武人最寶貴的自由。這種事，除非是走投無路，不然無人願意的**，所以胡總督現在確實也是在招兵練兵，但不可能招我江湖武人，只能從那些孔武有力的平民中招募。

「滄行，現在胡部堂的意思，也只能先靠一些臨時徵召的精銳之士，比如像沈鍊手下的錦衣衛，或者是譚綸上次徵召的江湖武人，或者是南少林的僧兵，用這些人來對付小規模的倭寇登陸，用手上還可一戰的衛所兵去對付規模大一些的，比如幾千人規模的倭寇劫掠，一邊跟汪直談判開關貿易的事，一邊訓練新兵，有了條件後再作計較。」

李滄行聽得灰心喪氣，無奈地搖頭嘆道：「我堂堂大國，居然被這些來自海上的強盜弄得無能為力，滄行實在是心有不甘。」

錢廣來的眼中現過一絲無奈：「剛才只是說了軍事上剿滅倭寇的難處，其實**倭寇之亂，更討厭的還不是軍事上打不過這些東洋人，而是沿海的大批百姓和這**

些倭人勾結，引他們攻州犯縣，這些都是野火燒不盡，春風吹又生！」

李滄行聽得心頭火起：「這些狗東西，勾結倭寇，進犯父母之邦，就應該抓到一個殺一個，把他們的祖墳都給平了！」

錢廣來和公孫豪對視一眼，苦笑道：「滄行，不必如此激烈，這些人之所以甘為倭寇，也是有他們不得已的苦衷，你聽我慢慢道來。

「我們現在的這個嘉靖皇帝，並非上任皇帝正德帝的親生兒子，由於正德皇帝中道駕崩，沒有子嗣，重臣們才從藩王宗室中找到了他接任大統，他當了皇帝後，以前任內閣首輔楊廷和為首的老臣們一直給了他巨大的壓力，甚至不允許他叫自己的親生父親叫爹，而只能叫伯父，得管前任的正德皇帝叫爹。」

李滄行以前在茶館裡聽過這事，連忙說道：「這事我知道，確實那些老臣太欺負人了，哪有這樣的道理。聽說夏言和嚴嵩這些人就是透過這個**大禮議事件**，最後讓嘉靖皇帝認了爹，把前朝的那些老臣趕走，才平步青雲入閣為相的。」

公孫豪道：「是的，此事天下盡人皆知，但夏言他們大禮議是後來的事了，皇帝登位的元年，浙江寧波這裡還發生了一次倭人的**爭貢事件**。以前我大明雖然有海禁政策，但自從鄭和下西洋後，就從來沒有認真執行過，基本上官府對於沿海漁民打漁或者是做海外貿易，都是睜一隻眼閉一隻眼。但對於外國的官方貿易，還是要由市舶司來負責，比如對於倭國，就是發給他們的執政幕府一個勘合，有了這個勘合，才能每年一次地帶貨船過來進行貿易。

「我大明一向以天朝上國自居，對這些藩邦國家一向不提貿易，他們帶的商品貨物，我們稱為朝貢，而回給他們的，則稱為賞賜，由於我天朝要面子，一向厚往薄來，給的東西往往比得到的要多得多，所以這勘合對於東洋人來說，就是個一本萬利的好東西。

「滄行，你跟那個柳生雄霸待了一年，應該也聽他說過東洋的事，倭國幾十年前也是天下大亂，諸侯林立，原來的勘合是在一個名叫細川家的諸侯手上，後來東洋的朝廷又給了另一個軍閥大內家一個新勘合，這就造成了嘉靖二年的時候，這兩家都帶著勘合和船隊來到了寧波。」

李滄行聽到這裡有些糊塗了，打斷了公孫豪的話：「幫主，我有些不太明白啊，**勘合按說只有一個，為什麼到了東洋人手上就有兩個了？**難不成是偽造的嗎？」

錢廣來解釋道：「那個細川家手上的，是正德皇帝的爹，前任孝宗皇帝發的勘合，照說早就過期了，而大內家在東洋的內戰裡已經把細川家給趕出了京都，是更有力的軍閥，只是也沒有辦法一統倭國，但手上的勘合卻是正德皇帝所給，應該是合法有效的。可是細川家卻用了個過期的勘合，通過一個在日本出生的中國人作副使，賄賂了當時寧波那裡的市舶司官員，反而把持有正規勘合的大內家給擠掉了，還想要攻殺大內家的這些使者和商人。

「但那次大內家也是有備而來，帶來的人裡有不少是武藝高強的劍客，兩邊在寧波城一場混戰，大內家不僅盡殺細川家的使節和商團，還殺了不少大明的官兵，最後洗劫了寧波城後逃回東洋。經此一事，嘉靖皇帝就認定了倭國不把他這個皇帝放在眼裡，對他大不敬，於是直接恢復了海禁令，禁止一切與外國的海外貿易，還要沿海的漁民與商販全部內遷，片板不得下海。」

公孫豪聽到這裡時，長嘆一聲：「李兄弟，你對浙江和福建那裡可能有所不知，閩越之地向來是人多地少，自古以來號稱七山二水一分田，多數漁民都是幾千年世代以打漁為生，根本就不會種田，再說了，讓他們強遷入內地，又沒有那麼多的田地發給他們，最後就是讓這些漁民們**成為有錢人家的奴僕，賣兒賣女，要麼就加入我們丐幫，以乞討為生**。」

「我們丐幫的大智分舵，年年都會有成千上萬這樣沒有活路的閩越漁民加入，由於我朝的律令，通倭是滅族大罪，所以有些人就學著東洋匪類那樣，剃髮易服，赤腳椎髻，十個倭寇裡，真倭人不到三個，多數還是我們大明的子民啊。」

錢廣來插話道：「嘉靖皇帝不止在沿海搞這麼一齣，就是在北邊，也絕了跟蒙古人的互市，這些年，**北方的邊關也是狼煙萬里**，那些蒙古人造不出我中原的生活用品，餐風宿露，沒的買就只能搶了，搞得邊防壓力十分巨大，尤其是宣府和大同，經常被蒙古騎兵攻破，連京師都受到威脅。

「駐守西北的三邊總督曾銑，就是給那些蒙古人打得煩了，幾次大軍出塞，這些強盜又跑得無影無蹤，蒙古騎兵剽悍迅捷，全部是騎兵，讓人非常頭疼，所以曾銑才想著要在河套草原築城，長期佔據，而夏言是支持這一提案的。

「嘉靖皇帝開始很有興趣，但後來南北軍費開支巨大，要增加軍費就得減少他整修宮殿，賞賜天下道人的開支，讓他不能安心修道，所以嚴嵩一進饞言，皇帝就反過來殺了曾銑，罷了夏言的相。」

李滄行聽得一肚子火，一拳打在身邊的一棵碗口粗的柏樹上，「砰」地一聲，直接把這棵樹打得從中斷開，「喀喇喇」地變成兩截，轟然倒下，震起一片塵土。

「這個狗皇帝，就為了他自己的那點狗屁面子，害得沿海和北方邊關的幾百萬生靈塗炭，要了做啥，為什麼就沒哪個俠士直接宰了他呢！」

錢廣來無奈嘆道：「皇帝要是死了，那**天下人人都會對那皇位產生想法**，到時候勢必有野心家在各地起事，**天下征戰不休，同樣是生靈塗炭，比現在還要糟糕！**再說，這狗皇帝也不是沒人刺殺過，前幾年就有些宮女不堪他的壓迫，想要在睡夢中把他勒死，可惜最後差了一點，所以皇帝現在對自己的防範更嚴了，陸炳也一直盡力地幫他消滅江湖上的反叛力量。」

李滄行恨恨地罵了兩句，轉向公孫豪：「幫主，這些事情我都清楚了，我等畢竟是江湖武人，這些國家大事也是有心無力，弟子信您所說的，那就讓柳生雄霸去找胡宗憲，由他派人送到汪直那裡去吧。」

公孫豪點點頭：「這倒不難，譚綸聽說這個柳生雄霸想回東洋，對這事倒是挺支持，他還希望在東洋能有個內應，以後派人過去刺探情報也能行個方便呢，畢竟現在我們對倭國的內情一無所知，實在是被動了點。」

李滄行道：「這個倒是沒什麼問題，但現在我擔心，那個汪直會這麼輕鬆地讓柳生回東洋嗎？畢竟柳生現在恨上泉信之入骨，要是讓他碰到了上泉信之，殺了他都說不定，上次上泉信之一路燒殺，想必也是那汪直指使的，他定是想要窺探我大明的虛實，為他下次入寇作準備。」

沒想到錢廣來搖頭道：「滄行，這次你倒是想錯了，汪直本人就是徽州人，沒當倭寇時長年在浙直一帶行商，在這江南一帶走過的橋只怕比你我走過的路都要多，他根本不用通過這種辦法來窺探虛實。

「我聽沈鍊說，後來他查清楚了，那上泉信之不是汪直的手下，雙方也只是合作關係，可能是上泉信之追隨的東洋主子有入侵大明的意圖，所以派他借汪直的船登陸，來摸清楚我大明沿海到內地的關隘與布防，汪直的本意是想開海禁，做生意，並不是那麼窮凶極惡。」

李滄行聽得默然無語，過了一會兒才道：「那我回去勸勸柳生，讓他等回了東洋後再找那個上泉信之算總帳好了。胖子，這回要讓汪直送柳生回去的話，你又要破費一筆了吧？」

錢廣來道：「這倒不用，把柳生交給譚綸和沈鍊後，他們會把他帶到汪直那裡，此人在東洋號稱第一劍客，想必汪直也是不願意得罪，想要結納的，你說那柳生雄霸不可能同意幫汪直做事，那汪直就只好送他回東洋了。」

久未發話的公孫豪在一邊說道：「好了，柳生雄霸回東洋的事情就這樣定了，滄行，一會兒你回去後，跟他說一下這個事情就行了。現在我要跟你說的，是另外一件事。」

李滄行一直感覺今天的公孫豪有些奇怪，自始至終表情都非常嚴肅，幾乎沒有笑過，平時一直嘻嘻哈哈的錢廣來也很少露出笑容，這會兒見他說話這麼認真，意識到**接下來的話才是今天的主要內容**，便屏氣凝神，不發一言。

公孫豪凝視著李滄行，緩緩說道：「滄行，你先答應我一件事，無論聽到什麼消息都要冷靜，要控制住自己的情緒，千萬不能過於衝動。」

李滄行心中掠過一絲不好的預感，但還是答應道：「弟子遵命。」

公孫豪的眼中泛出一絲淚光，嘴角肌肉抽搐了一下：「武當掌門，**紫光真人在三天前，駕鶴西去了！**」

李滄行的腦子「轟」地一聲，一下變得一片空白，他退後兩步，一邊搖著頭，臉上掛著難以置信的神情，搖頭道：「不，幫主，你一定是跟我開玩笑的，這怎麼可能！」說著說著，已經不自覺地兩行眼淚向下流出。

公孫豪上前兩步，溫熱的大手扶著李滄行的肩膀，虎目噙著淚水，沉聲道：「滄行，你一定要冷靜，我也不敢相信這是真的，但這確實是事實！」

李滄行甩開公孫豪的手，聲嘶力竭地吼了起來：「不可能，我不信，我不信！師伯他武功蓋世，又是人在武當，誰能傷得了他！你騙人，你騙人！」

他雖然嘴上說不信，但看公孫豪這樣子，其實早已信了大半，兩行眼淚立時從盈滿了淚水的眼睛裡滾了出來。

錢廣來在一旁幽幽地說道：「滄行，節哀順便，**你師伯紫光真人是死於屈彩鳳之手！**」

李滄行雙眼赤紅，紫光一死，就**意味著他可能永遠回不去武當了**，那個臥底的約定，全天下只有紫光一人知道，除去失去了一個師門長輩的心痛外，他更多是出於有可能永遠失去小師妹的恐懼。

這會兒李滄行方寸大亂，一個箭步衝上前，兩手狠狠地抓住錢廣來的胳膊吼道：「怎麼可能！以屈彩鳳的武功怎麼可能傷得了師伯！」

錢廣來的胳膊突然變得像泥鰍一樣滑溜，胖大的身子直接掙脫了李滄行的手臂，嘆了口氣：「滄行，剛才你還答應過師父要冷靜，不要激動的，你這個樣子，讓我們如何跟你細說呢。」

李滄這才靜下心來，抹了抹臉上的淚水，抱歉地說道：「胖子，對不起，剛才我太激動了，究竟是怎麼回事！你說，我聽著。」

錢廣來娓娓說道：「你徐師弟回武當的消息馬上就傳遍了整個江湖，那個女魔頭屈彩鳳很快也知道了，五天前，她一個人跑上武當，先是找到了你徐師弟，然後一起去求紫光道長，表示願意放棄和正道門派的恩怨，解除跟魔教的聯盟，從此罷兵言和。

「她的條件是紫光道長成全她和你徐師弟，讓他們兩人從此退隱江湖，不問世事，可是紫光道長直接拒絕了這個條件，他只說罷兵休戰的事可以考慮，會召集伏魔盟各派商議，但**徐林宗是武當未來的掌門，絕不會答應他們兩人的婚事。**

「紫光真人讓你徐師弟送屈彩鳳下山，可沒料到這魔女懷恨在心，竟然趁著武當上下不備，再次在夜間潛伏回武當，大開殺戒，此女現在練成了林鳳仙的天狼刀法，武功已經成為江湖後輩中的佼佼者，不僅殺了二十多名武當弟子，連紫光真人也死在她的天狼刀下！」

李滄行仍然無法接受這個事實，頭搖得像撥浪鼓，任由臉上的淚水揮灑，雙眼變得血紅：「屈彩鳳！我一定要殺了你！」

公孫豪嘆道：「滄行，這事我也是昨天剛收到的消息，紫光真人是三天前去世的，現在武當上下都在準備他的喪事，還傳令江湖，請我們丐幫一起追殺屈彩鳳，滄行，你還是趕快回武當吧。」

李滄行心亂如麻，半天才開口道：「那現在武當誰來主事？徐師弟嗎？我師妹這次有沒有事？」

公孫豪搖搖頭：「具體的情況我也不清楚，不過追殺令是徐林宗發的，武當派暫時沒有什麼元老了，你徐師弟論武功是最高的，白石道長雖然身為戒律長老，但癱瘓多年，所以實權應該是在你徐師弟手上。李兄弟，你這時候千萬要冷靜，回武當後不可意氣用事，先想辦法回歸武當門牆，以後再找機會消滅屈彩鳳和巫山派。」

李滄行現在恨不得馬上飛回武當，確認一下師妹的安全，對他來說，這個世界上除了沐蘭湘外，再沒有更重要的東西了，這些年來出生入死，臥底練功，都是為了保護沐蘭湘，現在紫光已死，他不能讓小師妹有任何危險。

錢廣來從李滄行閃爍的目光中看出了他的所想，上前拍了拍李滄行的肩膀，說道：「滄行，回去吧，柳生雄霸的事你不用擔心，我們來安排，你見到徐林宗一定要冷靜，別跟他翻臉，畢竟現在武當是他作主，回幫的事情也是由他說了算。你和我們丐幫的關係沒有公開，現在我們也不太方便幫你站臺，以免武當上下生出什麼誤會，覺得你是趁機仗了丐幫的勢力回幫奪位，惹出什麼不必要的麻煩來。」

李滄行明白錢廣來的言外之意，丐幫因為和少林的恩怨，並沒有加入伏魔盟，即使是追殺屈彩鳳這一條也未必見得會答應，回武當之後，一切還是只能靠自己。

他感激地對錢廣來點了點頭：「胖子，多謝，你和幫主的恩情，我會永遠記得的，此事一了，我一定會回來幫忙查內鬼。」

公孫豪擺擺手：「此事不急，**紫光真人之死，疑點重重**，我隱約覺得和武當的內鬼有關係，屈彩鳳就算練成了天狼刀法，功力暴漲，也不太可能傷得了紫光真人，即使是她的師父林鳳仙，也不可能做到在武當殺掉紫光真人，我覺得事情有古怪，你回武當後，千萬不要被仇恨沖昏了頭，還是要暗中探查才是。」

李滄行心裡有數地道：「多謝幫主，滄行謹記，柳生的事就拜託幫主了，滄行告辭！」說完轉身欲走。

公孫豪道：「滄行，且慢，還有一事，就是你這背上的斬龍寶刀。」

李滄行回過身子，疑道：「幫主可是想說這刀是丐幫之物需要留下？」他一邊說，一邊開始解下背上的寶刀。

公孫豪搖頭道：「不，你誤會我意思了，此物乃是上古神兵，劉裕幫主雖然當年是我丐幫中人，但這兵器是在他入丐幫之前機緣巧合得到的，並不是我丐幫之物，而且傳說此刀有靈氣，會認主人，若是不相干的人強行用此刀，只會被此刀反噬。滄行，你用這刀時，有沒有出現過異常情況？」

李滄行想起那天拿刀時的情景，心中一股寒意頓生：「不錯，那天我和柳生第一次拿刀時差點給凍死，這刀邪門得緊，後來雖然我能控制住這刀，但每次一運內力，時間稍久就會頭暈眼光，感覺精力都被刀吸走了。」

公孫豪正色道：「所以此刀雖是神物，但也不能像尋常刀劍那樣隨身攜帶，而且這刀太大，你若是成天背在身後，過於顯眼。我以前聽說**斬龍寶刀有一神奇之處，就是可以將之縮小到匕首般大小貼身攜帶**，不知道你有沒有掌握這個法門？」

李滄行奇道：「還有這種辦法？我可沒聽說過。」

公孫豪笑了笑：「那你慢慢參詳吧，不過，我建議你去武當以前，可以把這刀暫時找地方存放，以免讓人認出來。」

李滄行說道：「滄行明白，這就告辭了。」

與公孫豪和錢廣來分別後，李滄行就向西邊的南京城方向奔去。

一路上，他還是沒有從紫光被殺的震驚中恢復過來，一直奔了幾十里路，南京城那高大的城牆漸漸地在城頭火光的照耀下現出一個輪廓，他才停下來，看看已經落下一半的月亮，在城外五里處的一個小樹林坐了下來，開始釐清腦子裡的思路。

李滄行靠在一棵松樹上，閉上眼睛，腦子裡盡是紫光那張時而威嚴，時而慈祥的臉，他現在還是很難接受紫光就這麼死去的事實，**他這一死，自己的臥底身分永遠無人證明**，在世上所有人的眼裡，他永遠只是一個被趕出武當的淫賊，這輩子都難再回武當了。

閉上眼，淚水順著眼角淌下，他突然後悔起兩年前最後一次見沐蘭湘時跟她吼的那些話，還叫她回去告訴紫光，以後求他也不回武當了，當時自己是受了刺激，看她一直帶著徐林宗的笛子，以為她對徐林宗還餘情未了，繼而遷怒於整個武當。

這兩年他無數次地後悔自己說的這些話，想要親自去武當向紫光解釋，卻總是沒有機會，另一方面，也想做出番成績後再向師伯請罪，卻沒想到現在已是天人永隔，再也不可能聽他的教誨和指示了。

李滄行痛苦地用頭撞著林子裡的樹，他突然害怕起來，害怕沐蘭湘把當年自己的氣話當了真，害怕她真的碰到徐林宗後又起了舊情，聽公孫豪的意思，徐林宗會是新任的武當掌門，屈彩鳳殺了紫光，兩人已經沒有再續前緣的可能，**娶沐蘭湘以鞏固自己在武當的地位，應該是最順理成章的事。**

李滄行的心在顫抖，對小師妹的愛，讓他瞬間失掉所有的理性，他站起身，準備一早就到城北的下關渡口那裡去等著去江陵的渡船。

正要邁開腳步，李滄行突然想起一件事，心中寒意頓生：紫光之死透著蹊蹺，剛才公孫豪明言，以他的武功，即使屈彩鳳練成了天狼刀法，也不可能殺得了紫光真人，更何況是在武當，聽說被屈彩鳳殺掉的武當弟子就有二十多人，李滄行自問自己也沒這本事，更不用說上次見面時武功已經不如自己的屈彩鳳了。

李滄行隱隱地想到了那個**五年沒有露面的內鬼**，五年前他有本事在小師妹的房裡放迷香，陷害自己，而這五年他居然能忍住不動，這耐力實非一般人所為，那他**是不是也能在紫光的房中下毒**？

李滄行瞬間有一個可怕的想法：**這事會不會和徐林宗的回歸有關**？為什麼屈彩鳳去而復返，紫光既然肯考慮和巫山派的和解，未來未必不會成全倆人，但**為何屈彩鳳要隔一天後才回來刺殺紫光？殺了紫光，對她又有何好處**？

李滄行隱隱覺得**有一個巨大的陰謀在慢慢地展開**，那種絕望的壓迫感更勝過當年的青山綠水計畫，**誰才會是此事的幕後黑手呢**？

不知不覺中，東方漸漸地泛起一陣魚肚白，天色漸亮，從五更天開始聚集在城門口的幾百名推著車準備進城賣蔬菜的小販，還有三兩成群的行腳商人與江湖人士們都開始排起長隊。

高大的吊橋緩緩地放下，城門「吱吱呀呀」地慢慢打開，兩隊士兵跑了出來，分列城門兩側，長隊漸漸地向前移動，魚貫入城。

李滄行深吸了口氣，千頭萬緒的事情太多，他也無暇多想，現在只有先進了城，儘早到下關渡口坐船回江陵，然後再去武當，其他的事可以在船上慢慢思考。

南京城經過了一年前的倭寇攻城事件，防範比起李滄行上次和錢廣來第一次來時要嚴密了不少，尤其是對於佩刀執劍的江湖人士，更是會詳加盤查，李滄行那把斬龍刀背在後面，雖然裹了黑布包著，但還是有些顯眼，惹得守門的軍官多看了幾眼，把他叫到一邊，又對著牆上幾張江洋大盜的海捕文書好一陣比對，才將信將疑地揮手放行。

李滄行上次在南京玩了好幾天，對城中的道路很熟悉，進了東門後，就直奔城西北的下關渡口。

天色剛亮，除了進城的菜農外，多數店鋪都沒有開門，青石板鋪成的街道上一片冷清，李滄行在城中也不願意在白天時使出輕功，只是一陣急走。

快要下關渡口的時候，一個熟悉的聲音傳入了李滄行的耳中：「上知五百年，下知五百年，求神問卦，唯我裴半仙！」

李滄行聽到這聲音，收住腳步，扭頭望向側後方，只見一個器宇軒昂的中年道人，丹鳳眼，三綹長鬚，面色蠟黃，頭戴逍遙巾，身穿天藍色道袍，正坐在一個卦攤後面，自顧自地吆喝著。

李滄行心中一動，走了過去，在卦攤前坐下，用自己的本來聲音低聲道：「先生，請問你可否會算姻緣？」

那算命道人聽到後，身子也微微一震，原來微眯著的雙眼一下子瞪大了，一動不動地盯著對面的客人：「客官，請問你想算誰的姻緣？」

李滄行把手伸了出去，擺在算命道人的面前：「我心中有一個姑娘，兩年多沒見她了，不知道她現在可好。」

算命道人向李滄行的手上看了一眼，微微一笑：「這姑娘現在一切安好，只是她所在的地方最近有血光之災，滄行，你可得抓緊了。」

李滄行收回了手：「文淵，一別數年，沒想到會在這裡見到你。」

那道人正是原名火華子的前三清觀首徒裴文淵，他看了一眼四周，低聲道：「想必你是要坐船回江陵吧，我已經雇了一條船，專門等你的，我們船上再說。」

李滄行長身而起，裴文淵也不管他這個攤子了，直接大踏步向前走去，李滄行緊緊地跟在他身後。

二人默默無語地到了下關的碼頭，客渡上已經有不少人在等候了，裴文淵直接繞過這些人，走到一處僻靜的埠頭，上了一條不算大的江船，對著站在船尾的船老大比劃了兩下，就進了船艙。

李滄行彎腰進了船艙，盤腿坐下，他能感覺到船緩緩地開動起來，便道：「文淵，現在可以說話了吧，**你怎麼會在這裡等我？還有，你怎麼也學會了易容術？**」

他指了指裴文淵的臉。

裴文淵好奇道：「你這兩年去哪兒了？我並不知道你人在江南，只是武當剛出了事，我料想你如果人在江南的話，肯定是從南京坐船回武當，所以就在這附近碰碰運氣，沒想到還真把你給等到了。至於這易容術，當年師父傳你後不久，也把這法子教給了我，這些年我浪跡江湖，都是不斷地改變本來面目。」

李滄行聞言：「你又是如何得知武當出事的消息？連天下第一大幫，丐幫的幫主也是在前天才知道此事。」

裴文淵道：「此事是三天之前就發生了，我這些年走南闖北，也有自己的消息管道，接到這消息比公孫幫主還要早上一天半日的。滄行，這些年你入了丐幫？我上次聽說你離開峨嵋後，就沒在江湖上聽過你的消息，哦，不對，後來你還在洞庭湖畔的岳陽出現過一次，對吧？」

李滄行欲言又止，看了一眼外面的船工，裴文淵微微一笑：「放心，這個艄公是個聾啞人，你我兄弟可以放心地交談。」

李滄行於是把這兩年自己的行蹤約略擇要地說了一下，錢廣來的身分他沒有點破，只說是先跟著丐幫幫主公孫豪學了一陣子屠龍十八掌，然後在江南查內鬼時機緣巧合，學成了失傳的屠龍二十八式，那把刀也是失傳已久的斬龍寶刀。

一聽到「斬龍」二字，裴文淵的臉色一變，失聲道：「真的是上古寶刀斬龍？」

李滄行乾脆解下背上的布囊，打開黑布，露出了這柄閃著寒光的寶刀，一下子亮瞎了裴文淵的雙眼，照得整個艙內都是亮堂堂地一片。

裴文淵倒吸一口冷氣，看著刀身上那道深深的血槽，嘆道：「果然是斬龍，傳說龍血在此槽中凝固，時間久了，就會形成這一點碧光。」

李滄行一下子愣住了：「什麼龍血？」

裴文淵解釋道：「人間的帝王傳說都是上天之子，有龍的血脈，要不然怎麼說是什麼真龍天子呢，這把刀當初打造之時，**集天地精華，海底的萬年寒鐵之精，由上古時代的修仙門派煉了幾十年後才得以成形**，此後幾千年斬過無數帝王，劉裕當年用這刀殺過五個皇帝，是當之無愧的斬龍寶刀，也**傳說只有真正的王者才能駕馭它**，恭喜你，滄行，得到如此神兵。」

李滄行一邊用布包著這刀，一邊說道：「只是傳說而已，作不得數。對了，這刀太大，成天背著很惹眼，有沒有辦法能縮小點？公孫幫主說過好像有什麼機關或者咒語的。」

裴文淵沉吟了一下，道：「此刀據說有靈性，與操縱者可以心意相通，滄行，你用過這刀嗎？」

李滄行搖搖頭：「真正全力用它對戰也只有一次，其實也算不得對戰，只是劈了那麼一下，就差點讓我全身力竭。」

裴文淵說道：「傳說此刀在注入內力時，刀身上會顯示出當年鑄造時的上古符文，照著符文念，就可以讓刀可大可小，滄行，你要不要試試？」

李滄行聽說過評書《西遊記》，知道孫猴子的那個金箍棒，但要說這刀也能像那樣變化，實在是有些誇張，但看裴文淵一本正經的樣子，還是拿起刀，閉上眼，全身隱隱泛起一陣金氣，體內奔騰的內力漸漸地灌進了刀身之中，刀身上的血槽附近再次浮現出符咒式的文字。

裴文淵仔細地看著字，說道：「滄行，加點內力，快！」

李滄行手上又加了三分勁，金光更勝，而斬龍刀散發出的寒氣已經讓兩人感覺到肌膚上刺骨的寒涼，那兩行文字變得更加清晰起來，裴文淵喃喃道：「艾斯特拉達，克里斯達哈。」

李滄行聽得一頭霧水，問道：「什麼意思？」

裴文淵擺擺手，對著刀沉聲喝道：「艾斯特拉達。」

斬龍刀沒有任何變化，裴文淵的臉上閃過一絲失望，自言自語道：「不對啊，明明就是這句。」

李滄行奇道：「什麼艾斯特拉達？」話音未落，刀突然變小了一截，李滄行手中握的刀柄一下子感覺小了一圈，差點掉到地上。

李滄行嚇得連忙手心一用力，抓緊了那寒冷如玉的刀柄，裴文淵驚喜地叫道：「對，就是這咒語，滄行，好像只有你說才管用，你再說一遍，艾斯特拉達。」

李滄行這回學精了，早早地握緊刀柄，沉聲道：「艾斯特拉達！」

果然，刀又縮短了一截，大小從剛才的五尺左右變得和普通的鬼頭大刀差不多了。

李滄行又喊了兩聲，這刀變得只有不到一尺的匕首大小，李滄行驚奇地瞪大了眼睛：「還真是孫猴子的金箍棒啊。」他嘴上這樣說著，心裡對那個斬龍刀的來歷也信了有七八分。

斬龍刀縮短到匕首的尺寸後，李滄行又叫了幾聲，再也不見此刀縮短，裴文淵笑道：「看來最短也就縮成這樣了，滄行，此刀鋒銳異常，你只用布包著怕是不行，我這裡有一個千年蛟皮製成的刀鞘，你試試看是否合適。」

說著，從袍子內縫的百寶袋裡摸索了一會兒，掏出了一件毫不起眼，色彩有些發暗的皮質刀鞘。

李滄行接過這刀鞘，當年為了練習暗器，他戴過各種獸皮手套，這蛟皮刀鞘他一摸就知道是極品，無論強度還是韌度都極為出色，雖不鑲金嵌玉，但用來裝這把斬龍刀卻是再合適不過。

李滄行把刀插入了刀鞘，說來也怪，大小正合適，幾乎是紋絲合縫。

裴文淵哈哈一笑：「這刀鞘是當年吳國名劍魚腸劍的劍鞘，後來魚腸劍被刺客專諸放在魚腹中去刺殺吳王，最後跟著吳王一起葬身於姑蘇虎丘的劍池裡，而這把千年蛟皮的刀鞘卻留了下來，後來被我所得，想不到正好和這柄縮小的斬龍刀相適合。」

李滄行拔出斬龍刀，又念道：「克里斯達哈！」

這回刀變大了一截，李滄行完全明白了，**前面那句「艾斯特拉達」是縮小的咒語，而這句「克里斯達哈」則是讓它變大**。李滄行又試了幾句，這把刀最大就是原來的尺寸，五尺左右，大半個人高，需要雙手合握刀柄。

李滄行正愁這船艙狹窄，放不下斬龍刀呢，這回發現居然還有咒語可變大小，心中竊喜，把刀縮成最小的一尺匕首，還刀入鞘。

折騰完刀以後，裴文淵問李滄行道：「滄行，武當的事，你準備怎麼辦？」

李滄行一聽這話，神色又變得黯淡起來：「文淵，你知道當年我去各派臥底查探錦衣衛黑手的事，只有我紫光師伯一人知道，現在他老人家不在了，沒人能證明我的清白，我正急著這事呢。」

裴文淵跟著嘆了口氣：「我初聞此事時也是難以置信，屈彩鳳雖說這兩年練成了天狼刀法，功力大增，但要說能在武當派內殺了紫光真人，還能全身而退，我實在是無法相信，你說這事會不會和你們武當派的那個內鬼有關係？」

李滄行正好借這機會跟人討論一下，理了理思路，緩緩說道：「這事的經過，最早是徐師弟回了武當，對不對？那是一個月前，文淵，你知不知道徐師弟這些年去了哪裡？」

裴文淵道：「此事一個月前轟動了整個武林，但武當的嘴極嚴，從上到下沒有露出一點口風，即使是我，也不知道他這些年到了哪裡，只知道半個月前，武當對外公布徐林宗重新任掌門弟子，而這也是意料之中的事。」

李滄行腦袋飛快地轉著，接著問道：「這一個月來，徐師弟有沒有跟魔教和巫山派作戰過？」

裴文淵搖搖頭：「事實上，這兩年來正邪雙方的衝突不多，武當自從當年和峨嵋派聯手突襲巫山派的洞庭分舵失敗後，就放棄了大規模和魔教的衝突，轉而專心地訓練起新晉的弟子，而魔教在幫助巫山派撐過了最危險的一段時間後，也沒有大舉地入侵中原，而是在雲貴嶺南一帶慢慢擴張。你徐師弟回幫的時候，正是洞庭派初崛起的那段時間，你的沐師妹也是剛剛做了外交回山，這一個月來，武當山唯一傳出的消息就是徐林宗接任掌門弟子之事。」

李滄行的心中閃過一道疑雲：「為什麼他一回山，屈彩鳳就來了？而且屈彩鳳還能繞過武當派的重重防衛，直接找到徐師弟去向紫光師伯求情？這也太不可思議了吧。」

裴文淵想了想道：「屈彩鳳當年不是去過一次你們武當派麼，應該對上山的路徑也熟悉了吧，此女天資極高，學武功招式都是過目不忘，她的情郎在武當，想必早就把武當的情況摸得一清二楚了吧。」

李滄行繼續分析道：「那她的提議被拒絕後，按這魔女的性子，應該是當場發作才是，為什麼還要在下山後再回來刺殺紫光師伯？這樣做難道就可能讓徐師弟回頭和她百年好合嗎？這是我最無法理解的地方。」

裴文淵撫著自己的長鬚，說道：「我也對此事心存疑慮，屈彩鳳我們都見過，武功可能會進步，但這兩年不太可能性格大變，她一向是那種風風火火，先做後想的女人，而且在徐林宗失蹤五年的情況下，都沒有跟武當結什麼深仇，主要也就是和峨嵋在作戰，顯然是留有餘地，又怎麼可能因為紫光意料之中的拒絕而回去大開殺戒呢？」

李滄行恨恨道：「但不管怎麼說，紫光師伯都是死於屈彩鳳之手，這是千真萬確的事，無人能否認。」

裴文淵眼中神光閃閃：「現在武當對外公布的消息只說紫光道長是死於屈彩鳳之手，但對當時的詳情卻沒有任何交代，對外人來說，武當可能因為面子而語焉不詳，但滄行你是武當的大弟子，這時候回去，他們一定不會瞞你的，也許你跟徐林宗、沐蘭湘這些當事人仔細地聊聊，以你的聰明才智，會查出些蛛絲馬跡出來。」

李滄行一想到這事，心情就變得極為沉重：「現在紫光師伯已死，武當已經沒人知道我當年與師伯的約定，更沒人知道我出幫臥底的真相，在他們眼裡，我只不過是個淫賊，是個棄徒，這時候上武當更是心存歹意，想要搶奪掌門之位，他們不會信我的。」

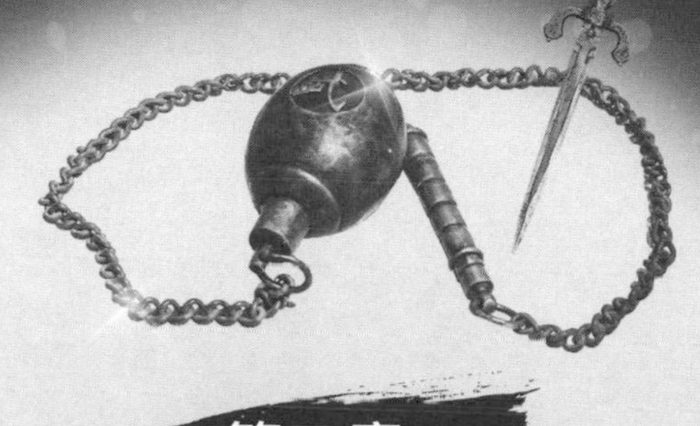

第二章

震撼消息

李滄行對著魏一揚吼道：「什麼大婚成親，
你小子給我說清楚點，敢亂嚼舌頭，老子要了你的命！」
他現在方寸大亂，理智全無，手裡加了一分勁，
捏得魏一揚的喉骨一陣響動，眼睛都快要鼓了出來。

裴文淵沒有回話，打開艙邊的小窗，徐徐的江風灌了進來，拂動著兩人的鬚髮，裴文淵徐徐道：「這幾年你除了和紫光道長見面外，還和武當的人有過接觸嗎？你的沐師妹知不知道你臥底的事？」

李滄行想到小師妹就是一陣心痛，「我和紫光師伯都是單獨聯繫，沒有經過外人，他也不可能把這些事情向他人透露，山下的客棧掌櫃是我們聯繫的中間人，但我每次去都是易容，他並不知道我的身分。至於我小師妹，我確實和師妹說過臥底的事，但口說無憑，就算她肯幫我作證，也不會有人相信的。」

裴文淵的雙眼突然一亮：「滄行，上次我們回三清觀的時候，你和沐姑娘就已經定情了，你是在當時就跟她說了臥底的事嗎？」

李滄行點點頭：「是的，在師妹面前，我什麼事情也藏不住，明知不該對她說也管不住嘴。」

裴文淵哈哈一笑：「這就行了，滄行，你師妹肯定回山後跟紫光真人核實過此事，你放心吧，至少沐姑娘會為你作證的，你一定可以昂首挺胸地回武當的。」

李滄行原來倒是沒有想到這一層，這回聽裴文淵一提醒，心中的烏雲一下子散了一大半，居然笑了出來：「哈哈，對啊，這點我怎麼沒想到！小師妹最喜歡問東問西了，她回山後，肯定跟師伯問過這事的！」

但李滄行轉念一想，情緒又一下子變得低落了：「就是不知道現在小師妹還願意不願意我回武當，肯不肯為我做這個證。」

裴文淵微微一愣：「你們之間又出什麼事了？」

李滄行痛苦地道：「兩年前送她回峨嵋時，我看到她一直帶著徐師弟送她的笛子，心生醋意，把她大罵一頓，還要她回武當想清楚到底愛誰再來找我，當時我的本意是想讓她好好待在武當不要亂跑，但我真是心眼太小了，說著說著就真動了氣，估計也把她傷到了。現在徐師弟回來了，她要是舊情復發，或者是以為我已經死了，和徐師弟重新在一起，那是無論如何也不希望我回武當的，文淵，你說會這樣嗎？」

裴文淵安慰道：「你們這無非是小倆口之間拌嘴罷了，當年沐姑娘孤身上峨嵋的事情我也知道，如果她心裡不是有你，怎會如此？這兩年她雖然沒怎麼離開武當，但就是上次去洞庭做外交，也在一路打聽你的下落，足見對你的真心實意，我想這只是一個小小的誤會，你見到她，好好哄哄就沒事了。」

李滄行嘆了口氣：「希望一切能如你所說，文淵，到時候能不能幫我個忙，先拜訪一下武當，請師妹下山與我一會？」

裴文淵不解地問道：「有這必要嗎？滄行，你完全可以自己上山啊。」

「不，我想先弄清楚師伯的死，有些細節我要私下跟師妹討論一下，**她若是肯來見我，那就不會對我有任何隱瞞**；剛才我們討論過了，師伯的死有太多的可疑之處，在回武當前，我覺得有必要把這事弄清楚，現在在武當我能完全信任的，也只有小師妹了。」

裴文淵的臉色微微一變：「你是懷疑徐林宗與紫光道長的死有關？不可能吧，他是掌門弟子，這對他有什麼好處？」

李滄行的眼中閃過一絲殺氣：「現在的武當，除了小師妹，我誰都不信，徐林宗失蹤五年才出現，**這五年他去了哪裡？為什麼一回來就讓他當掌門弟子**，我全然不知，而且**屈彩鳳是怎麼進武當的？又是怎麼跟他一起向師伯求情，師伯死的時候是怎麼個情況**，我都得先弄清楚才行。」

裴文淵不禁道：「聽你一說，倒真的要小心謹慎，想當年在三清觀的時候，誰能想到從小一起被收養的火練子和火松子是叛徒呢。這個忙我幫你，只是我現在能以何身分上武當？」

李滄行看著裴文淵，說道：「文淵，你這幾年過得怎麼樣，在江湖上揚名立萬了嗎？我除了在峨嵋待了半年外，不是在京師練功，就是在墓裡待了一年，對這兩年江湖上的情況實在是知之不多。」

裴文淵笑道：「自從離開三清觀後，我就一邊以布衣神相這個名號行走江湖，一邊探訪那火松子的下落。這些年來，三清觀已經完全成了錦衣衛的一個窩點，正義未泯的那些師弟們也都漸漸地明白這點，很多人都離開了三清觀。火星子師弟你還記得嗎？他是第一個來找我的人，現在我們**秘密建立了一個門派**，**叫太乙教**，都是像我這樣行走江湖的方士，準備找到機會公佈當年師父的死因真相，奪回三清觀。」

李滄行讚許地道：「真是難為你了，只是要開宗立派，負責這麼多人的生計，你的開支又如何來？以前在三清觀是靠上門學藝的師弟們的學費，還有觀裡的香火錢，你們這樣遊走江湖，難道是靠算命來養活自己嗎？」

裴文淵眨了眨眼睛：「你還記得當年西域奔馬山的歐陽公子嗎，他可是有錢人，在我離開三清觀以後，就去西域和他建立了聯繫，本來是想和他一起研習武功，好找機會報仇的。他的奔馬山莊雖毀，但是他早已把莊中的財寶給轉移了，一聽說我們三清觀也同樣毀在陸炳之手，同仇敵愾，當即拿出五十萬兩銀子供我建立太乙教，有了這錢，加上這些年我們走南闖北，行俠仗義，替人算命，維持一兩百人的生計還是不成問題的。」

李滄行大感佩服道：「文淵真是不容易，我這些年離開了門派，一個人過都不可能，只能給些酒店飯莊打打雜，所以深知一文錢難倒英雄漢的感覺，你居然還能建立起一個組織，太厲害了。」

裴文淵嘆道：「也只能左支右絀罷了，來的人都是以前三清觀的師弟們，我自己沒招到什麼新人，四海漂泊，也根本不可能像以前那樣一起切磋習武。滄行，我看得出你現在已經八脈小周天全通，步入頂級高手的境界了，可我這幾年下來也才通了三分之一的任脈，照這速度，打通整條任脈至少要十年，和你的距離只會越拉越大了。」

李滄行拍了拍裴文淵的肩頭，鼓勵道：「我那是有奇遇，如果只是自己練習，也不會比你好到哪裡，你不用這樣介懷。」

裴文淵的眼神中閃過一絲落寞：「滄行，你想哪兒去了，我哪會妒忌你，我是在想火松子和火練子這兩個叛徒，尤其是是火松子有那六合如意刀法，這些年估計也是進步神速，只怕以後為兄親手報仇的可能越來越小了。」

李滄行默然無語，突然想道：「當年掌門傳我玉環步、鴛鴦腿，還有黃山折梅手，這些武功秘笈在我們去西域前都埋在三清觀的後山了，掌門曾說過，萬一出事，要我們帶上這些秘笈遠走高飛。」

裴文淵點點頭：「可是這是當年師父讓你一個人學的，沒讓我學啊，而且他當年也傳給了我另一套三清觀的上乘武功——**墨者劍**，這些年我雖不才，也把這個練成了，所以才能打通督脈，一直通到任脈呢。」

李滄行抓住裴文淵的手，懇切地道：「文淵，當年師父的命令是針對我們在三清觀的情況，現在三清觀落入奸人之手，**我們首先要做的是不能讓三清觀的武功失傳**，你將來是要重新執掌三清觀的，這武功你不學還讓誰學？

「我現在四海為家，到處流浪，當年也和掌門說得很清楚，以後不一定在三清觀，所以這武功對我來說，只能算是掌門的抬愛，不是說只傳我不傳你。這次我要回武當了，以後可能也不會有機會回三清觀，碰到你一次不容易，現在我把埋書地點告訴你，你有機會自己回三清觀取得了，多學這兩門拳腳功夫，對你總是有好處的。」

裴文淵微微一笑：「既然你這樣說了，為兄再推辭就顯得有點虛偽啦，那就多謝滄行了。」

李滄行對那個聾啞艄公還是有些不太放心，用手指沾了艙內小桌子上的茶水，在桌上連寫帶比劃，把當初自己埋書時的記號和地點都告訴了裴文淵，聽得他連連點頭，他從小在黃山長大，對後山的一草一木極為熟悉，很快就記了下來。

二人商議既畢，李滄行長舒了口氣，這也算是了了一樁心事，他看著興奮得兩眼放光的裴文淵，說道：「回到剛才我們沒商量完的那事，文淵，你準備如何約出我小師妹呢？」

裴文淵沉吟了一下，說道：「這個麼，我可以先上武當，這些年我新組建的太乙教是秘密組織，沒有在江湖上公開身分，但我布衣神相的這個名頭還是有的，以江湖人士的身分去弔唁紫光道長，想必不會有人拒絕，只要在山下的鎮上買身素服，紮根麻繩就可以了。

「沐姑娘如果人在武當，肯定會出來回禮，到時候若是有機會，我把一樣信物遞給她，讓她知道是你來了，我想她肯定會出來與你相見的。滄行，你放心，當年我們在西域時，我跟沐姑娘也算是認識，即使我不找她，只怕她也會主動找我問你的消息。」

李滄行心下稍寬，從懷中摸出了那個一直貼身帶著的月餅，用布包好了，遞給裴文淵：「文淵，到時候把這個帶給小師妹，她就會知道是我來了，請她來山下十里渡口小鎮上的『玉堂春』酒樓，我在那裡等她。」

裴文淵接過那個月餅，那股陳年汗酸味和月餅發餿的味道隔著兩層布都擋不住，他一邊皺著眉頭，一邊把月餅收好，說道：「滄行，你也太重口味了吧，人家定情的東西都是個香囊荷包什麼的，你怎麼用個餿麵團啊。」

李滄行不好意思地笑了笑：「這個嘛，你就別多問啦，小師妹只要一看就知道是我的東西。」他話鋒一轉：「文淵，這些年你還是一個人嗎？有沒有什麼心儀的姑娘？」

裴文淵咬牙切齒地說道：「大仇未報，哪有空顧及兒女私情，漢之霍去病還知道匈奴未滅，何以家為，我那可是不共戴天的殺父奪幫之仇，只有奪回三清觀，我才會考慮這方面的事。」

李滄行嘆了口氣：「這件事一年半載地急不來。畢竟他們後面有陸炳這個大特務，我們在沒有證據的情況下攻擊三清觀，就算打下來了，陸炳也會把你給剿滅的，畢竟他是官，我們是民，到時候治我們一個殺人放火之罪就跑不了了。文淵，所謂不孝有三，無後為大，即使是掌門的在天之靈，只怕也不願意看到你不去娶妻生子吧。」

裴文淵沒有接話，搖搖頭：「這個事情先不提了，現在我們是逆大江而上，離到武當還需要十幾天，你再想想到時候怎麼跟你師妹說。」

李滄行點點頭，兩人開始在船艙裡打坐運功，漸漸地進入靈臺淨明的狀態，李滄行和裴文淵聊過後，也寬心不少，不像今天上午那麼浮躁了。

當天晚上船隻在采石渡口稍作休整，繼續前行，一路上，李滄行和裴文淵沒有上岸，都是在碼頭向小商販買點現成的米糧，就著船艙裡儲存的魚乾吃，中途李滄行也提及這幾年江湖上的種種事件，尤其是對洞庭派的來歷詳加詢問，希望能從裴文淵這裡得到多一點的資訊。

可是裴文淵這樣消息靈通的人士也是對洞庭幫兩眼一抹黑，這個組織實在太神秘了，崛起得非常突然，行事手段狠辣凌厲，在攻滅巫山派的洞庭分舵，也就是原來大江幫的總舵時，沒有留一個活口，也沒有放走一個人，連著魔教助守的十餘名高手，總共三百一十四人全部被殺，震驚了整個武林。

接下來打退魔教和巫山派反撲的那兩仗，不僅戰術上打了個時間差，而且在作戰時伏擊，下毒，火攻，炸藥，無所不用其極，絕非一般江湖人士的做法，與其說是江湖仇殺，倒更像是軍隊或者是錦衣衛在剿滅綠林山寨。

事後也有不少人懷疑是陸炳所為，但是巫山派直到現在還是和錦衣衛合作，巫山的總舵裡仍有錦衣衛在駐守，加上這陣子陸炳一直人在京師，分不開身，所以也就打消了眾人的猜疑。

而洞庭幫那個無論何處都要蒙面，武功深不可測的**幫主楚天舒**，以及他手下

春夏秋冬的四大護衛，他們的來歷也引發了許多猜測，正邪各派都否認和他們的關係，洞庭幫也拒絕了伏魔盟的主動示好。

李滄行還問及原來大江幫的謝老幫主千金，崑崙派高足，擅使如意珠的謝婉君的下落，畢竟洞庭幫也算幫她報得了大仇，裴文淵說最近聽到消息，說是楚天舒已經**任命謝婉君為幫中聖女，由她出面召集原來的那些船工舊部**。

當年大江幫的船工們雖然多數不會武功，只是些跑船的漢子，但是洞庭湖乃至這大江上的航運之事一向是這些人負責，論起操船駕舟，他們可比打打殺殺的江湖漢子們強得太多，巫山派占了洞庭分舵的這幾年，完全是入不敷出，不僅不能給總舵帶來多少收益，反而要總舵派人撥錢來駐守，就連助守的魔教弟子也過得不好，到最後只派了些資質平平的三四流弟子在這裡做做樣子。

但洞庭幫復幫之後，不少跑長江運輸或者是改行的老弟兄們又回歸洞庭幫門下，操起了老本行，這一個月的時間，洞庭湖的水運又變得熱鬧起來，正是靠了航運帶來的高額收益，洞庭幫也廣招各路高手，一個月不到的功夫，崛起成為江湖中一股不可忽視的勢力，實力不在三清觀、寶相寺這些二流門派之下了。

這船上的那個聾啞艄公以前就是大江幫的人，這幾天裴文淵也跟他比劃著聊起洞庭幫新興的事情，連這個五十多歲，頭髮花白的老頭子都興奮地兩眼放光，說是跑完這一趟後，就把船弄到洞庭湖去，投奔大小姐。

十天後，船終於行到了江陵渡口，這也是李滄行人生中第一次坐船這麼長時間，越是接近武當，他的心就跳得越快，這幾天來日夜難眠，不停地設想著和小師妹見面的情況，甚至準備好了幾百套臺詞，準備一見面就和小師妹陪不是，他暗暗地發誓，這次再也不會離開小師妹了，也不會再讓任何人把小師妹從自己的身邊奪走。

一上岸，李滄行和裴文淵顧不得吃飯，直接就向十里渡口奔去，那裡是武當山的北邊，要繞一個圈才能到，但李滄行對那一帶的地勢更熟悉，也顧不得這許多了，兩人只用了一個白天的功夫，在太陽落山之前，就到了鎮上的「玉堂春酒樓」。

這酒樓和三年前倒是沒有什麼區別，華燈初上，但李滄行卻敏銳地發現，掌櫃已經不是以前的那個胖胖的劉帥叔，他的心裡泛起了一陣不太好的感覺。

一天沒吃飯，肚子有些餓了，帶著疑惑，李滄行和裴文淵找了一張角落裡的桌子坐了下來，叫上兩三個小菜，準備先打尖，再看情況決定是夜上武當還是明天早晨正式拜訪。

今天這小鎮上也有些和平常不一樣，由於鄰近武當，這個小鎮上一向是江湖人士來往不斷，但在李滄行的記憶裡，除了五年前的那次滅魔大會外，從沒有像今天這樣江湖人來往得這麼頻繁過，這家「玉堂春」酒樓裡，滿滿當當的全是一身勁裝，持刀背劍的武林人士，連和尚尼姑都有一些。

李滄行今天特地易過了容，裝扮成了一個四十多歲的黑臉中年人，裴文淵還是打扮成一個算命先生，但為了見沐蘭湘，臉倒是沒有改扮，一進大堂，就引來不少目光在兩人身上打量。

李滄行剛剛叫完菜，正準備給自己倒杯茶時，卻聽到隔壁一桌的幾個黃衣刀客在小聲說著：「大哥，你說這回紫光道長還沒出殯，徐林宗就和那沐蘭湘大婚成親，到底是什麼意思啊！」

李滄行正在喝著茶，這一路下來，水米未進，早就口乾舌燥了，但聽到這消息時，直接一口水噴了出來，身形一動，堂中眾人只覺得眼睛一花，就看到李滄行欺到那個說話的黃衣刀客面前，單手掐住了他的脖子，硬生生將他從座位上提了起來，雙眼赤紅，吼道：「你說什麼，再說一遍！」

大堂內眾人站起了一大片，不少人直接抽出了刀劍，這裡是武當的勢力範圍，來往此地的往往是伏魔盟，或者是其他正道門派中人，一看李滄行這個來路不明的黑臉漢子一下子制住了**洛陽金刀鏢局的三當家「開山虎頭刀」魏一揚**，個個色變，全都如臨大敵，準備出手。

那魏一揚的功夫在江湖上也不算弱了，可是李滄行的動作實在太快，他連還手的餘地都沒有，手剛放到刀柄上就給人制住了要穴，整個人被提到了半空，臉頓時脹得通紅，而一桌的其他三人全都向後跳出一步，齊齊地抽出了身上的佩刀，擺開了架式。

那名被稱作大哥的，年紀約四十上下的黃臉麻子，是金刀鏢局的**總鏢頭張起明**，一手破空狂風刀法在中原道上也算是小有名氣，是少林俗家弟子，跟武當也算是交好，沉聲喝道：

「這位朋友，我這兄弟不知道哪裡得罪了你，有什麼話還請好好說，要是傷了我們兄弟的話，即使我們幾個不是你對手，這在座的英雄也不會放過你的！」

他一邊說，一邊掃視了一眼店內已經一個個做好動手準備的正派群雄，頓覺底氣足了不少。

李滄行壓根就沒聽他說些什麼，對著那魏一揚吼道：「什麼大婚成親，你小子給我說清楚點，敢亂嚼舌頭，老子要了你的命！」

他現在方寸大亂，理智全無，手裡不覺加了一分勁，捏得魏一揚的喉骨一陣響動，兩隻眼睛都快要鼓了出來。

張起明總算是明白了怎麼回事，眼看魏一揚再這樣就要給活活捏死了，連忙說道：「這位英雄且慢，我兄弟說的大婚之事乃是事實，絕無虛假，在場英雄都可以當見證！」

李滄行的手一鬆，魏一揚被他像條死狗似地丟到了地上。

李滄行瞪著張起明，他現在的注意力都集中在這個人身上，將周圍滿座的英雄都視為無物，一字一頓地說道：「你再說一遍？什麼大婚！」

張起明從懷裡掏出一張大紅喜帖，大聲說道：「閣下請看好了，這是武當派代掌門徐林宗五天前廣發江湖的英雄帖，這上面寫了，三日後是他和武當女俠沐蘭湘的大婚之日，請附近的武林同道前來捧場。你若是不信，自己看吧。」

說著，把那張大紅喜貼以甩手箭的暗器手法擲了過來，同時橫刀於胸前，凝氣戒備。

李滄行這會兒早已經顧不得別的事情，伸手一抓，直接抄過那喜帖，打開一看，只見上面明明白白地寫著三日之後，在武當玄武大殿上，舉行代掌門徐林宗與執劍長老沐蘭湘女俠的大婚典禮暨徐林宗接掌武當的大典，請各位江湖同道準時參加。

李滄行心痛得像是要滴血，他的一切計畫，多年來的努力與隱忍感覺一下子打了水漂，完全無法接受這個事實，眼睛瞪得快要把眼眶都撐出血來，對那張起明吼道：「不可能，不可能，這大婚典禮怎麼可能如此倉促，紫光道長屍骨未寒，他們就結婚，我不信，我不信，一定是你騙我的！說，你是不是魔教的狗腿子?!」

李滄行說著說著，急火攻心，喉頭一甜，一口血「哇」地噴了出來。

在場的人都沒料到這個武功高強的黑臉漢子為何突然吐血，張起明面對著李滄行，能感覺到他體內的怒火隨時就要炸開，而那沖天的氣勢是自己根本無法阻擋的，嚇得臉色慘白，不住地後退。

遠處一個俗裝打扮的中年道姑突然冷冷地說道：「你是何人？這武當掌門結婚與你何干？再說了，武當這幾天通告天下，方圓百里內的江湖人士都接到了消息，大婚的事，十天前伏魔盟各派就收到消息了，你怎麼會不知？」

李滄行雖然怒極痛極，但是理智也慢慢地恢復，他轉過身，看到那個發話的道姑，正是當年在峨嵋見過的巧織仙女李沅。

兩年過去了，她還是這副冷傲高貴的樣子，給人以一種不可接近的感覺，而那「花中劍」柳如煙今天換了一身綠衣，站在她身邊，卻是神情木然，全然不復往日的那股機靈勁。

換了平時，李滄行一定會對她恭恭敬敬地行禮，但李滄行這時已顧不得別的，開口急道：「我是從江南趕來的，這些天坐船來，沒有聽到什麼徐掌門和沐女俠大婚的消息。李女俠，你是有聲望的正道中人，請你告訴我，剛才你說十天前貴派就接到了大婚的消息，可否屬實？」

李沅身邊一名叫作了凡的年輕尼姑說道：「好個沒規矩的狂徒，我家李師叔難道還會騙你不成？如果不是要參加這個大婚典禮，我們何必千里迢迢地從蜀中峨嵋趕來武當呢。」

李滄行的心猛的一沉，看來此事必定屬實，這說明至少在公孫豪收到紫光生死的消息時，武當已經通知同盟內的各門派過來參加婚禮大典了，婚禮是小事，更重要的是徐林宗正式接掌武當的儀式，由於丐幫並不是伏魔盟中的幫派，算不得最親密的盟友，故而只發函要求協助追殺屈彩鳳，並沒有提及大婚之事。

李滄行抬手擦了一下嘴角邊的血跡，沉聲道：「紫光道長屍骨未寒，徐林宗就迫不及待地迎娶師妹，接任掌門，李女俠，你覺得這種做法合適嗎？」

李滄行還是覺得這件事太突然，一時間無法接受。

李沅冷冷地說道：「合不合適都是武當派的家事，我們能說什麼！我們峨嵋派還有這些在座的同道中人，多數都是武當的朋友，聽到這個消息，自然是要來捧場，這叫盡到了禮數，看你年紀也不小了，怎麼像是完全不懂江湖規矩啊。」

一個四十多歲，有些禿頭的精壯漢子也叫了起來：「李師姐，這廝看起來不懷好意，我們不如把他先拿下，再細細審問他的意圖，我看他八成是魔教或者是明月峽的奸細！」

李滄行認得那漢子，正是前衡山派，現在轉投華山派的陸松。

他這會兒氣得要爆炸，正愁找不到出氣的對象，狠狠地一掌擊在剛才金刀鏢局那四人吃飯的桌子上，「嘩」地一聲，榆木桌面幾乎被擊成了一堆木粉，飛揚的木屑中，只聽到李滄行咬牙切齒地大吼道：「哪個不要命的上來試試！」

行家一出手，就知有沒有，能把桌子拍爛拍碎，這廳裡一大半人都可以做到，但沒人能像李滄行這樣直接把整塊桌面打成粉末，這種功力高得嚇人，一時間人人臉上變色，剛才還殺氣滿滿的陸松更是嚇得退後三步，不敢說話。

裴文淵一看形勢不對，乾笑兩聲，上來向四面作了個揖：「在下布衣神相裴文淵，我這位兄弟有些醉了，讓各位見笑，我這就帶他醒醒酒去，日後再向各位英雄一一致歉！」

李滄行還有些不甘心，但被裴文淵牢牢地拉著胳膊，半拖半拽地拉到了外面。

出了酒館，給外面的冷風一吹，李滄行腦子稍微清醒了些，他甩掉了裴文淵的手，發足向鎮外跑去，這回他全力施為，幾個起落就跑到了鎮外五里處的一處樹林裡。

李滄行一路跑來，面具裡早已經淚流滿面，他的心在滴血，殘酷無情的事實讓他整個像要掉了魂似的，黑漆漆的樹林彷彿是一個個指著他嘲笑的人影：

「哈哈，李滄行，你終究還是得不到你小師妹。」

「李滄行，你永遠只是個失敗者，一事無成，事業，感情，什麼也沒有！」

「李滄行，你不能為你的師父報仇，不能守護武當，也不能得到你小師妹的心，你還活著做什麼，死了算啦！」

李滄行不甘心地吼道：「不，不是這樣，你們都騙我！**小師妹不可能變心的，她說了這輩子都是我的人，這一定是幻覺！**」

他一邊嘶吼著，一邊對著這些黑乎乎的樹影一陣拳打腳踢，這回他是含憤出手，勁道十足，舉手投足間，這些碗口粗的松木被打得一棵棵齊腰折斷，轟然倒下，整個樹林裡「劈哩啪啦」的樹斷之聲混合著李滄行的吼叫聲不絕於耳。

也不知道打了多久，也不知道打斷了多少棵樹，李滄行終於覺得體內的真氣難以為繼，一拳擊出，眼前的一棵兩人合抱的巨大松木一陣搖晃，卻不像前面的樹木那樣被他齊腰擊斷，李滄行「哇」地一張口，吐出一口鮮血，五臟六腑如同翻江倒海一般，又像是被油煎火烤，說不出的難受。

裴文淵默默地站在李滄行的身後，一言不發，眼中淚光閃閃，輕輕地說道：「滄行，要是實在難過就哭出來吧，並不丟人！」

李滄行猛的一回頭，上前緊緊地抓住裴文淵的雙臂：「為什麼，為什麼會這樣？**為什麼我回武當卻聽到她要嫁給別人**？為什麼?!文淵你告訴我這到底是為什麼?!老天為什麼要對我李滄行這麼殘忍！」

他現在體內內息已亂，真氣亂行，嘴角和鼻子裡流著血，面具早就不知道散落到哪裡，狀若癲狂。

裴文淵見狀，道了聲：「得罪了。」

他出手如風，一下子點中了李滄行的胸前兩個穴道，李滄行猝不及防，連護身真氣也沒來得及鼓氣，瞬間無法再動，身子軟軟地倒在了裴文淵的懷中，腦袋卻搭在他的肩頭，他的耳邊傳來裴文淵勸慰的聲音：

「滄行，你這個樣子很危險，會走火入魔的，我不得不先點你的穴道，當年在三清觀的小木屋時，你就是這樣救我的，這回輪到我來讓你安定下來，聽我說，你先跟著我念，天大的事以後再說。」

裴文淵把李滄行放了下來，讓他靠著樹，然後緩緩地念起李滄行當年教過他的那個清心咒，李滄行痛苦地閉上了雙眼，一邊流著眼淚，一邊麻木機械地跟著裴文淵一遍遍地念著咒語。

這清心咒果然有奇效，儘管李滄行心亂如麻，焚身似火，但幾遍念下來，漸漸地平復了情緒，體內的氣息也開始正常運轉，不像剛才那樣失控地亂躥了。

裴文淵聽到李滄行的呼吸與心跳漸漸地恢復了正常，拍拍胸口道：「滄行，你剛才那樣子可真是嚇死我了，我都不敢上前攔你，就怕你這樣打下去，會把自己的身體打得爆裂而亡。」

李滄行的神情呆滯，茫然地道：「文淵，我還真想死了算了，死了就不用這麼痛苦了。」

裴文淵趕忙道：「滄行，不可以胡思亂想，事有蹊蹺，容我把沐姑娘叫出來，你們當面說個清楚得好。」

李滄行痛苦地閉上了眼睛，搖著頭：「還要問什麼，再過三天她就要嫁作人婦了，一切都已太遲，武當既然把這事情公諸於世，就不可能有回轉的餘地。」

裴文淵的雙目炯炯有神，聲音也變得有力而堅決：「不，這事不對，剛才那峨嵋派的中年道姑說，她們十天前就接到消息了，才會趕來，這就是說，武當在紫光道長剛死的時候就定下這件事了，滄行，你不覺得奇怪嗎？」

李滄行木然地說道：「我剛才已經想過了，這事一點也不奇怪，紫光道長死後，武當元老盡亡，只剩下一個癱瘓在床的黑石師伯，連小師妹都當上了傳功授業的執劍長老，可見武當已經無人了。徐師弟在外多年，突然回幫，不像五年前那樣眾望所歸，加上屈彩鳳是他引上山的，對紫光師伯的死，他也得負上一定的責任，**為了能順利繼承掌門，他迎娶小師妹，取得執劍長老和黑石師伯的支持，再正常不過。**」

說到這裡，李滄行想到當年與沐蘭湘合使兩儀劍法時的美好，但現在那個和小師妹雙宿雙飛的，卻變成了徐林宗那張已經漸漸陌生的臉。

他搖著頭，任由眼淚在臉上縱橫流淌：「文淵，你當年見識過我和小師妹的兩儀劍法，現在我告訴你，我實際上在武當沒有跟她練過一天，全是徐師弟跟她雙修合練，現在徐師弟回來了，武當又是這種情況，**她可能為了我這個兩年沒有出現的人，去放棄這場已經公告天下的婚禮嗎？**」

裴文淵突然出手，狠狠地打了李滄行一個耳光，打得他眼冒金星，先是一愣，然後才反應過來，吼道：「裴文淵，我現在很清醒，你不用打醒我！」

裴文淵冷冷地訓斥道：「你清醒個屁，再沒有比你更糊塗的蠢蛋了，李滄行，你為沐蘭湘這些年做了這麼多，現在該你發狠用強的時候，你倒成了軟蛋了！真是丟人！」

「丟你老母！我怎麼發狠，怎麼用強?!裴文淵，你他娘的別站著說話不腰疼，你要我怎麼做？現在學賊婆娘殺上武當，殺人搶師妹嗎？」李滄行也顧不得許多了，面目猙獰，破口大罵。

裴文淵厲聲喝道：「你他娘的平時倒是精得很，怎麼現在就跟個蠢豬笨牛一樣?!**沐蘭湘答應和姓徐的結婚，是因為她不知道你還活著，說不定她以為你已經死了，才會萬念俱灰，在這種情況下答應嫁給徐林宗，如果這時候你出現在她面前，你覺得她還會嫁給徐林宗嗎？你對自己的愛情就是這麼沒有信心？**

「那天我在奔馬山莊外的樹林裡，看到你跟沐蘭湘那套劍法，真是金童玉女，郎情妾意，你一次次奮不顧身地擋在她的面前，連我都感動地要哭，女人的心都是軟的，怎麼可能對你無動於衷?!李滄行，你就真的對自己的感情這麼沒有一點信心嗎？**你們經歷過生死，她這些年一直在尋你，還看不出她對你的心？**」

李滄行很願意相信裴文淵的話，但一閉眼就想到沐蘭湘和徐林宗雙修劍法時的那種親密，他搖著頭：「文淵，不用騙我，她跟徐林宗練這劍法有好幾年了，跟我在一起是因為徐林宗失蹤了，現在是我失蹤，徐師弟歸來，她又怎麼可能為了一個下落不明的我，來放棄自己的初戀和將來的幸福？」

裴文淵冷笑一聲：「就算有這種可能，但現在你還有希望，如果我是你，我不相信如果我出現在沐蘭湘面前，她還會如此絕情！李滄行，你的這條愛情之路走得太苦了，應該且行且珍惜，怎麼能在終點前倒下？」

李滄行好像一個落水的人又抓住了一塊木頭，一個在黑暗中的人又重見了一線光明，他一激動，內息一震，直接衝開了被點的穴道，從地上彈了起來，吼道：「文淵，真的嗎？她真的願意回頭？」

裴文淵看他剛剛彈起時臉色微微一變，又恢復了一貫的沉穩鎮定，說道：「具體的我不敢保證，但如果她知道是你來了，應該不會拒絕跟我一起出來，你的那個信物還在我這裡，**如果她真的愛你，就一定會選擇跟你在一起，而不是徐林宗。**」

李滄行臉上現出一絲喜色：「真的嗎，文淵，她真的會來嗎？」

裴文淵沉聲道：「是真是假，等我試了以後再知道。滄行，你在這裡好好調息一下，剛才你的內息大亂，有走火入魔的徵兆，我怕你見了沐蘭湘後情緒激動，又會傷到身體。」

李滄行已經手足無措了，搓著手，來回走著，不停地說道：「好，好，好，我都聽你的，文淵，請你把小師妹帶來，我現在等不及要見她。」

裴文淵點點頭：「我也是這樣想，現在是晚上，要是到了白天，人多眼雜，只怕你們說話的地方也不太好找。滄行，原來你是叫她去玉堂春見面，可是現在玉堂春全是江湖中人，想必你也不可能在那裡和她見面了吧。」

李滄行咬咬牙道：「請你帶話給小師妹，讓她來思過崖上見我，我跟她的緣分是從那裡開始的，我也是第一次在那裡下定決心要這輩子娶她為妻，希望她無論如何都來那裡和我作個了斷。」

裴文淵說道：「好，你現在的身體情況能不能上山去那個什麼思過崖？那裡應該挺高的吧，現在又是黑夜，行嗎？」

李滄行運了一下氣，今天他在酒樓和樹林裡兩度發作，剛才又強行衝開穴道，內腑有些受損，這一運氣，幾條胸肺間的經脈就有強烈的刺痛感，人也不住地咳嗽起來。

裴文淵看到他這個樣子，搖搖頭：「要不你休息一天，明天再跟你小師妹接頭，如何？」

「不，我一刻也等不及，文淵，我的身體沒事，調息一下就好，麻煩你立刻去跟小師妹說一聲，請她務必來思過崖一趟。」李滄行急道。

裴文淵知道李滄行性格倔強，決定了的事再勸也是無用，只能嘆了口氣，點點頭道：「好吧，上山的路還是以前的那條吧。」

李滄行自己也有五年沒有回過武當了，被裴文淵這樣一問，先是一愣，想了想說道：「文淵你只走過一次，肯定不熟，這樣好了，今天我們結伴上山，到了半山腰山的解劍池處再分手，我去思過崖，你繼續上山，到了正門處直接請人通報，求見小師妹和徐師弟。」

裴文淵擔心道：「現在的武當是非常時期，上下戒備一定很嚴密，我們這樣深夜硬闖，會不會引起不必要的誤會？」

李滄行咬咬牙道：「不能等到白天，那樣小師妹在眾目睽睽下不好跟你出來，文淵，我只有這一次機會了，請你千萬幫我這一回。」

裴文淵無奈道：「好吧，我們走，滄行，千萬不要勉強自己。」

李滄行一提氣，跑在前面，裴文淵在後面若即若離地跟著。

兩人在黑暗的山路上一路前行，李滄行戒備著隨時可能砸下的滾石擂木，或者地上突然出現的刀刺陷阱，再要麼是兩邊草叢裡觸發的毒煙暗器，可是一路上山，直到接近山門的地方，卻沒有碰到一處機關，連一個暗哨都沒有。

兩人奔到了武當山半山腰的解劍池牌坊處，按規矩，這裡是外來的訪客解下兵器，以示對武當的尊敬，釋放來訪的善意，並由迎客弟子帶入派內的地方，可能是因為夜深的原因，這裡也是空空蕩蕩的，沒有一個值守弟子。

李滄行對裴文淵說道：「文淵，麻煩你上去吧，思過崖要從這裡轉到後山，恕我不能陪你了。要是碰到師妹，請她一定要在今晚來思過崖，我等她。」

裴文淵點點頭：「交給我吧，只要有我一口氣在，一定會把消息帶給你師妹的，放心，你的那個信物我只會給她本人，連徐林宗我也不會給。」

李滄行感激地握了握裴文淵的手，裴文淵拍了拍李滄行的肩膀，轉身沿著山間階梯向著山頂進發，李滄行也向著後山的思過崖奔去。

李滄行已經有很久沒有走過這條路了，只要一想到思過崖，他就會回憶起當年武當對自己的不公，一股悲憤之情便會瞬間充滿整個胸腔，所以，這思過崖就成了他的一塊禁地，永遠不願意再提及。可是今天，為了喚起沐蘭湘的回憶，為了讓她能想起自己為她所做的一切，李滄行選擇了這個傷心之地作為兩人見面的地方。

李滄行這樣一邊想著，一邊爬到了崖頂，今天他雖然功力受了損失，但應付起這種普通的山崖，卻是不費吹灰之力，兒時爬了一整夜的山崖，今天輕鬆的兩個起落就上了這區區十餘丈的崖頂。

李滄行坐了下來，凝神打坐，腦子裡把對沐蘭湘想說的臺詞一遍遍地重溫著。

夜涼如水，深秋的山風吹拂著李滄行的臉，汗水不斷地從李滄行的毛孔裡滲出，瞬間便乾在了衣服上，李滄行的心始終靜不下來，這次他念了十幾遍清心咒也無濟於事，乾脆長身而起，在這塊不大的崖頂來回踱步，無意間一抬頭，卻發現一輪圓月掛在漆黑的夜空中，是那麼的柔和。

李滄行的心像是被刺了一下，他清楚地記得，那個在奔馬山莊外小樹林的夜晚，那是他這生中最美好的一個夜晚，朝思暮想的小師妹躺在自己的懷裡，互訴衷腸，山盟海誓，那一夜的月亮，也是這麼的圓，這麼的白，可是現在，**伊人還在，卻是很快要嫁作他人婦**，想到這裡，李滄行便心如刀割，眼淚也不爭氣地流了下來。

崖底傳來一陣響動，似是有人在攀爬山崖，李滄行意識到一定是小師妹來了，頓時慌得手足無措，連忙擦乾臉上的淚水，深深地吸了幾大口氣，注視著那垂下崖頂，供人攀爬，這會兒正在不住晃動的千年藤蔓。

沒有多久，一個婀娜的身影突然凌空出現，熟悉的蘭花香氣飄過，月光下，李滄行看得十分真切，瓜子臉，柳眉杏眼，烏髮朱唇，黑衣素帶，額頭上一圈秀髮被汗水貼在腦門上，看向自己的眼睛裡充滿了哀怨與複雜的神情，可不正是朝思暮想的小師妹沐蘭湘！

沐蘭湘輕巧地落在了崖頂，從她的呼吸和落地的那一下，就可以看得出她的功力比起兩年前進步了一大截，可是李滄行現在無暇考慮這些，千言萬語在他心中迴蕩著，卻說不出口，兩人相對凝眸，眼中淚光閃閃。

李滄行開口說道：「師妹，你終於來了！」

沐蘭湘看著李滄行，突然輕啟朱脣：「天上的月亮圓又白。」

李滄行意識到由於自己易容，小師妹要確認自己的身分，於是激動地回道：

「沒有你身上的月亮白。」

月光照著沐蘭湘那美麗的臉龐，她的聲音也在顫抖著：

「月餅你想吃甜的還是鹹的？」

李滄行上前一步，聲音更大了一些：「師妹，你身上的月餅自是甜過了蜜糖。」

沐蘭湘的眼中盈滿了淚水，但眼神裡卻充滿了難言的複雜，她嘆了口氣，幽幽地說道：「**大師兄，你為什麼現在才來？**」

李滄行再也控制不住自己，上前就要抱自己的小師妹，沐蘭湘嬌軀微微地一顫，下意識地後退了一步，嘴裡說道：「大師兄，別這樣！」

聲音不大，細如蚊蚋，但順著山風飄進李滄行的耳朵裡，卻不啻電閃雷鳴，他如同被雷電擊中了一樣，五內俱焚，手伸到一半停住不動，顫聲道：「師妹，為什麼！你，**你真的變心了嗎？**」

沐蘭湘螓首微垂，已是泣不成聲，她不敢，或者不願再接觸李滄行那火熱的雙眼，喃喃低語道：「為什麼，**為什麼你要一去兩年杳無音信，為什麼你要在這個時候回來？我已經答應嫁給徐師兄了，你難道不知道嗎？**」

李滄行跺了跺腳：「師妹，**難道你不知道我這一切都是為了你嗎？**我這兩年又不是去吃喝玩樂，我是在臥底，我是在破獲陸炳的陰謀，我是要讓你徹底安全，你難道不明白嗎！」

沐蘭湘使勁地搖著頭，哭道：「你根本就不是為了我，我在峨嵋求過你，要你別跟陸炳鬥了，我們鬥不過他的，你說你臥底，你出生入死，是為了我，可你**保護住武當了嗎？紫光師伯死的時候你在哪裡？我在這裡孤獨寂寞，度日如年的時候你在哪裡?!**李滄行，**你做這一切只是為了你的虛榮心和成就感，根本不是你所說的為了我！**」

李滄行萬萬沒想到沐蘭湘是這樣看自己的，忙不迭地解釋道：「師妹，你真的是誤會我了，我要是為了建功立業，要是有虛榮心，直接投靠陸炳就行了，還怕沒有榮華富貴嗎？小師妹，我讓你回武當，就是不想你在江湖上行走有危險，你怎麼不明白我的苦心呢？」

沐蘭湘鳳目含淚，駁斥道：「我在江湖上行走有危險，難道我在武當就沒有危險了嗎？你明知道武當有內鬼，並不安全，還跟我說這種話，這回連紫光師伯都死於這個內鬼的暗算，你居然說什麼在武當是安全的，李滄行，我恨你！」

李滄行一聽大驚，心中那個可怕的猜想終於得到了證實，他連忙上前抓住了沐蘭湘的香肩，眼睛瞪得大大的：「你說什麼？師伯是死於內鬼的暗算？不是說師伯是屈彩鳳殺害的嗎？」

沐蘭湘冷笑一聲：「屈彩鳳那功夫怎麼可能殺得了師伯！師伯下葬的時候，面色青紫，手指甲發黑，分明就是中了劇毒，屈彩鳳殺的其他師弟，都是被刀殺爪斃，沒一個有這種中毒的現象，只有師伯一人有這種中毒反應，大師兄，你知道我們為什麼沒有公開下葬師伯嗎？就是不想把這家醜公諸於世！」

李滄行追問道：「可這跟你要嫁給徐師弟有關係嗎？現在我回來了，我可以跟你們一起探查師伯的死，小師妹，我答應你，以後再也不跟你分開，有什麼事情我們一起面對，好嗎？」

李滄行的眼中充滿著火一樣的熱切，抓著沐蘭湘的粉肩也不自覺地多用了些勁，沐蘭湘秀眉微蹙，叫了起來：「大師兄，你抓疼我了！」

李滄行如同被火燙到一樣，一下子收回了雙手，從小到大，他不忍小師妹受到一點點委屈和傷害，剛才這一下足情急所致，他關切地看著沐蘭湘，連聲道：「對不起，小師妹，我剛才太急了，你疼得厲害嗎？」

沐蘭湘抬起手，輕輕地揉了揉自己的肩膀，嘆了口氣：「大師兄，**你變了，你不再是以前那個沉穩鎮定，能包容我，關心我的大師兄了，現在的你，只會一邊說愛我，一邊衝著我凶，衝著我吼，你不是愛我，只是要佔有我，你想要我服服貼貼地聽你的話，這樣更能滿足你的成就感，對不對？**」

李滄行見沐蘭湘的眼裡充滿了哀怨，淚光閃閃，眼淚像是斷了線的珠子，一串串地向下掉，卻不抬手去拭，還沒來得及開口解釋，就聽到沐蘭湘的聲音再次響起，往日那甜美清脆的少女妙音，這次卻充滿了幽怨與冷酷：

「大師兄，你如果真的愛我，會忍心把我在這裡一丟就是兩年，不理不睬，連報個信都不行嗎？你如果真的愛我，會幾次三番地看到我找你，卻又一次次地把我趕走嗎？李滄行，**你愛的不是我，你愛的只是能佔有我，讓我乖乖聽你話，讓你掌控一切的感覺，對不對？**」

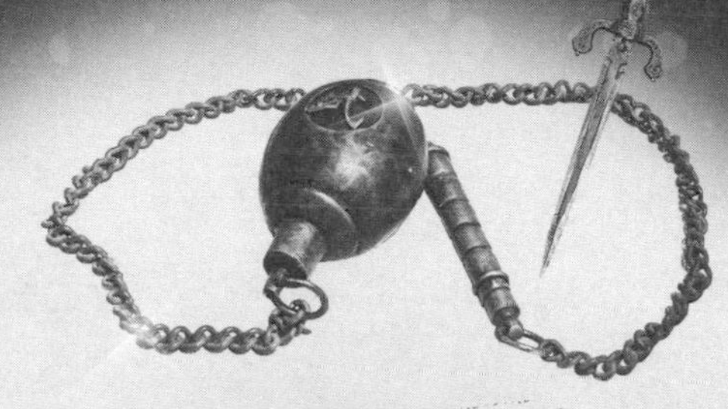

第三章

重回武當

李滄行把腦子裡雜七雜八的念頭收拾了一下，
一躍而起，抬頭看了看太陽，閉上眼，喃喃禱告道：
「師父，您老人家在天之靈請保佑滄行。」
然後睜開眼，向著人聲鼎沸的玄武大殿奔去。

李滄行的臉上也早已是淚水縱橫，他看著沐蘭湘的眼睛，生平第一次感覺到小師妹心中的怨恨。

他咬咬牙道：「你怨我也好，恨我也罷，我對你的愛，只有我自己知道，小師妹，我覺得我在你面前太卑微了，就是想保護你，都得求著你。」

李滄行說到這裡時，心中黯然，略一低頭，突然發現沐蘭湘的腰間插著一支竹笛，一看就是新做的，雖然明顯不是上次的那支，但款式幾乎一模一樣，他驚道：「師妹，你這笛子是……」

沐蘭湘毫不猶豫地答道：「不錯，這笛子是徐師兄回山後新給我做的，當年我為了證明自己心裡有你，扔掉了那支笛子，我以為這樣可以挽回你對我的心，可惜我錯了，你就那樣殘忍地扔下我，一個人走了，我眼睜睜地看著你離開我，不管我再怎麼求你留下，你都那麼絕情。」

李滄行長嘆一聲：「師妹，我當時真的只是想讓你回武當，屈彩鳳已經針對上你，我不能讓你在江湖上再到處行走，會有危險的；至於我，得用那不到三年的時間抓緊破獲陸炳的陰謀，把他的組織都暴露於光天化日下，這才可能揪出武當的內鬼，才可能讓我們永遠的安寧，師妹，**難道你真的不明白我的心嗎？**」

沐蘭湘低下頭，幽幽地嘆道：「我明白你的心也好，不明白也罷，現在還重要嗎？徐師兄回來了，現在只有他才能撐起整個武當，幫我們度過這個危機，**為了幫他鞏固掌門之位，我必須要嫁給他，而且現在我認定了他是個負責任的男人，永遠不會扔下我，永遠會寵著我，不像你，只有嘴上說愛我。**」

李滄行的心痛得無以復加，大吼道：「不，沐蘭湘，你不能這麼殘忍地對我，**這不公平！**你說我扔下武當，扔下你，徐林宗不照樣是一下子失蹤了五年，你不是不知道他和屈彩鳳的關係，他愛的根本就不是你，**真正愛你的人是我啊，只有我！**」

沐蘭湘抬起頭，神情木然，只有淚水在臉上流淌，把淡淡的脂粉沖出了一道道的印子：「徐師兄在紫光師伯出事前就是武當的掌門弟子，他是武當的合法繼承人，而你，只是個被逐出武當的棄徒，雖然我知道你的冤屈，但只靠我一個人，沒法給你洗清那個淫徒之名。

「現在我們武當是建派以來最危急的時候，內鬼未除，眾多師弟已經借屈彩鳳之事開始向徐師兄發難，現在**只有我嫁給他，才能安定人心，才能穩住武當！**李滄行，這才是我們武當弟子應該為門派做的事，你如果真的愛我，愛武當，請你永遠地離開，再也不要回來！」

李滄行不敢相信自己的耳朵，他退後一步，身子搖擺著，心口一陣劇痛，幾乎又是一口血要噴出來，到了喉邊強行咽了下去。

他雙眼血紅，難以置信地瞪著沐蘭湘：「你，你說什麼？」

沐蘭湘一字一頓地說道：「**我要你永遠地離開，再也不要在我面前，在武當面前出現！**李滄行，這對你，對我，對武當才是最好的結果！」

李滄行的胸中氣血一陣澎湃，這回真的再也忍不住了，張開嘴，一口鮮血噴湧而出，濺在沐蘭湘的身上。

沐蘭湘的眼中閃過一絲不忍，抬腳上前，但剛伸出手，又突然縮了回去，把頭扭過一邊，不敢再看李滄行一眼。

李滄行捂著自己的胸口，他感覺自己的心隨時要從胸腔裡跳出來，聲音已經變得嘶啞：「師妹，你告訴我這不是真的，你告訴我，我聽錯了，我為你做這麼多，你怎麼能這樣絕情！徐林宗能給你什麼？他扔下你一走就是五年，五年前他就愛上了屈彩鳳，這些事情你明明清楚，為什麼還要這麼執迷不悟！」

沐蘭湘轉過身子，她的聲音冷酷不帶感情，隨風飄了過來：「大師兄，你不要怪我絕情，如果你早半年回來，哪怕早一個月回來，都不會是這個結果，人在江湖，身不由己，你有你的事業，我有我的武當，如果你愛武當，愛我的話，就請你不要傷害武當了。」

沐蘭湘一下子轉過身子，絕決地說道：「現在武當這個樣子，已經再也折騰不起了，徐師兄的父親是新任的內閣次輔徐階徐大人，他能壓制陸炳讓他不敢亂來，只有這樣，我們武當才能渡過難關，為了這個，我只有嫁給徐師兄，幫他穩定武當，再找機會查出內鬼，再找機會報仇，你明不明白？」

李滄行任由著血從自己的嘴邊流下，吼道：「小師妹，你當真就不念我們這麼多年的情分了嗎？**嫁給一個你不愛，更不愛你的人，你這輩子真的能幸福嗎？**」

沐蘭湘抽出了腰間的笛子，緩緩地說道：「大師兄，你看清楚了，這是徐師兄新幫我做的笛子，他一回武當就幫我新做了一個，他說會斷了和屈彩鳳的關係，以後只會和我在一起！」

李滄行看著那支竹笛，搖搖頭：「原來這麼多年，你愛的還是徐林宗，不是我。」

沐蘭湘眼中淚光閃閃，大聲說道：「對，你說得沒錯，徐師兄不在的時候，我試著愛過你，但你卻自私地把我扔下，去追求你所謂的事業，我在武當呼天不應，叫地不靈的時候，只有徐師兄才能保護我，只有跟了他，我才會有幸福！」

李滄行心痛得無以復加，突然仰天狂笑：「哈哈哈哈哈，我真傻，真的，沐蘭湘，你記不記得，就是在這個思過崖，你給我月餅，你說你欠我的。你記不記得，就是對著這個月亮，你向我發誓，你說會一輩子愛我，和我長相廝守，這些誓言你都扔到腦後了嗎？」

沐蘭湘的眼中閃過一絲動搖，她捂起耳朵，轉過身，大聲叫道：「你不要說了，你不要再說了！」

李滄行閃到她的身前，緊緊地抓著她，咆哮道：「師妹，你騙不了我，你也騙不了你自己，你愛的還是我李滄行，從小就是！你跟徐林宗只是兄妹之情，我們現在就走，什麼也不要管，去過閒雲野鶴的生活，好嗎？我答應你，這輩子再也不會和你分開！」

沐蘭湘淚如泉湧，恨恨地盯著李滄行：「**走？走哪兒去？李滄行，就算我跟你走，武當怎麼辦，我爹怎麼辦**？你從沒有想過這件事嗎？」

李滄行如遭雷擊，木然地鬆開手，後退幾步。

沐蘭湘喃喃地說道：「大師兄，面對現實吧，面對愛情，我們始終無能為力，你對我的好，蘭湘這輩子都會記得，蘭湘希望你能找到一個好姑娘，永遠忘了我。」

沐蘭湘說著，從懷裡掏出那個用布包著的月餅，塞到已經呆若木雞的李滄行手上：「大師兄，師妹這輩子對不起你，你要恨我，要怪我，師妹無話可說，你我的緣分，只有留待來生，珍重！」

沐蘭湘說著，狠狠地咬了咬嘴脣向後飛去，山風把她的體香和再也掩飾不住的哭泣聲一起傳了過來。

李滄行一動不動地站在原地，他的大腦一片空白，**一切就像是在做夢，只不過，這一次做的是一個他一輩子也不願意再去回憶的惡夢**。

剛才小師妹說得不錯，這些年來我對她的愛，太自私，太片面了，只考慮著自己的打算，從來沒有顧及到她的感受，李滄行想到這裡，突然有種想要死的衝動，他木然地看著崖前的那片萬丈深淵，一切雄心壯志，柔情蜜意，這會兒都已經煙消雲散，也許跳下去，一了百了，才是對自己最好的解脫。

正當李滄行的腦子裡一片混沌，人也不自覺地向著那萬丈深淵走去時，卻聽到身後一聲大喝：「李滄行，你他娘的想幹什麼?!」

李滄行不用回頭，也能聽出那是裴文淵的聲音，他喃喃地說道：「文淵，別攔著我好嗎，我好累，這個世界太苦，我留在世上沒有任何的快樂。」

裴文淵厲聲道：「剛才你們說的話，我都聽到了，這種女人，薄情寡義，你還留戀她做什麼！男兒在世，何患無妻，十步之內必有芳草，以你李滄行的人品武功，還怕找不到更好的嗎?!」

李滄行痛苦地蹲下了身子：「不要說了，文淵，這些道理我全懂，世上有千千萬萬的美女，但小師妹卻只有一個，千秋萬代，四海列國，只有一個沐蘭湘，如果可以，我願意用我的一切去換她的回頭，你明白嗎？」

裴文淵冷笑道：「我看沐姑娘說得真沒有錯，你就是個不分輕重，不明事理的傻瓜，她為了武當，為了自己的父親，可以放下自己的愛情，可以慧劍斬情絲，可你呢？李滄行，**沐蘭湘委身下嫁徐林宗，是因為她只有用這個方法來保住武當，你現在有了這麼高的武功，完全可以做更多的事，卻在這裡為了個女人自暴自棄，你對得起我師父嗎?!**」

李滄行的眼神突然變得凌厲起來：「不，我不信，她剛才一直在哭，她心裡是愛我的，只要我再努力一下，她一定會回頭，我不信她真的就這麼絕情。」

他回頭一個箭步，閃到裴文淵的身前，抓著他的手，就像抓著一絲希望，「文淵，我求你最後幫我一次，再約她出來一次，好嗎？」

裴文淵架開了李滄行的手，嘆道：「都說戀愛中的人是白癡，腦子就是團漿糊，今天我總算見識到了，就算她心裡有你，也是強忍著放棄對你的愛，去和徐林宗成親，你還不明白嗎？」

李滄行激動地吼道：「不，我不能看我小師妹往火坑裡跳，即使她不嫁給我，也不能嫁給徐林宗，徐林宗愛的是屈彩鳳，不是她！她嫁給徐林宗一定不會幸福的，我可以離開她，但不能看著她一生受折磨！」

裴文淵搖了搖頭：「她現在已經跟你沒有關係了，是不是受折磨，還用得著你多管嗎？**徐林宗的父親徐階是禮部侍郎**，即將入閣的重臣，連陸炳都要讓他三分，你還看不出來嗎？**為什麼徐林宗失蹤五年，一回來就能當上掌門弟子；為什麼以前武當一直壓制你，去扶持徐林宗，你真的以為這只是武功天賦高低的問題？**」

裴文淵越說越激動，反過來一把抓住李滄行的肩膀，直視著他的雙眼，大喝道：「現在的江湖各派，有哪個不跟朝廷、跟宮裡有千絲萬縷的關係！少林的後臺夏閣老要倒了，魔教的主子嚴嵩一黨正權勢沖天，**這時候的武當除了把賭注下在徐林宗身上，還有別的辦法嗎？**沐蘭湘不過是一介女流，她對這個都看得一清二楚，你這麼聰明的人會不知道？醒醒吧，李滄行！」

李滄行痛苦地閉上了雙眼，這個道理他當然心知肚明，只不過一直不願意接受罷了，裴文淵的每個字都在刺得他內心滴血，可是他卻沒法說一句話來反駁。

裴文淵緩了緩，輕聲說道：「滄行，聽我的，不要為了這個無情無義的女人浪費時間了，不值得，也只會讓別人看輕！她要透過這樁婚事讓武當找上徐階這個靠山，沒有幸福也是她自找的，你我兄弟一起去闖蕩江湖，以後還怕找不到好姑娘嗎？」

李滄行默然無語，他的心裡在劇烈的天人交戰中，理智告訴他應該聽裴文淵的，但一下失去了沐蘭湘，他覺得心裡空蕩蕩的，整個人的靈魂好像都沒了。這兩年他一直強迫自己不要糾結於兒女私情，由於接觸到頂尖的武功，在練武上也分散了他不少注意力，但現在他才知道，所有的一切加在一起，都不如小師妹重要。

李滄行緩緩開口道：「文淵，請你幫我一件事，尋些易容的衣物，再給我找件破爛的乞丐服來。」

裴文淵一愣：「你這是要做什麼？」

李滄行道：「不管怎麼樣，我想最後嘗試一次，大婚的當天，我打扮成丐幫弟子混進觀禮的人群，如果小師妹心裡真的有我，她會放棄的。」

裴文淵厲聲喝道：「李滄行，你怎麼還執迷不悟！剛才她都當面拒絕了你，她又怎麼會在大婚典禮上回心轉意！」

他抓起李滄行手裡塞著麵團的手，斥責道：「連這個定情的信物她都狠心還給你了，你覺得她還有回頭的可能嗎！李滄行，你該不會是想在大婚典禮上強行搶奪沐蘭湘吧，我告訴你，別胡思亂想，做些出格的事！今天我運氣不錯，在山道上直接碰到了巡邏的沐蘭湘，徐林宗現在還不知道這事，不然要是知道你這時候來搶他的新娘，一定不會放過你的！」

李滄行抽回了手，道：「文淵，你放心，我不會亂來的，我只要親眼看到小師妹最後的選擇，如果她真的和徐林宗拜堂成親了，那我也就徹底死心了，只要她還沒有跟徐林宗拜堂，那一切都還有可能，文淵，請你幫我這一次！」

裴文淵長嘆一聲：「哎！李滄行，你真是不到黃河心不死，也罷，為了讓你這個傻瓜徹底能清醒過來，我就幫你最後一次，易容之物和丐幫的衣服是吧？我這就去給你弄來，只是你想清楚了，萬一要是丐幫來人，你怎麼辦？」

李滄行搖搖頭：「玉堂春裡有三教九流的各派同道，武當這回也是遍發英雄帖而已，我到時候只說自己是附近的大義分舵裡的新晉弟子就行。」

裴文淵不再多說，直接飄然而去，只剩下李滄行癱坐在地上，臉上眼淚橫流，一言不發。

也不知道過了多久，天色開始大亮，裴文淵奔了回來，丟了兩個大包裹在李滄行的面前，冷冷說道：

「一包是你最愛吃的肉包子，另一包則是你要的乞丐裝和易容用的東西，這兩天你好自為之，大婚是在後天的正午。滄行，我最後提醒你一次，你想看結果，好好看就是，千萬不要亂來，到時候我也會盡我所能的幫你！」

李滄行剛才整個人都是處於失魂落魄的狀態，聽到裴文淵的話後，才反應過來，點點頭道：「文淵，真是太謝謝你了，你放心，我自有分寸不會亂來，我只想看個最後的結果，僅此而已。這把紫電劍，我那天不好攜帶，勞你幫我暫時保管，謝謝。」

裴文淵搖搖頭，接過紫電劍，揮了揮手，「祝你好運！」便瀟脫而去。

李滄行就著崖後的山泉水，把自己易容成一個蓬頭垢面的三十多歲乞丐，裴文淵帶來的那身乞兒服，又髒又破，還散發著一股惡臭，但李滄行這會兒卻毫無感覺，脫掉外衣，把這套乞服套在了身上，那塊月餅他還是貼身攜帶著，甚至比斬龍刀更貼近自己的肌膚，這東西只要一貼著他的胸口，對沐蘭湘所有的恨意都會消失不見，剩下的只是無窮無盡的愛意。

整整兩天，太陽上升又落下，月亮落下又升起，李滄行就這麼枯坐在思過崖頂，彷彿外界的時空變換都與自己沒有關係，那包肉包子本是他的最愛，但他根本沒有心思吃，兩天來只喝了兩口水，木然地看著日起日落，一切只等著那個時刻的到來，不管怎麼樣，他都要去親眼看看，對自己也算有個交代。

說也奇怪，武當上下可能是為了操辦婚事，都忘了有這麼一個本派的思過崖，這幾天居然連一個巡山的弟子也沒有。但現在的李滄行也是心亂如麻，根本無暇去想這些，甚至他的耳目都變得有些遲鈍，即使有高手能接近到他十步之內也是渾然無覺。

又是一個不眠之夜過去了，已是初冬，天氣有些涼了，李滄行這幾天是真正的餐風露宿，粒米未盡，由於一直處於巨大的悲傷之中，心神不穩，有些風邪入體，今天站起身喝水的時候突然覺得有些頭暈，鼻子也有些堵塞，是典型的傷風感冒的症狀。

李滄行自從十歲之後就幾乎沒再生過病，沒想到在神功小成的今天卻像個普通人那樣感冒了，他站起身來，找到崖邊的清泉，把整個頭都浸入了清涼寒冽的溪水中，而他與沐蘭湘從到大的往事就像放電影一樣，一幕幕地滑過他的腦海，再抬起頭時，已是雙眼佈滿紅絲，欲哭無淚。

李滄行意識到自己這個狀態去參加大典可能不行，聽到遠處有嘈雜的人聲順著山風遠遠飄了過來，料想是來觀禮的各派俠士紛紛上山了，他深吸了口氣，暗想現在這時候上山，給人盯住盤問有可能會露餡，還是等人多時再混進去。

李滄行盤膝而坐，先是念了十幾遍清心咒，把腦子裡雜七雜八的念頭收拾了一下，做到靈臺清明，然後慢慢地功行八脈。

兩天前他幾次急火攻氣，氣息逆運，這兩天又沒有好好的調理，這一運氣，花了比平時多出一倍的時間，才勉強功行一個周天，漸漸地恢復了平時的功力。

他從地上一躍而起，抬頭看了看已近日中的太陽，閉上眼，喃喃地禱告道：「師父，您老人家在天之靈請保佑滄行這回。」然後睜開眼，頭也不回地向著遠處已經人聲鼎沸的玄武大殿奔去。

今天的武當，人非常多，李滄行已經五年沒有回來了，但一草一木還是非常熟悉，甚至連這種山風吹過青草的味道，都勾起了他對童年的回憶。

走到解劍池的時候，只見有二十多名天藍色勁裝的武當弟子在這裡守候，迎著一撥撥的江湖人士上山。

李滄行今天用了縮骨法，原來高大挺拔的身形小了一截，這會兒是個三十多歲，面皮發黃發黑的乞丐，個子中等，走在人群中毫不起眼，他跟在十幾名黑衣刀客的身後，走到了解劍池前。

一個陌生的武當弟子對著這些刀客中為首的一名說道：「請問這位英雄如何稱呼？」

那名四十多歲的刀客從懷中摸出一張大紅喜帖，交到那名弟子的手中，說道：「在下乃是湘南品劍山莊的副莊主李洪東，奉我家莊主之命，特來恭喜武當派徐大俠與沐女俠的大婚，順便恭祝徐大俠接掌武當。」

那名武當弟子的臉上看不到多少喜色，淡淡地回了個禮，收下喜帖，說道：「李莊主，請跟我走。」

李滄行準備跟著那些刀客一起混進去，卻被一邊的另一名武當弟子伸手攔下：「這位可是丐幫的英雄？是否方便見告尊姓大名！」

李滄行今天來時早做了準備，那天換衣服時，他發現懷裡有一張那天金刀鏢局的喜帖，這回正好派上用場，便從懷中掏出那張喜貼，隨口道：「在下乃是丐幫大義分舵的游十三，特來恭喜武當派新掌門繼位大喜，順便討口酒吃。」

這名攔下李滄行的武當弟子也是個生臉，顯然是這五年內新加入的，年紀看起來只有十六七歲，他看了一眼李滄行，說道：「貴幫大義分舵的張舵主剛才已經上山了，請問游英雄的這張喜帖是從何而來的呢？」

李滄行心中暗叫糟糕，但他處變不驚，鎮定地回道：「在下也是新入的大義分舵，我們丐幫嘛，可能你也聽說過，人很分散，我是在街上吃飯的時候，從別人手裡拿到這個帖子的，就自己來討幾口酒喝啦，張舵主還不知道這事呢。」

那個武當弟子仔細打量了李滄行兩眼，那衣服上的惡臭讓他不自覺地皺了下眉，拱手行了個禮：「游英雄，在下武當弟子劉冬生，還請隨我入內。」

李滄行跟在劉冬生的後面上了山，一路睹物思人，感慨萬分，來來往往的武當弟子裡沒有幾個是自己認識的，多數是這幾年招收的新人，由於戰事激烈，連沐蘭湘都當上了執劍長老，可見當年跟自己那一撥的小兄弟們只要能活下來的，也都是挑大梁的人物啦。

一路走到了大殿前的廣場，劉冬生把李滄行帶上山頂後就告辭回了解劍池，李滄行看到這裡站了足有一兩千人，雖然規模遠不如當年的滅魔之戰，但也是武當派多年來少有的盛會了，只是人人面色凝重，三五成群地交談著，完全沒有一般婚禮的那種喜氣。

玄武正殿已經被佈置成婚禮的會場，殿門外經過了粉刷，氣象一新，門口張燈結綵，李滄行現在視力很好，透過偌大的廣場，可以看到大殿內鋪著紅毯，正堂擺著供桌，神情憔悴的黑石這會兒正勉強坐在供桌邊的椅子上。

李滄行聽到不少人正在竊竊私語著這次的婚事。跟他一起上山的那十幾名品劍山莊的劍客，這會兒靠他最近，亦在小聲議論著。

「五哥，你看這回武當哪有點大婚的樣子，從山下的弟子到這裡，就沒個笑的，就是普通人家結婚也不是這樣啊。」

「七弟，你這就不懂了，沒聽說武當的紫光道長一個月前剛死在巫山派的屈彩鳳之手嗎？這種情況下武當還大婚，這才是件奇怪的事。」

「可不是麼，七哥你那時候在北方走鏢，消息不靈吧，今天的新郎官，也就是武當新任的掌門徐林宗，他可是整整失蹤了五年，上個月才回來的，一回來就碰到以前的老相好屈彩鳳殺上門來，把紫光道長給殺了！」

「啊，還有這事，我真的是不知道，幸虧今天跟你們來，沒想到我去北邊走了趟鏢，一個月時間竟然出這麼大的事。大哥，那徐林宗的老相好殺了他的師父，就這樣也能讓他接任掌門？」

李洪東的臉色一變，沉聲喝道：「七弟，休得胡言，今天我們是來參加人家武當的大典，武當願意怎麼弄是他們武當派的家事，輪得到你在這裡嚼舌頭嗎？」

那個被喚作七弟的精壯漢子嚇得一吐舌頭，有幾個漢子看向了李滄行，都下意識地交流了一下眼神，閉口不言。

李滄行知道從他們那裡也聽不出什麼消息，這兩日他也有些奇怪，徐林宗失蹤五年去了何處的事，那天忘了向沐蘭湘打聽了；而紫光師伯既然是中毒身亡，為了掩蓋家醜，肯定也早已下葬了，也不知道有沒有從這毒藥上查出些什麼蛛絲馬跡。

李滄行舉目四顧，倒也看到了不少熟人，伏魔盟的各派都派出了些次重量級的人物前來觀禮，除了那天已經見過的峨嵋派李沅、柳如煙等人外，少林的智嗔和尚、華山的陸松，三清觀的火明子、寶相寺的一凡和尚都來了，但掌門級別的卻是一個也沒到。

再想到就是連品劍山莊這樣的三流門派都沒有莊主親自前來，可見現在中原各派對武當都生出了輕視之心，要是換了紫光還在的時候，這是不可想像的。

李滄行的眼光落到了柳如煙的身上，不知為何，這個平時嬌俏可愛的姑娘從那天晚上就是心事重重，完全沒有以前的活潑與機靈，雙眼還有些紅腫，她一直低垂著頭，撥弄著自己的衣角，對外界的一切好像都是漠不關心。

李滄行心中暗嘆，柳如煙與小師妹以前最是交好，這次小師妹結婚，想必她也知道小師妹並不快樂，所以感同身受，自然是樂不起來，人生有這麼一個閨蜜，也不枉姐妹一場。

李滄行想到了自己和徐林宗，從小一起長大，情同手足，可是他明知小師妹已經與自己定情，更知自己愛的是屈彩鳳而不是小師妹，卻為了鞏固自己的掌門之位，不惜強娶師妹，**多年的兄弟情撕下了面紗後，真相竟然是如此的殘酷，反倒是裴文淵、錢廣來這些人，跟自己才是真正的好兄弟。**

李滄行的心一陣刺痛，正好這時柳如煙抬起頭四處掃了一眼，他不想與這個姑娘四目相交，讓她看出些什麼破綻，趕忙低下頭來。

大殿上傳來一個中氣十足的聲音：「各位英雄，大婚典禮已到，請各位入殿！」

人群開始向武當的大殿移動，李滄行混在一堆人裡鑽了進去，進了大殿後，很自然地使出淺水游魚的輕功身法在人堆裡擠來擠去，不少人聞到他身上的味道就皺眉閃開，李滄行就這樣站到了後排的前面，大殿上的一舉一動都能看得清清楚楚。

剛才宣布典禮開始的正是辛培華，五年不見，當年的青澀小師弟已經成熟許多，穿著深藍色的長老道袍，舉手投足間盡是一派大派弟子的風範。

辛培華看了一眼四周的群雄，眼神犀利如電，大家都噤了聲，幾千人的大殿裡變得非常安靜，辛培華說道：「在大婚典禮之前，有請敝派執法長老黑石師伯，跟各位遠到而來的英雄說幾句話！」

兩個穿著天藍色高階弟子服的武當弟子把黑石的椅子向前搬了搬，黑石吃力地轉動著腦袋，向著大殿裡環視一眼，算是行了禮，各路英雄紛紛拱手還禮。

黑石清了清嗓子，聲音低沉而緩慢，但每個人都能聽得清清楚楚，顯然當年他雖然經脈被向天行的玄陰指打斷，但內力尚存，只聽他說道：

「貧道首先感謝各位能在這個時候上我武當，武當不幸，遭遇大難，前任掌門紫光道長，遭遇巫山派賊人屈彩鳳的偷襲，含恨九泉，此等大仇，我武當就是拼到最後一個人，最後一口氣，也一定要報。

「今天邀請各位前來，是為了向大家宣布兩件大事，第一件，就是從今日起，由前掌門弟子徐林宗來接掌武當；第二件，徐林宗會在今天與小女，也是我武當執劍長老的沐蘭湘成親，從此我武當上下團結一心，保武林正氣，盡全力消滅魔教和巫山派。」

裴文淵的聲音突然冷冷地響起：「黑石道長，**請問這兩件事情有什麼必然聯繫嗎？**」

黑石的臉色微微一變：「是哪位英雄，有何高見不妨現身指教。」

裴文淵從人群中踱了出來，向黑石行了個禮：「在下布衣神相裴文淵，有一事不明，想向黑石道長請教一二。」

黑石冷冷說道：「原來是這幾年聲名鵲起的裴先生，請指教。」

裴文淵朗聲道：「紫光道長身遭不幸，我等深表痛惜，本來裴某是想來弔唁紫光道長的，可沒想到走了一半，收到的卻是徐大俠和沐女俠大婚的喜帖，掌門的大仇未報，甚至還沒有過葬期，就這麼急著結婚，裴某對此有些不解。」

黑石的聲音帶了幾分敵意與不快：「裴先生，這是我武當內部的事務，紫光師兄不僅僅是徐林宗的師父，更是我武當的掌門，他死於非命，武當上下群龍無首，所以為了安定人心，才要徐林宗提前接任掌門，這樣好凝結我武當，向巫山派復仇，請問這有何不妥？」

裴文淵的話鋒一轉：「徐大俠接任武當掌門之事，在下不敢有何異議，只是徐大俠和沐女俠，在師門大仇未報，甚至可以說紫光道長屍骨未寒的時候就結婚，這似乎不太合江湖規矩吧，武當作為名門正派中的泰山北斗，領袖江湖上百年，一舉一動當為正道之楷模，這等做法，似乎有失武當的聲譽。」

裴文淵的話說出了許多人的心聲，不少人都暗暗地點頭，武當弟子們則是個個對裴文淵怒目而視，尤其是辛培華，牙咬得格格作響，手都握成拳了。

黑石這幾年的臥床生涯把他的性子也磨了不少，不像以前那樣衝動暴躁了，皺了皺眉頭說道：「裴先生，貧道記得以前你還在三清觀的時候，那時候你還叫火華子，也經歷了師父慘遭飛來橫禍的往事，請問你是如何處理的？」

裴文淵沒想到黑石會反問自己此事，微微一愣，轉而正色道：「當年師父雲涯子被叛徒火松子下毒暗殺，這些年在下離開三清觀，改用裴文淵這個俗家姓名，就是為了追殺這個叛徒，請問這事跟剛才在下所問之事有何關係？」

黑石的臉上閃過一絲冷笑：「裴先生，你一個人離幫追殺，好像幾年下來，也根本沒有報得師門大仇吧？而且你扔下門派，獨行江湖，現在三清觀已經和原來面目全非了，貧道認為，你還是管好自己的家務事，再來對別派的事務發表高見的好。」

裴文淵給說得滿臉通紅，這事確實是他心中的痛，但又不可能把內情說出，如果換了以前的他，受此羞辱肯定早就拂袖而去了，但一想到今天是為李滄行作最後的爭取，還是咬了咬牙道：

「在下的家務事自有計較，不勞黑石道長費心，在下只是覺得奇怪，那屈彩鳳和徐林宗有著千絲萬縷的關係，江湖上人盡皆知，甚至紫光道長之死聽說也與此脫不了干係，武當為何會在此時把掌門之位，連同黑石道長的愛女一併交給徐林宗呢？此事在下不解，請指教一二。」

辛培華終於忍不住了，指著裴文淵厲聲喝道：「裴文淵，今天是我武當的大喜之日，你一而再，再而三地出言挑釁，到底是何居心！」

黑石擺了擺手，示意辛培華退下，開口道：「裴先生，每個門派都有自己的行事原則，不需要向外界作過多的解釋，聽說前天夜裡，你和一位陌生高手在武當山下的小鎮上和其他幾位朋友起了衝突，若不是我們出面調解，只怕少林派和金刀鏢局的朋友都不會與你善罷甘休。裴先生，人在江湖還是要守江湖的規矩，其他門派的事，有時候不必好奇心太過，要是傷了和氣，以後只怕也不會有人再幫你出頭了。」

裴文淵冷冷說道：「裴某浪跡江湖，獨來獨往，也不指望能有多少人幫忙出頭什麼的，但**江湖之事，大不過一個義字**，武當身為正派之首，所作所為難以讓人信服，以後只怕會引得道消魔長，讓那些宵小之輩更加猖狂。」

黑石的臉色一變，沉聲道：「這些是我武當的家事，不勞裴先生費心了，如果裴先生肯賞臉，可以留下來吃杯喜酒，若是不願意在這裡多盤桓，也不留您大駕了。」

黑石這分明是下了逐客令，裴文淵就是臉皮再厚也不好留下了，他恨恨地一轉身，看了一眼站在門口的李滄行，拂袖而出。

黑石等到裴文淵離開後，換了一副笑臉：「剛才是我武當禮數不周，讓各位英雄見笑了，接下來大婚典禮照常進行！」

辛培華一揮手，大殿兩側後排的樂隊開始吹奏起來，所有人的眼睛都看向了大殿的入口，不知何時，兩個紅色的身影已經站在門口，一個正是一身大紅新郎妝的徐林宗，另一位體態婀娜，蓋著紅布頭的，顯然就是今天的新娘子沐蘭湘，兩人的手上各執著一段紅綢，中間繫著一個同心的紅色繡結。

李滄行一看到沐蘭湘，雖然無法看到她的臉，但心中一陣錐心般的疼痛，最後僅存的這一絲幻想都被擊成泡沫，小師妹終於還是在天下人面前，嫁給了別的男人！

李滄行的心在滴血，視線漸漸地變得模糊，機械地看著徐林宗和沐蘭湘緩緩走過，踏過那條長長的紅毯。

徐林宗的臉上沒有任何作新郎的喜悅，五年沒見，他黑了不少，但那丰神俊朗的風範卻是一點沒減，從他的走路時落地聲和呼吸來看，這五年下來他的功力大漲，顯然也已經打通了八脈，步入頂尖高手的行列。

可是李滄行無暇顧及這些，他的眼睛死死地盯著沐蘭湘，小師妹今天如行屍走肉一般，氣息全無，機械而麻木地邁著步子，一步步地走到了黑石的面前。

李滄行心裡不停地在大叫著：「衝上去，把她奪過來，帶著她遠走高飛！」但不知為何，他的拳頭緊緊地握著，腳卻像在地上生了根，一動也不能動。

辛培華高聲叫道：「新人行婚禮，一拜天地！」

徐林宗和沐蘭湘彎下腰，向著黑石身後的張三豐畫像拜了下去。

「二拜高堂！」

徐林宗和沐蘭湘轉向黑石納頭深深一拜，黑石的臉上終於難得地現出一絲笑容，滿意地點了點頭。

「夫妻對拜！」

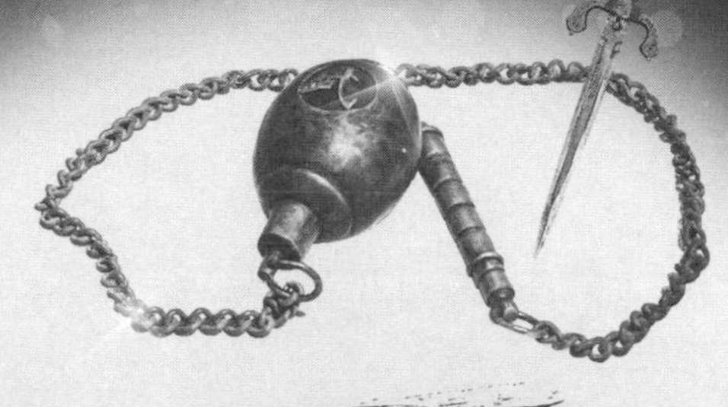

第四章

前世今生

李滄行的兩條鐵臂緊緊地環著屈彩鳳，
他的嘴狠狠地對上了屈彩鳳的兩片紅脣，
屈彩鳳的真氣源源不斷地進入他的體內，
腦中被封印的記憶被這陰陽兩極的真氣互相激蕩，
就像跑馬燈似的，一幕幕呈現在李滄行的眼前。

徐林宗和沐蘭湘轉過身，面對著對方，李滄行瞪大了眼睛，**沐蘭湘的選擇就看這一下了，拜下去，今生她就是徐林宗的人，不可能再有任何轉機了。**

他在心裡不停地吼著：「不要拜，千萬不要拜！」

徐林宗遲疑了一下，彎下了腰，沐蘭湘卻是怔怔地立在原地，李滄行看得出她的嬌軀在微微地發抖，顯然心中亦在掙扎。

辛培華再次高聲叫道：「夫妻對拜！」

沐蘭湘的身子晃了晃，還是彎腰拜了下去！

這一瞬間，李滄行只覺得耳邊電閃雷鳴，眼前天崩地裂，整個世界彷彿都不復存在，所有的希望，這一刻都破滅了。

李滄行的身子晃了晃，險些要跌倒，身邊一個華服公子差點被他撞到，鄙夷地一閃，罵道：「走路眼睛不看的嗎！」

在一片道喜聲中，李滄行一個人麻木地向外走著，此刻的他，如同一具行屍走肉，不知自己姓甚名誰，也不知道自己將要去向何方。

大殿上的喜宴已經開始，一如當年的中秋之宴，各路賓客紛紛入座，李滄行卻在這時候漸行漸遠，沒有人關心一個乞丐的缺席，整個武當的廣場上也不會有人對他的離去有什麼意見。

出了山門，李滄行繼續茫然地走著，甚至連自己走錯了路，走向後山思過崖，而不是前山的下山通道都沒有反應過來。

一道粉色的身影從他的身邊一閃而過，混合了少女身上的幽香，帶著一陣旋風，奔向了武當玄武大殿的方向，如果李滄行這時候是正常狀態的話，一定會驚異於此人的武功之高，身法之快，可是李滄行已經對此沒有任何興趣。

四個黃衣的漢子在李滄行身後輕手輕腳地跟著，離他大約五六十步，時不時地隱身於草叢之中，正是當天在山下「玉堂春」酒樓有過過節的那金刀鏢局的金刀四傑。

脖子上貼著狗皮膏藥，還留著幾道指印的魏一揚咬牙切齒地說道：「大哥，現在不動手，還要等到什麼時候？」

排行老二的邱人傑皺了皺眉頭，對張起明道：「大哥，您確定這傢伙就是那天在『玉堂春』裡羞辱四弟的人嗎？」

張起明點點頭：「千真萬確，那天我看到裴文淵後來回到鎮上，弄了套乞丐的衣服，又買了些包子，就覺得古怪，一路跟了過去，就是來這武當的後山，給了這傢伙。娘的，這裴文淵號稱布衣神相，又稱千面人，易容之術江湖人人皆知，這傢伙那天還是個中年黑漢子，這會兒就扮成丐幫弟子啦。」

排行第三的林子休吐了吐舌頭：「大哥，這傢伙武功我們都見識過，高得不可思議，我們四個根本不是對手，又能如何？」

魏一揚低聲罵道：「三哥，你是不是怕事了？我們金刀四傑的刀陣，向來縱橫中原黑白道上，還沒碰過對手，那天只不過是這廝使的障眼法，加上一上來就偷襲了我，讓我們使不出刀陣，這回我們四個都在，還能怕他不成?!」

邱人傑也說道：「就是，人在江湖混，爭的就是一口氣，老四那天受了這麼大的羞辱，這裡又是武當的地盤，剛才那個裴文淵敢公然不給武當面子，想必我們就是出手給這傢伙一點顏色看，武當也不會怪我們的。」

張起明搖搖頭：「這廝今天倒是透著古怪，那天雖然帶著面具，但是眼睛是無法隱藏的，那個樣子恨不得要吃人，今天卻是一副死氣沉沉的樣子，實在是讓人難以捉摸。」

魏一揚猜道：「大哥，這廝一定是本來和裴文淵準備一起發難，在武當鬧事的，結果一看今天這麼多英雄，不敢造次，我看他有可能是魔教或者是巫山派放出來的奸細！對了，不是聽說北方新崛起的白蓮教現在有什麼迷魂散嗎？」

張起明的雙眼一亮：「對啊，聽說白蓮教這些年來練出了這種能控制人的心神，把人變成行屍走肉的邪門藥物，服之者不畏刀劍，那天這傢伙就根本不畏刀劍，而且在崖頂一待兩天不吃不喝，看來就像是中了邪似的，一定是給煉成毒人了。」

邱人傑哈哈一笑：「那我們現在就一起上，這毒人空有一身蠻力，卻是全無智慧，我們把他擒下，送給武當，也算為江湖除了一害。」

張起明點了點頭：「就這麼辦，記住，一定要先布好刀陣再問話，要是他回答尚屬正常，打他一頓就是了；要是不說話，就是毒人，毒人不畏疼痛，上來就要出致命招數。」

四個人商議已定，同時現身，各施輕功，趕了上去，幾個起落，就在還在緩緩前行的李滄行的四周擺開了陣勢。

張起明站在李滄行的前方，厲聲喝道：「你是何人，報上姓名！再敢走一步，休怪我兄弟不客氣了！」

李滄行置若罔聞，呆呆地繼續前行。

四人對視一眼，魏一揚叫道：「大哥，此人是毒人無疑，廢了他再說！」也不等其他三人點頭就揉身上前，刀光如電，一招狂沙萬里，直掃李滄行的後背。

魏一揚在四人中排行最末，武功也最低，但出手一向最狠，這些年行鏢走貨，傷在他手下的綠林好漢、山賊土匪卻是四人之中最多，但他並不是傻子，那天給李滄行捏了半天脖子，也知道李滄行的力量實在驚人，這一招也只是虛晃一下，四分攻六分守，指望著其他三個同伴能及時跟進。

「波」地一聲，意料之中的反擊沒有出現，李滄行仍然麻木地向前走著，後心的衣服被刀鋒劃破，整個後背都露了出來，一道細細的刀痕在他的背上閃現，鮮紅的血液汩汩地冒了出來。

張起明高聲叫道：「果然是毒人！一起上！」

四人這回再無疑慮，有哪個正常人會像這樣，給刀砍得入肉三分了還無動於衷，不閃也不避呢！

刀光閃閃，李滄行身上的血肉片片橫飛，全身的衣服被砍得稀爛，只剩下一條底褲還掛在腰上，而胸前後背，手臂腿上多了幾十道或深或淺的刀痕，鮮血如噴泉似地從大大小小的傷口向外冒，連貼身的斬龍刀和月餅都掉到了地上。他終於停下了腳步，癱倒在地，強烈的痛感漸漸地讓他的意識和神經開始復蘇。

魏一揚哈哈一笑，跑到李滄行的身前，高高舉起了大刀，吼道：「大爺現在就送你歸西！」那柄鬼頭人刀帶著虎虎的風聲砍了下來！

一旁的張起明皺著眉頭，高聲叫道：「四弟且慢！」

可已經阻止不了魏一揚面目猙獰，咬牙切齒地把刀在頭上畫了一個大圈，緊接著，那柄鬼頭大刀帶著虎虎的風聲砍了下來！

李滄行從剛才的混沌意識中清突然醒了過來，全身上下強烈的痛感讓他的神經變得特別敏感，反應居然還比平時要快了一眼，一抬眼，只發現背著陽光，一張濺滿了血珠的臉正帶著得意的表情，臉上殺氣畢露，閃著血光的大刀正衝著自己的腦袋當頭劈下。

李滄行這時候的修為，看魏一揚的這一招，就像是在看拆招時的慢動作重播。刺鼻的血腥味讓他的殺氣一下子湧現出來，他意識到眼前的這個傢伙是想要自己的命，一個憤怒的聲音在他的胸腔裡咆哮著：

憑什麼我要任人宰割，憑什麼我要受人欺凌！想殺我的，我先殺他！

李滄行雙手猛的向地上一推，身子從地上飛快地平移了一丈多出去，那把大刀狠狠地落下，在地上砸了一個不小的坑，滿地的鮮血頓時把這個小坑注成了一個血泊。

金刀四傑沒料到李滄行傷成這樣了居然還能動，個個大驚失色，而魏一揚駭得連砸在地上的刀都忘了再提起來，看著身邊慢慢站起身的李滄行，如同見到鬼一樣，嘴張得能塞進一個饅頭。

李滄行的口鼻中流著血，但人皮面具還沒有掉下來，他狠狠地盯著魏一揚，聲音如同地府惡狼的咆哮：「為何要殺我？」

魏一揚給已經嚇得說不出話來了，渾身發著抖。

倒是張起明還相對沉穩一些，把刀一揚，喝道：「**你究竟是人是鬼，還是毒人？**」

李滄行仰天哈哈一笑：「我是人也好，是鬼也罷，就算是毒人，你們就可以隨便殺我？好，好，好，欲殺我者，我必殺之！」

李滄行的胸中悲憤之氣全部化成了現在支撐他的動力，內息瞬間加速運轉，周身騰起了一陣泛著血光的金氣，身上的創口一下子血流如注，就在金刀四傑驚愕萬分之際，身形如鬼魅般一動，魏一揚只覺得眼前一花，心口一涼，低頭一看，只見李滄行的十指如爪，已經插進了自己的胸膛，哼都沒來得及哼一聲，便氣絕身亡。

邱人傑大吼一聲：「四弟！」狀若瘋虎，揉身便上。

刺鼻的血腥氣讓李滄行全身上下火熱，心中有了一種莫名的興奮，他的手一用力，「喀啦」一聲，魏一揚的胸骨盡裂，一顆心臟被他活生生地掏了出來，還在微微地跳動。

撲上來的邱人傑看到這顆人心，噁心得身形一滯，只差沒有吐了出來。

李滄行大吼一聲：「還你！」狠狠地把這顆心擲向邱人傑的面門，邱人傑本能地舉刀一擋，卻不料那顆心被李滄行注入了內力扔出，堅逾金石，砸在刀身上，直接中間斷裂，前面的斷刃餘勢未盡，向後又飛了半尺，把邱人傑的半個腦袋平平地削去，紅白之物如噴泉似地湧了出來。

張起明和林子休雙目盡赤，雙雙飛身而上，刀光閃閃，這六七步路就砍出了十幾刀，他們所使的狂風雲斬刀法講究的就是一個快字，砍中人時也入肉不深，所以剛才把李滄行渾身上下加起來砍了有近百刀，卻還是沒有讓李滄行完全失掉戰鬥力。

可是他們的快刀在現在的李滄行眼裡，基本上就是小孩子打架時的出刀速度，雖然李滄行因為失血過多已經開始頭暈目眩，速度和力量下降了不少，但是判斷力卻一點沒有下降，他虎腰一扭，腳下一個玉環醉酒，堪堪閃過了林子休從左邊攻來的一刀，以林子休為肉盾，正好也擋住了張起明在另一側的出刀。

同時李滄行手上使出折梅手的招式，右手捉住林子休的左手手腕，左手在他的肘關節一點，正好點中林子休的左手酸經上的曲池穴，林子休只覺得手臂一酸，再也扭不住刀，直接就落到了地上。

李滄行的體內真氣一暴，雙手發一狠力，只聽「啪啦」一聲，林子休慘叫一聲，整條左手前臂竟然被李滄行硬生生的扭斷，半隻左前臂直接被扯了下來，林子休捂著血如泉湧的左臂，後退一步，再也支持不住，仰面栽倒在地。

李滄行渾身殺氣四溢，左腳重重地踏出，狠狠地踩在林子休的心口，林子休避無可避，匆忙間只能運氣硬擋，哪裡擋得住，整個心口被一腳踩了個稀巴爛，半個身子都被踏進了地裡，七竅流血，瞬間身亡。

張起明做夢也沒想到世間竟然有如此可怕而迅速的殺人招數，現在的他戰意全消，無邊的恐懼湧上了心頭，哪裡還顧得上為三個兄弟報仇，匆匆地揮了兩刀，轉身就要逃。

李滄行一聲狂笑，雙足一動，渾身冒著血，直飛空中，張起明跑了沒兩步，只覺得空中有什麼東西滴在頭上，用手一摸，卻是鮮血，當即駭得三魂失了兩魂，眼前一花，發現李滄行正渾身是血地站在自己面前，狀如喪屍，他正要開口驚叫，卻看到一隻血手帶著虎虎的勁風，直接拍向了自己的面門。

「砰」地一聲，如同鐵錘砸上了西瓜，張起明的腦袋被這一記暴龍之悔打得稀爛，**李滄行這一招沒有悔，只有暴**，用了全力，不留後手，身上又是一陣血如泉湧，張起明那被瞬間打爛的腦袋中的紅白之物噴得他滿身滿臉都是，帶著鹹鹹的腥味，卻讓李滄行感覺到前所未有的快感，**誰要殺我，我先殺誰！這種快意恩**

仇的感覺，是李滄行二十六年的人生中從未有過的。

爽完之後，就是巨大的乏力，金刀四傑也並非庸手，至少在江湖上可躋身二三流高手之列，武功也不比當年滅魔大戰時碰到的魔教中堅弟子差多少，卻被李滄行四招連殺四人，一半是心理上先是被震懾，發揮大打折扣，另一半也是李滄行含怒全力出手，功力用到了十成，這一下勉力為之，本已經受到重創的身體再也支持不住，腿腳一軟，生生地栽倒在路邊的草叢裡，再也無法動彈。

天空中飄起了細細的雨絲，落在草叢裡躺著等死的李滄行的身上，現在連手指頭都無法行動，臉上戴的面具冷冷的，僵僵的，沒有一絲生氣，也感覺不到任何雨絲落在臉上的那種冰冷，身上的傷口仍然在向外冒著血。

李滄行的意識開始變得模糊，他突然覺得澄光正一臉慈祥地看著自己，這個世上，真正關心自己的，也只有師父了，李滄行好後悔這麼多年只是盲目地去追求沐蘭湘，卻一直忽略了師父對自己的父愛，不知道到了另一個世界，還能不能再見師父一面。

一陣零碎的腳步聲由遠而近，遠處似乎是有一男一女在激烈地爭吵，李滄行由於失血過多而變得五官麻木，已經聽不到他們在說什麼了，只知道沒幾句話後，那男的好像就轉身離開，只剩下一個女子正跌跌撞撞地向這邊走來。

李滄行本能地轉過頭來，一張絕美的臉頰映入了他的眼簾，一雙噴射著怒火的鳳目卻也正看著自己，粉衣紅裙，可不正是巫山派的屈彩鳳?!

今天的屈彩鳳，和平時大不一樣，雖然怒氣滿滿，但完全沒有平時的凶強悍氣，倒更像個為情所傷的小女人，滿臉都是淚痕，左肩頭一片盈紅，似是被刺了一劍，染得這身粉紅色的裝束左半邊成了深紅。

李滄行看著屈彩鳳，說不出話來，心裡大吼著：「站起來，殺了她！」牙齒咬得格格作響，連眼珠子都要瞪得跳出眼眶了，可是身體卻不爭氣地動也不能動一下。

屈彩鳳一手扶著左肩，長長的秀眉倒豎，杏眼圓睜，對著李滄行厲聲喝道：「你是什麼人，為什麼這樣看著我，這些屍體是怎麼回事？」

李滄行一句話不說，開始在體內試圖運起氣來，自己失去小師妹，歸根結底就是這個賊婆娘害的，能在死前抱著她一起上路，這輩子的遺憾也能減少一大半了。

屈彩鳳能明顯地感覺到李滄行的敵意，她在江湖也縱橫多年了，李滄行一運氣就能感覺出來，她不知道眼前這個渾身冒血的赤身男人是誰，但此人不惜迸裂周身的傷口也要強行運氣，顯然是自己的死敵。

屈彩鳳二話不說，上前兩步，駢指一戳，正好點中了李滄行的氣海穴，然後運指如風，連連點中李滄行胸前的十餘處要穴，這回李滄行想運氣都不可能了，眼神一下子黯淡無光，只能等死了。

屈彩鳳抽出刀，指著李滄行的脖子，厲聲道：「快說，你是什麼人，這樣躺在這裡是怎麼回事，地上屍體又是誰，你若是說了，我會救你一命，要是說謊或者是不說話，老娘宰了你。」

李滄行閉上雙眼，恨恨地說道：「賊婆娘，要殺就殺，何必多話！」

剛才李滄行沒有掩飾自己的嗓音，屈彩鳳聽到後渾身一顫，臉色大變，伸出手向李滄行的臉上一抓，那塊人皮面具應手而落，李滄行那張因為失血過多而變得蒼白的英俊臉龐一下子映入了屈彩鳳的眼簾。

饒是屈彩鳳心裡已經有了準備，但這一下確認之後，仍然興奮得兩眼放光，她哈哈大笑，聲音在這段山道上來回飄盪，淚水則在她眼中打著轉。

笑了半天後，屈彩鳳低下頭，對著李滄行咬牙切齒地說道：「老天真是公平，先給我重重一擊，再讓我有親手報仇的機會，李滄行，老娘落得今天的慘樣，全是拜你所賜！今天，老娘要你十倍奉還！」

李滄行看都不看屈彩鳳一眼，仍然雙眼緊閉，氣若游絲地說道：「賊婆娘，只恨我今天被鼠輩暗算，落到你手裡，老子就是做了鬼也不會放過你的！」

屈彩鳳幾乎要把銀牙咬碎，惡狠狠地說道：「在你做鬼之前，老娘一定要你嘗遍人世間所有的痛苦，讓你知道做鬼都是件多麼幸福的事！」

她提起李滄行，李滄行百多斤重的漢子在她手中幾乎沒有任何重量，輕輕鬆鬆地扛到了肩頭，抬腳就要向思過崖奔去，屈彩鳳蓮步剛動，感覺踢到了什麼東西，低頭一看，卻是李滄行的那把斬龍刀。

屈彩鳳一眼就被那把萬年寒玉所製的龍首刀柄和那個千年蛟皮的刀鞘所吸引，俯身撿起了這把斬龍刀，手一觸到刀柄，馬上就感覺到徹骨的嚴寒，連忙鬆手，幸虧此刀只有一尺左右，不然屈彩鳳十有八九也會像當日的柳生雄霸那樣，給直接凍成冰棍了。

屈彩鳳沉吟了一下，看了一眼肩上渾身是傷的李滄行，心道這傢伙是不是也被這把邪門的刀暗算了，才會給人砍成這樣？

她這會兒已經認出了那個給李滄行一腳踩進地裡的林子休，再一看四把刀，四個黃衣人，立馬就知道這是在中原小有名氣的金刀四傑，以他們的功夫，是不可能傷得了李滄行的，十有八九是這把古怪的刀作祟。

屈彩鳳撕下林子休的一截衣角，把斬龍刀的刀柄包了，放入懷中，落在另一邊的包裹也翻了一下，卻發現是個黑乎乎的麵團，還長著綠毛，一陣噁心，一腳踢到了路邊，再次把李滄行扛上肩頭，向著後山飛奔而去。

李滄行被點了啞穴，連哼都哼不出來一聲，剛才屈彩鳳拿到斬龍刀時，他心裡一直在念咒語，想要把刀變大，凍死這個賊婆娘，可惜無論他怎麼努力，喉頭「荷荷」直響，就是說不出半句話。

屈彩鳳扛著李滄行奔出了十幾里，沒有直上思過崖，而是走了另一邊，進了當初李滄行和徐林宗找到小狼的那個黑樹林，這裡原來有個獵人小屋，住了個姓張的獵戶，後來被那隻小狼長大後咬死了，這麼多年也就成了無人區。

屈彩鳳看來對這裡地形挺熟悉的，奔進林中後，從懷中掏出一段蛟皮索，把李滄行緊緊地綁在樹上，一切停當後，才冷笑著解開了他的啞穴。

李滄行已無生念，一路緊緊地閉著嘴，一言不發，屈彩鳳在扛她上路前先幫他點了穴道止血，這一路下來，竟然傷口也漸漸地乾涸了，有些地方還開始結了一層細痂。

屈彩鳳看到李滄行身上的傷痕，似是有些驚訝，恨恨地說道：「你這狗賊還真是皮糙肉厚，這麼快就結上痂了，不過沒關係，一會兒我會讓它們再次綻開的。」

她獰笑著從腰上抽出了一條帶刺的軟鞭，絕美如花的容顏這時候卻變得凶殘而可怖。

「叭」地一聲，李滄行的胸口多了一條長達尺餘的鞭痕，鞭上帶了皮刺，真真打得是皮開肉綻，剛才已經凝結住的傷口再次淌起血來。

屈彩鳳狀若瘋癲，一鞭鞭地抽下去，李滄行很快身體就給抽得血肉橫飛，可這會兒，肉體上的疼痛遠遠比不上李滄行心中的痛苦，他緊緊地閉上眼，任憑屈彩鳳一鞭鞭地抽在自己身上，彷彿沒有任何感覺似的。

屈彩鳳連抽了幾十下，打得渾身上下香汗淋漓，李滄行一聲不吭，不僅沒有像她希望的那樣慘叫求饒，甚至連眼皮都不抬一下，這讓她遠遠沒有期望中的那種報仇的快感，她氣得一扔鞭子，吼道：「李滄行，你這皮有城牆厚是不是，打你不疼對吧。」

李滄行冷冷地說道：「賊婆娘，你打也打夠了，有本事就一刀殺了我，反正我也不想活了。」

屈彩鳳一看到李滄行這個樣子，心裡倒是猜到了大半，突然笑得花枝亂顫起來：「李滄行，弄了半天，原來你是**哀莫大於心死**啊，嘻嘻，我怎麼沒想到呢，眼睜睜地看著自己的女人嫁給自己最好的兄弟當老婆，這種感覺真奇妙啊，怪不得你整個人都像沒魂了似的，還能給那四個小毛賊傷了。」

李滄行一下子被屈彩鳳點燃了情緒，激動起來，吼道：「你閉嘴！屈彩鳳，都是給你害的，這一切都是因為你這賊婆娘，紫光師伯與你何怨何仇，你要下此毒手！現在害得我和小師妹永遠不能在一起了，你自己也沒指望和徐林宗好上，你這回滿意了？高興了？」

屈彩鳳聽了暴跳如雷，高聳的胸口劇烈地起伏著，聲嘶力竭地吼道：「不許在老娘面前提姓徐的，你再敢提這三個字，老娘割了你的舌頭！」

李滄行哈哈大笑，他終於找到了一個能反擊屈彩鳳的好辦法，嘴裡連珠炮似地不停地叫道：「徐林宗，徐林宗，徐林宗，徐林宗！……」

屈彩鳳氣得嬌叱一聲，上前「劈裡啪啦」地一陣耳刮子，打得李滄行雙眼冒金星，邊打邊恨恨地叫著：「我讓你再叫，讓你再叫！」

李滄行一時氣悶，被這一頓暴打，兩眼金星直冒，胸口又感劇痛，竟然一口氣接不上，暈了過去。

屈彩鳳見李滄行的臉被打得腫成了個包子似的，腦袋低垂，看起來只有進氣沒有出氣了，心中暗叫糟糕，不會真把這賊人打死了吧，不行，不能這麼便宜他，上次渝州城外受辱，今天徐林宗大婚的一肚子邪火還沒處可發呢。

屈彩鳳取下腰間繫著的一個葫蘆，裡面灌滿了烈酒，屈彩鳳身在土匪窩，從小就很豪放，十歲的時候喝上一罈燒刀子，眉頭都不皺一下，出門在外，酒葫蘆裡更是烈酒常滿，不僅可以消傷口的毒，更可以一醉解千愁。

她滿飲了一口酒，舌尖運上內力，「噗」地一口，噴得李滄行滿臉滿身都是，辣辣的酒浸在李滄行那滿身皮開肉綻的傷口上，讓她看了都皺眉。

可是李滄行卻依然腦袋低垂，連動都沒有動一下。屈彩鳳有些慌神了，上前兩步，左手托起李滄行的下巴，右手探向李滄行的鼻子，正在這時，李滄行突然睜開雙眼，怒目而視，嘴卻倏地張開，用力咬住屈彩鳳兩根春蔥般的玉指。

屈彩鳳給咬得痛徹心肺，左手拚命地捏起李滄行的下顎，李滄行早有準備，咬緊牙關，就是不鬆口，若不是他這會兒內力被封，牙口用不上勁，否則屈彩鳳的兩根手指早就給他咬下來了。

屈彩鳳痛得眼淚都快流下來了，但她畢竟身經百戰，經驗豐富，一看左手撬不開李滄行的嘴巴，靈機一動，左膝一抬，直接撞上了李滄行兩腿之間的部位，李滄行這會兒也不可能運起什麼縮陽入體的神功，給這樣狠狠一撞，蛋疼地一哆嗦，牙口不受控制地一鬆，屈彩鳳兩根已經被咬得鮮血淋漓的手指終於給抽了出來。

屈彩鳳氣得抄起地上的鞭子，對著李滄行又是劈頭蓋臉的一陣子死抽，李滄行雖然有些懊惱沒有咬下屈彩鳳的兩根手指頭，但總算也反擊到了，反正今天不抱活的希望，這會兒哈哈大笑，彷彿這些鞭子沒抽在他身上似的。

屈彩鳳又打了十幾下，算是出了口氣，恨恨地把鞭子一扔：「你他娘的哪有點名門弟子的樣子，活脫脫一個潑皮無賴！」

李滄行「嘿嘿」一笑：「一個土匪婆娘跟老子說名門弟子的樣子，還有比這更可笑的事嗎？屈彩鳳，我那徐師弟出生官宦世家，從小就知書達理，你覺得他會看上你這個土匪婆嗎？哈哈，只不過是玩弄你一下罷了，玩過了就扔，哈哈哈哈哈哈！」

屈彩鳳驚得退了兩步，粉面寒霜，厲聲道：「你怎麼會知道這個事的？難道徐林宗把這些也告訴你了？」

李滄行本來還想繼續罵她，但睜眼一看，屈彩鳳雙眼熱淚盈盈，眼淚不住地下落，已是泣不成聲，這會兒完全不像個剽悍的女匪，只是個無助的女人。

李滄行畢竟本性良善，尤其是見不得女人哭，剛才那樣對屈彩鳳，也是因為她的凶強悍辣，若是像現在這種楚楚可憐的樣子，他是罵不出口的。

李滄行嘆了口氣道：「屈彩鳳，我已經五年沒見過徐林宗了，他又怎麼可能告訴我這些事呢。」

屈彩鳳先是不自覺地露出一絲微笑，轉而再次怒容滿面，指著李滄行怒道：「你給我說清楚，剛才的事你是怎麼知道的？」

李滄行突然覺得這是個瞭解紫光之死的好機會，在死之前，若能明白知道此事內幕，也算是個安慰，他笑道：「那你先告訴我，那天你上武當後去而復返，殺死紫光師伯是怎麼回事？」

屈彩鳳本是一怒，但一想面前的這個臭男人，剛才自己那樣打他都沒讓他屈服，心中倒也生出了幾分敬意，再說她確實也悶得慌，便幽幽地道：「這事我不知道，真不知道。」

李滄行冷笑道：「你不知道？你難道要說自己是夢遊的時候殺死紫光師伯的嗎？」

屈彩鳳搖搖頭：「你愛信不信，我沒必要騙你，那天我離開武當後，就被紅花鬼母和金不換聯手攻擊，還有他們的那個厲害兒子公冶長空，我不是他們的對手，被擒了下來。金不換和錦衣衛的陸炳是死對頭，現在陸炳幫我，他就要找我麻煩，逼我寫出天狼刀法的刀譜，他以為自己練成天狼刀法，就能壓過陸炳一頭。我不肯寫，他們夫妻兩個就逼我吃下了寒心丹。」

李滄行奇道：「寒心丹？是種毒藥嗎？」

屈彩鳳恨恨地道：「不錯，天狼刀法是天下至剛至陽的武功，連我一個女兒之身練此神功也變得性格風風火火，大大咧咧，這寒心丹則是至陰至柔的毒藥，如果不服解藥，則會寒氣入腑，受那冰火二重天，寒冰火烤之苦。」

李滄行默然無語：「好狠的太監！不過金不換我也見識過，他的武功是陰柔型的，要你這天狼刀法做什麼？」

屈彩鳳「哼」了聲：「我師父創出的天狼刀法，堪稱刀之至尊，當年金不換夫婦敗在我師父手下，因而朝思暮想的就是奪取刀譜自己修練，所以他們特地帶上了那個傻兒子公冶長空，就是想要生擒我。」

李滄行奇道：「金不換是給陸炳捉到宮裡當了太監，這件事我知道，只是他的兒子應該早就有了吧，怎麼又會姓公孫呢？」

屈彩鳳歪了歪嘴：「這個金不換是個沒骨氣的傢伙，當年投入到紅花鬼母的父親門下學藝，是個入贅的吃軟飯角色，所以連兒子都要跟娘家的姓，我最看不上這種人了。」

李滄行「噢」了一聲，雖然他全身上下痛得要死，但好奇心讓他暫時忘卻了這一切，繼續問道：「那你吃了寒心丹後呢？」

屈彩鳳本來不想說，心一橫道：「反正沒人信我，你一會兒又會是個死人，說給你聽也無妨。這天狼刀法要想修練，異常凶險，只有心性中極度憤世嫉俗時才能衝破生死玄關，領悟刀法奧義，我以前修練多年，始終只能到三四層，上次被你那樣侮辱之後，發憤練功，也只到了第七層，不過對付你已經足夠了。」

李滄行心中暗笑：你不知道大爺新練成神功，只怕你練第九層也未必是我的對手，便問道：「沒練到第九層？」

屈彩鳳恨恨地說道：「沒有，還差一點，我的任脈差最後一個穴道沒打通，所以始終控制不了自己，練不到第八層滅世的境界，但那天我吃下寒心丹後，誤打誤撞，卻衝開了陰陵泉穴，八脈全通，一下子領悟到了天狼刀法的第八層。可是我衝開任脈的一瞬間，卻走火入魔了，然後就什麼也不知道，再次醒來的時候，我已經躺在這片樹林裡，這中間我做過什麼，一概不知。」

李滄行冷哼一聲道：「這就是了，你走火入魔後，先是打退了金不換一家，然後殘存的意念讓你上了武當，大開殺戒，我武當的內賊這時候已經對紫光師伯下了毒，中了毒的師伯無法發揮功力，竟然死在你的手下！」

屈彩鳳渾身一震，叫了起來：「**你說什麼？紫光道長是中毒死的？**」

李滄行恨恨地說道：「我小師妹說，師伯手指發黑，臉色發青，明明是中了劇毒，不然以他的修為，你就是練到什麼天狼刀法第八層，又豈能傷得了他！」

屈彩鳳先是大喜過望，轉而又陷入了無邊的失望中：「那為什麼林宗不肯原諒我，不肯與我相認，還要和沐蘭湘結婚？」

李滄行冷回道：「不管是不是你親手殺的師伯，總之師伯現在已經不在了，武當必須要有個新的掌門，這個人只能是我徐師弟，屈彩鳳，都是拜你所賜，徐師弟只有娶我小師妹才可能穩住武當，才可能向全天下表明已經跟你斷情絕愛了，現在你滿意了嗎？」

屈彩鳳淚光閃閃，絕望地叫著：「不，你們不能把這些事怪到我頭上，我明明已經上山表示願意停戰了，我願意和林宗退出江湖，不問世事，你們為什麼還不放過我，不放過我們？林宗是愛我的，就是剛才，他也捨不得下殺手，我不信，我要回去找他！」

屈彩鳳又恢復了她說到就要做到的本性，轉身就要走。

李滄行哈哈一笑：「屈彩鳳，你真的是傻得不可救藥了，徐林宗已經和我小師妹拜堂成親了，你現在就是回去，又能有什麼轉機？他剛才在大庭廣眾下刺了你一劍是吧，就是為了留你一命，讓你斷了這個念頭，明不明白?!」

屈彩鳳如遭雷擊，一下子定在原地，李滄行的話很殘酷，卻很切實，把她的最後一點幻想也擊得粉碎。

屈彩鳳頓了頓，平復了一下心情，對李滄行道：「現在該輪到你回答我的問題了。你是怎麼知道我和徐林宗之間的事？林宗跟我發過誓，絕不會告訴別人的，哪怕是紫光。」

「上次審問你的時候，我的真氣入你體內，經過你的周身穴道，發現你的會陰穴已經打通，顯然不是處子之身了，除了跟徐林宗，還有別人嗎？」

屈彩鳳先是羞得滿臉通紅，突然心頭又浮起無邊的恨意，她要報仇，她需要找個發洩的對象，一回頭，眼中再次充滿了殺氣：

「李滄行，衝著你今天陪我說了這麼多話，我留你一命，但當年你對我的侮辱，我說過一定要十倍奉還，現在就是我討還當年你欠我債的時候了。」

屈彩鳳說話間，渾身騰起一陣淡紅色的光芒，右手的兩根手指變得漸漸通紅，就像兩根燒紅了的烙鐵，一下子刺中了李滄行丹田處的氣海穴。

李滄行感覺到一股灼熱的真氣源源不斷地進入自己的體內，這氣海穴乃是人體的內力之源，再厲害的內家高手，一旦被人封了氣海，那這身武功也就廢了，屈彩鳳想做的，就是廢掉李滄行的一身武功，然後讓他在江湖上自生自滅，這比殺了李滄行更讓他痛苦。

李滄行也明白屈彩鳳的用意，雙眼圓睜，大吼道：「賊婆娘，你殺了我，別這樣！」

屈彩鳳終於找到了那種報復的快感，美目笑得彎成了月牙：

「李大俠，我怎麼捨得殺你呢，我還要看你以後如何在江湖上像條狗一樣地乞活呢。哎呀，縱橫天下的李滄行，一朝沒了武功，不知道會有多少人來找你報仇呢，也不知道有多少種折磨人的手段來逼你寫那些武功秘笈呢，這可比我在這裡跟你硬耗要好玩多了。哈哈哈哈哈。」

屈彩鳳越想越得意，笑得前仰後合，而手上卻一點沒放鬆。

李滄行像是個洩了氣的皮球，他感覺到自己體內的經脈正在一條條地被屈彩鳳的滾熱真氣經過，一個個穴道像是要被融化掉一樣，本來已經打開的穴障再次封閉起來，丹田的真氣更是逐漸變得微弱。

屈彩鳳得意地說道：「李滄行，這就是我新練出來的**天狼真氣**，你不是小看我們巫山派的神功嗎，看看我的這種純陽內氣，跟你在三清觀和臭尼姑庵學的那些花拳繡腿相比，哪個才是真功夫！呵呵呵呵。」

屈彩鳳笑著笑著，突然笑聲一停，臉色大變，突然發現**自己的天狼真氣被源**

源不斷地吸向李滄行的丹田，完全不受自己的控制。

屈彩鳳這一下大駭，連忙想抽出手來，哪還能抽得半分，這會兒連她體內的真氣亦開始源源不斷地向李滄行的體內奔去。

李滄行本來已經認命，閉目等著武功被廢，突然間感覺丹田一動，被屈彩鳳制住的十餘個穴道在一瞬間被打通，丹田處騰起一陣極陰極寒的真氣，這股真氣絕不是峨嵋派的冰心訣，透著一絲陰冷的邪惡，瞬間就把屈彩鳳的那股熱氣沖散，他的小腹也開始不停地腫脹坍縮，像一個氣囊似的，一邊產生著源源不斷的寒氣，一邊把屈彩鳳體內的真氣向自己的體內吸過來。

「啪」地幾聲，李滄行稍稍動了動胳膊，捆著他的那些蛟皮索被掙成幾段，他沒時間細想為什麼會一下子恢復全身的功力，甚至有過之而無不及，腦子裡開始閃現出一些奇怪的畫面，雙手不由自主地環住屈彩鳳，緊緊地抱住了她的後背。

屈彩鳳是第一次真正被徐林宗以外的男子這樣抱住，又羞又急，右手被牢牢地黏在李滄行的腹部氣海穴，怎麼也抽不出來，咬了咬牙，變左手為爪，狠狠地擊在李滄行的後背上，卻感覺像是擊中了萬斤巨石，連長長的指甲都震斷了幾根，李滄行卻是紋絲不動。

屈彩鳳只感覺到李滄行那濃烈的男子氣息混合著刺鼻的血腥味，一下子鑽進了她的鼻子裡，她雖然在土匪窩裡長大，自己卻極愛乾淨，徐林宗那種帶著書卷氣和墨香的貴公子才是她的最愛，像李滄行這種典型的江湖漢子，對不上她的胃口，這下子卻給李滄行緊緊地環住，讓她簡直羞憤難當。

屈彩鳳咬了咬牙，再次抬起左膝，猛頂李滄行的下腹，但這一回她的腿還沒抬起一半，就被李滄行的膝蓋一彎，重重地擊在膝彎，她感覺整個膝蓋骨像是被打碎了，慘叫一聲，左腿再也抬不起來。

李滄行的腦中浮現了奇怪的零星畫面，他看到自己穿著武當的高階弟子服，在武當和沐蘭湘追逐嬉戲，看到自己跟沐蘭湘穿著大紅嫁衣，走上了玄武大殿；他看到夕陽下，自己把沐蘭湘高高地抱了起來，長久地擁吻，卻在最後一瞬間躺在她的懷裡，孤零零的小師妹一個人留在落日的餘暉下，他還看見一身黑衣的沐蘭湘正面無表情地抱著一個孩子。

李滄行的腦子快要爆炸了，眼前屈彩鳳那流著淚的絕世容顏在他的眼裡，只剩下那一張紅唇，這張不斷變化著形狀，發出聲聲求饒之聲的櫻桃小口，現在在他眼裡卻成了瞭解真相的唯一途徑，腦子裡的一個聲音對李滄行吼道：

「吸掉她的真氣，你一切都會明白！」

李滄行的兩條鐵臂緊緊地環著屈彩鳳，右手突然運指如風，連點屈彩鳳的十幾個背上大穴，這回屈彩鳳再也無法反抗，李滄行閉上了眼，和屈彩鳳一個滾翻，雙雙落到地上，他的嘴狠狠地對上了屈彩鳳的兩片紅唇，屈彩鳳那近乎哀求的「不要」聲只發出了一半，就沒入了李滄行的喉中。

屈彩鳳的兩隻美目中淚水橫流，她已經能預料到接下來自己的悲慘命運了，索性放棄了抵抗。

上次李滄行對她的那些手段在這兩年裡沒少讓她做惡夢，她知道這個男人寬厚的外表下卻是多麼的狠辣，自己這回一定不可能保住清白之身了。

但李滄行卻完全沒有這方面的想法，屈彩鳳的真氣源源不斷地進入他的體內，腦中被封印的記憶被這陰陽兩極的真氣互相激蕩，就像跑馬燈似的，一幕幕呈現在李滄行的眼前……

武當山上，青山綠水，幾個少年男女正在飛瀉的瀑布下練掌使劍，他看到一個長得和自己一模一樣的少年，在瀑布下的石頭上打坐練功，可他的眼睛始終沒有離開不遠處的一個清秀高挑的少女。

那少女兩招練完後，轉過頭來，赫然正是沐蘭湘，頑皮地笑道：「大師兄，你看我這兩招使得如何？」

畫面一閃，那個酷肖自己的少年站在面沉如水的黃葉道長面前，淚流滿面：「師父，為什麼不讓我和小師妹練兩儀劍法，明明比武我勝過了卓師弟的！」而那個名叫黃葉，長得跟澄光如雙生兄弟的道長，早已是老淚縱橫：「紹南，師父真的盡力了！」

李滄行猛的記起在那一世，他叫**耿紹南**，小師妹叫**何蕚華**，而徐林宗則叫做**卓一航**，儘管名字變了，但身分和經歷卻幾乎一模一樣。

又一個畫面在李滄行的眼前浮現，何蕚華在草叢裡偷聽明月峽的山賊們議事，被在這一世名叫**練霓裳**的屈彩鳳捉拿，即將處死，自己情急之下抓住了明月峽的長老穆九娘，逼著練霓裳換人，小師妹安全後，耿紹南在逃脫時失手誤殺穆九娘，從此武當與明月峽結下深仇。

他看到練霓裳咬牙切齒地下令：「傳我羅剎令，全江湖追殺武當弟子耿紹南！」而在一個小客棧的房間裡，何蕚華卻抓著耿紹南的手，輕聲地說：「大師兄，謝謝你救了我。」

又是一陣畫面跳轉，耿紹南被**錦衣衛首領紀綱**捉住，作為與明月峽的合作見面禮送給了練霓裳，他看到練霓裳向自己遞來一杯毒酒，而自己在喝下毒酒時，心裡在說：「小師妹，若有來生，我一定不會就這樣放棄你。」

李滄行的眼淚不自覺地流了下來，**原來自己與小師妹上一世就有這樣的糾纏，他的手環得屈彩鳳更緊了**，屈彩鳳一聲嬌呼，一陣內力湧進李滄行的體內，一些新的畫面開始浮現：

耿紹南突然醒了過來，卻意識到自己在何蕚華的懷裡，小師妹正抱著自己哭得撕心裂肺，而身後的小師弟二話不說轉身向後跑去，一邊跑一邊叫道：「卓師兄，大師兄沒死！」眼前的小師妹喜極而泣，耿紹南這才意識到練霓裳沒有給自己喝真的毒酒，只不過是假死的藥，卓一航卻顯然是找練霓裳為自己報仇了。

幾個月後，在武當，小師妹在大雨中，為思過崖上因為與魔女練霓裳相愛而受罰的卓一航送飯，耿紹南默默地看著小師妹又去追求那個心已經不在她身上的卓師兄，心如刀割。

畫面一轉，耿紹南在小酒館裡的一堆酒罈子中爛醉如泥，黃葉走了過來，附在他耳邊，低聲地說道：「紹南，師父告訴你一個秘密，**你並不是孤兒，你是皇子桂王**，師父當年是鄭貴妃的侍衛，**鄭貴妃是你的親娘**，在宮廷鬥爭中被殺，讓我帶你逃了出來，現在朝中太子與裕王相爭，**我們回去報仇的機會來了！**」

耿紹南吃驚地瞪大了眼睛，卻看到紀綱從黃葉的身後閃了出來，對著自己下跪拜道：「臣錦衣衛指揮使紀綱，參見桂王殿下。」

畫面再閃，耿紹南在武當山中一個隱秘的角落，看著前不久還是自己師父的**黃葉**向著自己行君臣之禮，報告道：「桂王，你有所不知啊，紫陽掌門是我所殺，當日他與練霓裳相拼，兩敗俱傷，是我趁機殺了他，他已經懷疑到我們了，我不得不下手除掉他。」

話音未落，只聽一聲怒吼，白石（這一世名叫黑石，何萼華的父親）跑了出來：「你這個叛徒，我殺了你！」

黃葉連忙回身一擊，兩人四掌相交，一時難以分出高下。站在一邊的耿紹南臉色倏變，**一幕幕多年來在武當被打壓的往事浮上心頭**，而黃葉從小到大如慈父般對自己的關懷也在眼前閃現，他咬了咬牙，一掌擊出，打向了白石。

黃葉站在經脈盡斷的白石面前，冷笑一聲，舉劍欲刺，耿紹南阻止了師父的行動，嘆了口氣：「他畢竟是小師妹的父親，師父，還有別的辦法嗎？」

黃葉沉吟了一下，從懷中掏出一包藥粉：「這藥可以讓人口不能言，想留他一命，只有這樣了。」

耿紹南閉上眼睛，拿過藥粉餵白石服下，心中暗道：師妹，對不起。

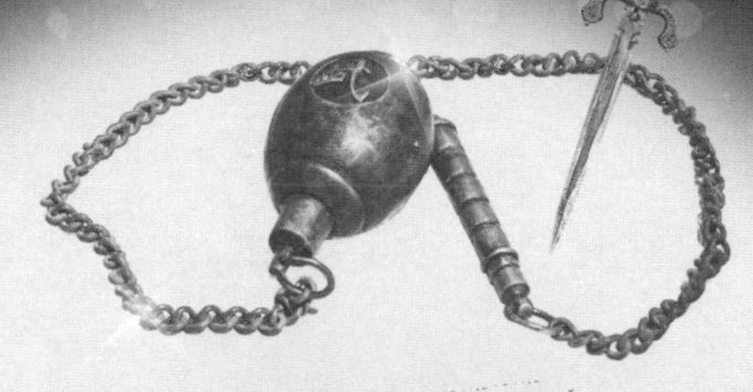

第五章

不傳之秘

陸炳砍山的這二劍是他的絕學達摩三式，
這三劍乃是武當的不傳之秘，因為某種原因失傳，
陸炳幼年時遊學天下，偶爾得到這三招劍法，
便靠了這三招大戰練成天狼刀法的林鳳仙，
打了個平手，從此在江湖上聲名鵲起。

一間陰暗的小屋裡，紀綱正對著面色變得陰沉的耿紹南彙報：「卓一航好像已經知道殿下的身分了，現在也在全力查我們的事，殿下，當斷不斷，不能再猶豫了啊！」

黃葉也在一邊勸道，「殿下，你如果想得到何萼華，只有先除掉卓一航，不然永遠都不可能遂你心願的。」

耿紹南吼道：「不用再說了，就按你們說的辦！」

斷魂崖邊，奄奄一息的卓一航已經渾身是血，吃力地在地上爬行，耿紹南黑巾蒙面，走到他的面前，低下身子輕輕地說道：「一航，對不起。」閉上眼，飛起一腳，把卓一航踢下了山崖，而**這一刻，他感覺自己的良知，底線，也都跟著卓一航一起隨清風去。**

武當，練劍場，耿紹南和何萼華在合練兩儀劍法，耿紹南興高采烈，而何萼華則形如殭屍，劍飛出去後幾乎傷到自己而不自覺。

畫面再轉，山後溪邊石頭上，何萼華吹著卓一航給自己做的竹笛，音調淒婉，淚流滿面，耿紹南瘋也似地奪過她手中的笛子，吼道：

「他已經死了，而且他活著的時候也沒看過你一眼，你為什麼就不知道，這麼多年真正愛你的人是我！」

何蕚華木然地轉過了頭：「大師兄，我心裡只有卓師兄，對不起，我沒有辦法和你練兩儀劍法。」言罷，頭也不回地離開。

耿紹南走進了何蕚華的房間，本是準備為先前的事向她道歉，卻發現今天的何蕚華與眾不同，眼神迷離，看自己的眼光中似乎透著火熱的欲望，而自己也不知為何，渾身燥熱，她突然撲進了自己的懷裡，主動吻上了自己的脣，再也控制不住自己的耿紹南擁她上了床，紅帷放下，枝搖葉晃。

此後的幾個月，何蕚華卻一反當天熱情，變得又對耿紹南冷若冰霜，直到耿紹南百般糾纏後，才終於勉強答應與其成親，那一瞬間，耿紹南只覺得自己在天上飛，是這個世界上最幸福的人，而小師妹告訴她，肚子裡有了他的孩子。

武當山的密室中，耿紹南對著紀綱說道：「小師妹有了我的孩子，我不管你用什麼辦法，都要給我搞來天狼刀法，太極劍譜給卓一航帶走了，我沒有上乘武功如何去爭霸天下?!」

紀綱的臉上肌肉抽了抽，還是說道：「是！」

武當山後的密林裡，耿紹南正揮汗如雨地練著天狼刀法，這武功邪門到了極致，練起來體內極熱極寒兩股真氣交戰，能讓全身一會兒像要爆裂，一會又似要凍僵。

無數次，耿紹南練得痛不欲生，趴在地上動彈不得，幾乎要爆炸的時候，眼前卻浮現出小師妹的笑臉，於是又硬撐著爬起來繼續練下去，終於，一道天雷閃過，誤打誤撞地劈開了他體內的玄關，一瞬間，天狼刀法的兩道真氣在體內融匯貫通，那一瞬間，俯看天下小的感覺，真的很好。

刀法已成，耿紹南迫不及待地要和小師妹大婚，然後正式接掌武當，奪取天下，卻不料在**大婚當日，同樣機緣巧合，練成神功的卓一航卻出現在婚禮的現場，帶著恢復過來的白石，圍攻耿紹南。**

一切來得太快太突然，耿紹南只能強行挾持了暈過去的何萼華，逃下武當，一路之上大開殺戒，連小師弟也死在自己手上，黃葉也為了斷後而戰死。

逃進錦衣衛後，耿紹南卻發現黃葉臨死前交給自己的一樣東西，赫然正是當年明太祖朱元璋所留下的太祖錦囊，有了這東西，加上自己的皇子身分，就可以逼太子退位，自立為王，於是本來心灰意冷的耿紹南又變得意氣風發，而得知了一切真相的何萼華卻整天在錦衣衛中尋死覓活，以淚洗面。

原來她早就發現當天自己的房中是被黃葉下了迷香所致，也知道自己所託非人，但衝著大師兄多年來對自己的愛，一直隱忍不發，直到她知道耿紹南對自己的父親和卓師兄下手後，才無法原諒，幾次想要自盡，卻因為肚中的孩子而忍下。

正當耿紹南陷入兒女情長，不知所措之時，紀綱趁機劫持了何蕚華，逼耿紹南拿著錦囊來交換自己的妻子。

畫面一轉，一個小木屋中，紀綱正焦躁不安地走來走去，身邊的一個手下說道：「指揮使大人，桂王會來嗎？他要是不來，我們都會被太子以叛亂謀反治罪的。」

紀綱一抬手：「要是他真的不來，我們就殺了這個女人，讓他遺憾終身。」

被五花大綁著的何蕚華不屑地「哼」了一聲：「你們也太高估我在師兄心中的地位了，在他的心裡，九五之位才是首要之事，他又怎麼可能為了一個女人，來放棄唾手可得的天下？」

紀綱哈哈一笑：「要不我們就打個賭，看看他會不會來救你。論手段，論權謀，桂王遠不及我，他真的想和我鬥，還差那麼一大截！**要想坐擁天下，首先就得血冷心硬，斷情絕愛**，可這一點他已經輸了，他一定會敗在你的手上。」

何蕚華的眼神中閃過一絲慌亂：「不可能！」

紀綱的聲音冷酷而殘忍：「他萬萬沒有想到，宮廷的鬥爭是那麼地狠，那麼地絕，**你以為錦囊就能救你的命嗎？**現在連太子也知道了他想要靠錦囊謀反的事，你又有了他的孩子，**不要說我，就是連太子也不會放過你的。**」

話音未落，一個錦衣衛匆匆地跑了進來：「指揮使大人，桂王一個人殺進來了！」

何萼華吃驚地瞪大了眼睛，紀綱則仰天大笑：「我就說嘛，他終究還是為你而來的，他現在的武功這麼厲害，我們單打獨鬥根本不是他的對手，所以我早就埋伏下了重重兵馬，你會親眼看到他是怎麼死的。」

畫面一轉，小木屋外，屍橫遍野，六七白具錦衣衛的屍體殘缺不全，地上血流成河，耿紹南無力地拄著刀，才讓自己不至於摔倒，對面的紀綱負手而立，幾個錦衣衛正用刀架在何萼華的脖子上，何萼華面如土色，渾身都在發抖。

何萼華目睹了耿紹南是如何為了自己而不顧一切地爆發，攻擊，又是如何為了自己而被紀綱打不還手，成了現在這副樣子，早已哭得不成人形，叫道：「你為什麼要來！」

耿紹南突然笑了起來：「師妹，當我手握錦囊的時候，知道天下就在我手中，可是你不在我身邊，我的心裡空空蕩蕩，我知道**即使我得到了天下，沒有你我也一定不會快樂的**，我做錯了太多的事，**這一回，我不想再錯。**」

他說著，把錦囊遠遠地扔了出去，紀綱和幾個手下撲向了錦囊，然後頭也不回地逃走，何蓴華掙脫了繩索，上來扶住已經成了一個血人的耿紹南。

何蓴華哭著對耿紹南說道：「大師兄，**你為了我，放棄了錦囊，放棄了天下，甚至於不顧性命，值得嗎？**」

耿紹南這會兒已經說不出話，笑著點了點頭。

何蓴華的眼中淚如泉湧，卻盡是濃濃的愛意：「我好懷念我們在武當的日子，我們一起練劍，一起長大，無憂無慮，神仙也似，我知道在武當一直有一個人在默默地注視我，關懷我，包容我，在我最需要保護的時候能溫暖我，給我力量。大師兄，跟我回武當吧，武當是我們的家啊，不管孩子做錯了什麼，家人都會永遠地包容你，原諒你的。」

耿紹南的淚珠在眼中打轉，他搖了搖頭：「可是我們已經回不去了，我傷害了你，傷害了武當，我的這雙手已經沾滿了家人的鮮血，現在太子已經知道我要謀反作亂的事，我回武當他也不會放過我的，師妹，你聽我說，打掉你肚子裡的孩子，是你唯一能活下去的辦法，而我，現在要和卓一航去作個了斷。」

說到這裡，他出指如風，一下子點中了何蓴華的穴道，不顧身後小師妹的哭喊與一聲聲的「不要走，我愛你」，耿紹南狠了狠心，拖著殘缺不全的身體，一步步地離開，夕陽下，師妹的身影是那麼地美，但他狠了狠心，頭也不回地走了。

明月峽口，換了身衣服的耿紹南面對著一身白衣的卓一航，二話不說，直接開打，**天狼刀法對上飛花逐蝶，各擅勝場**，鬥到最後一招時，耿紹南一把抄起了明月峽口的那把巨大鐵刀揮向卓一航，將之逼退後，大刀下落，而耿紹南不閃不避，這就是他想要的結果，**刀光閃現前他的眼前最後的景象，就是小師妹那張清秀美麗的臉，以及和自己雙修兩儀劍法時的畫面**。

李滄行看著自己在那個時空裡的歷歷往事，淚流滿面。

這一瞬間，**他終於明白了自己身上的所有秘密，為什麼他會身具天狼刀法，為什麼會莫名其妙地學會兩儀劍法，為什麼會在這一世愛沐蘭湘愛得死去活來，原來，這一切不過是他的宿命，不過是上天對他開的玩笑，上一世，是耿紹南和何蕁華，這一世是李滄行和沐蘭湘，同樣的劇情一世世的上演，也許到了下一世，還是如此。**

李滄行不知道自己這一世為何能知道這些往事，為何自己身上的天狼刀法被封存，今天若不是機緣巧合，從同樣練成了天狼刀法第八層、身具至陽真氣的屈彩鳳身上吸取了這股至剛的陽氣，和體內神秘存在的第九層至陰天狼勁相融合，

打通了生死玄關，打開了前世記憶，他是永遠也不會知道這些往事的。

屈彩鳳這會兒鳳目緊閉，李滄行吸取她身上的真氣是為了打通玄關，喚醒記憶，但在她這時候的感覺，卻像是一個男人對一個女人的溫存與愛撫。

經歷了開始的抗拒與掙扎，她的心裡突然起了一陣異樣的感覺，就像被徐林宗那樣溫柔地抱著，而這雙手卻更加有力，甚至連探入她口腔的那個舌頭，也讓她無法抗拒，漸漸地滿臉泛紅，原來一直死命掐著李滄行後背的左手變成了輕輕的撫摸，整個身子軟得如同一灘爛泥，甚至內心深處有些渴望這個男人更加粗野的下一步行動了。

突然屈彩鳳醒悟過來，她意識到這個男人是在輕薄自己，她為自己剛才的那種想法感到羞愧，拼命地扭動著自己的頭部，想要擺脫李滄行。

耿紹南臉上掛著笑容，慢慢地停止呼吸，李滄行腦中的畫面戛然而止。他身下的屈彩鳳開始拼命地掙扎，搖晃，反抗，他粗暴地繼續從屈彩鳳的手上和嘴裡吸取著真氣，可是腦子裡卻是一片黑暗，再也沒有任何記憶碎片的浮現。

李滄行鬆開了屈彩鳳，慢慢地站起身，周身的疼痛讓他回到了現實，剛一起身，就支撐不住，重重地摔到地上，倚著身後的一棵樹才勉強地直起了上半身，開始回想起剛才的記憶。

屈彩鳳被點了穴道，全身上下除了腦袋和眼珠子外，沒有任何部位可以動，這會兒一想起剛才的情形，悲痛欲絕，甚至懶得去罵李滄行的禽獸之舉，閉上眼睛，淚如泉湧。

李滄行也閉上了眼，身體上的劇痛讓他連呼吸都變得痛苦，而心中的悲憤卻更勝肉體的痛苦，上一世他為小師妹而死，也算是還清了自己欠武當，欠卓一航的債；可換到**這一世，依然打動不了她的心，難道自己生生世世一次次地重複這個悲劇，就是為了一次次地傷害和折磨自己嗎，老天，你何其殘忍！**

李滄行心中漸漸地騰起無名的邪火：**何蕚華，沐蘭湘，不管你叫什麼名字，你值得我愛你嗎？你值得我對你的付出嗎？每一世，你為我做過什麼，你甚至連看都不願意看我一眼，你的眼裡只有你的卓一航，徐林宗**，而我，從頭到尾是個徹頭徹尾的傻子，傻得不可救藥。

李滄行仰天哈哈大笑，狀如瘋癲，眼淚跟著滿臉的血水和汗水混在一起，流得滿臉都是。

李滄行身上不知道從哪兒來了一股力量，這股力量支持他猛的站起身子，指著上天破口大罵：死老天，賊老天，**你為什麼要這樣一世世地折磨我？我前世做了什麼孽，要世世輪迴受你的罰！告訴你，你對我的折磨，到此為止，從今以**

後，老子要走自己的路，再也不要你管！

天空中突然響過一聲驚雷，一道電光劃破了厚厚的烏雲，緊接著一記雷電劈到了李滄行身邊十幾步的一棵大樹，登時把樹打得從中折斷，**似乎是對李滄行這番對上天不敬的回應。**

李滄行的內心漲得像要爆炸，他大步走到屈彩鳳的身邊，低下身子，向她的懷中摸去，屈彩鳳以為李滄行要又要輕薄自己，驚得大叫：「你你……你想幹什麼，你再過來我就咬舌自盡！」

李滄行懶得跟她廢話，雙手一捏屈彩鳳的下巴，直接把她下巴拉得脫了臼，再也無法咬到自己的舌頭，然後在她懷裡掏出那把插在蛟皮刀鞘裡的斬龍刀，嗆地一聲，抽刀出鞘，大吼道：「艾斯特拉達！」斬龍刀一下子暴漲一尺。

屈彩鳳驚得連眼珠子都不轉了，李滄行全身上下泛著紅氣，天狼勁在他的體內洶湧澎湃，連眼睛也變得血紅，這回斬龍刀泛著血光，那刀槽中的碧血也變得綠芒閃閃，李滄行連吼了幾句「艾斯特拉達」，終於把刀漲到五尺左右的最大尺寸，單手持刀指天，用盡全力吼道：

「狗日的老天，你有本事現在就一下劈了我，只要我今生還有一口氣在，就不會再受你擺佈！」

雷鳴不斷，一道道的閃電劃破整個蒼穹，電閃雷鳴間，一道道的球形閃電不停地在林間炸開，隨著一棵棵樹的倒掉，整個林子裡到處騰起了熊熊的火苗。

火光之中，李滄行披頭散髮，衣不蔽體，渾身的鮮血隨著紅色的氣勁不停地流出，他舉著刀，直指蒼天，人已經完全瘋狂：

「哈哈哈，你這賊老天，**生生世世給我安排一個女人，讓我莫名其妙地愛上她，讓我心裡不會有別人，這就是你對我的折磨，對不對？**你今天劈不死我，我總有一天要用這斬龍刀劈了你！」

一道閃電在離李滄行腳邊不到兩尺之處炸開，雷得整片地面一大塊焦黑，而靠得很近的屈彩鳳給嚇得花容失色，顫聲大叫道：「李滄行，你瘋了嗎！」

李滄行回頭一看屈彩鳳，一陣難以扼制的怒火逼得他腦袋快要爆炸：「你這個賊婆娘，你就是賊老天派來對付我的，是不是！練霓裳，你跟卓一航這對狗男女就是一世世地來跟我耿紹南作對的，是不是！」

屈彩鳳完全迷糊了，什麼練霓裳、耿紹南的，這傢伙不會是腦子燒壞，鬼上身了吧，她嚇得不敢再說話，閉上眼，扭頭偏過一邊。

李滄行心中突然騰起一陣無邊的邪惡：賊老天，**你讓卓一航搶我的小師妹，那我就收了他的女人，**娘的，**你不是想生生世世懲罰我嗎，那我先懲罰你用來懲**

罰我的道具！

李滄行狠狠地把刀往地上一插，一個箭步躥到屈彩鳳的身邊，面目猙獰，雙手抓住了屈彩鳳的胸衣，在屈彩鳳充滿了恐懼的「不要」慘叫聲中，作勢欲撕。

一個熟悉的聲音在李滄行的耳邊輕輕地響起：「大師兄，不要。」一

李滄行的腦袋瞬間停止了運轉，手也停了下來，回頭一看，身後卻是什麼也沒有，空空蕩蕩，只有熊熊燃燒著的林火。

不知什麼時候，天空中飄起了細細的雨絲，冷冷的冰雨在李滄行的臉上無情地落下，讓他因為狂燥而變得發熱的腦袋漸漸冷靜下來，看著地上因為恐懼和羞辱而瑟瑟發抖，從人見人怕的魔女變成一個楚楚可憐的弱女子的屈彩鳳，**一絲善念重新在李滄行那已經充血的腦袋裡復蘇。**

李滄行閉上眼睛，斬龍刀倒轉，用刀背貼上了自己的胸口肌膚，體內運轉起冰心訣，冷冽的刀氣從刀背上陣陣透出，讓剛才還熱得發燙的肌膚血肉變得冷靜下來。

如此這般，功行兩個周天，李滄行終於慢慢恢復清醒，眼中的紅光也黯淡下來，恢復了黑色瞳仁的本色，他看向地上的屈彩鳳，只見屈彩鳳一直盯著自己看，四目相對，連忙又閉上眼睛扭過了頭。

李滄行嘆了口氣，念了幾句收刀咒語，把斬龍刀恢復成原來大小，這才說道：「屈彩鳳，你給我聽好了，你殺武當弟子，我也殺了你巫山派的人，這事算扯平了。以前我戲弄過你，今天我讓你打成這樣，也算兩不相欠。武當派的事，從此與我再無關係。今天算你運氣，我心情不好不想跟你多計較，以後在江湖上，你如果敢再惹我，後果不用我多說。」

屈彩鳳咬著牙，恨恨地道：「李滄行，你要不就殺了我，只要有一口氣在，今天老娘受的屈辱，他日一定十倍奉還。」

李滄行轉身向後走，他的話遠遠地順著風，飄進屈彩鳳的耳朵裡：「那我等著！」

李滄行漫無目的地向前走著，也不知道走了多久，他的心裡一遍遍地回想著腦海裡的那些記憶碎片，百感交集，但有一點他可以確定：**對於沐蘭湘，這回他真的是永遠不會再愛了**，那個被屈彩鳳踢到一邊的月餅，他已經沒有任何要撿回的意思。

一片亂石堆處，李滄行停下了腳步，雖然他的腦中充滿了各種各樣的想法，但是嗅覺卻因為身上的劇痛而變得敏銳，他發現一個武功極高的人正悄無聲息地在後面跟著自己，甚至他可以確定，從小樹林裡他就開始跟著自己了，直覺告訴他，**這人是頂級的高手，顯然是衝著自己來的。**

李滄行沒有回頭，冷冷地說道：「後面的朋友，既然已經跟了一路，何不出來指教一二呢？」

一個穿著黑衣，戴著斗笠的漢子悄無聲息地從身後的一片小林子中走了出來，緩緩地走到李滄行身後十餘步的距離，沒有說話，而雨水順著他的笠沿，變成了一條水線，不停地下落。

李滄行的手握住了斬龍的刀柄，雪亮的刀鋒緩緩地從蛟皮刀鞘中抽了出來，在頭頂的電閃雷鳴中，閃著冷冷的寒光，儘管他沒有感覺到身後那人的攻擊氣息，但是此人一路跟蹤，又不肯說明來意，他要做好最周全的準備。

剛才誤打誤撞地靠著吸取屈彩鳳體內的至陽天狼勁，李滄行喚醒了自己沉睡已久的至陰天狼勁，現在他感覺到自己的武學境界比起前一陣子修煉屠龍二十八式後打通奇經八脈，達到頂尖高手的時候，又上了一個檔次，至少在一天前，自己是發覺不了後面這人的行蹤的。

後面的那人突然嘆了口氣：「你傷得這麼重，就不先找地方治治嗎？」

李滄行心裡本來猜到了七八成，這會兒更是完全證實了，他冷笑一聲：

「陸炳，看了這麼久的戲了，這回好玩嗎？看我像一個瘋子似的，你滿意了？」

陸炳取下了頭上的斗笠，露出了那張黑裡透紅的臉，雨水很快就在他濃濃的眉毛上形成了不少小小的露珠，搖了搖頭，話語聲中沒有任何喜悅之情：

「李滄行，你果然沒讓我失望，這三年你進步得太多，只怕現在即使是我，也不一定是你對手了。」

「那你還跟在我後面，不怕我殺了你嗎？陸炳，三年之約已經到了，你可以向我出手，我也可以殺你，我李滄行落到今天這個境地，一大半都是你做的好事，現在我就要向你討還公道。艾斯特拉達！」李滄行轉過了身，手上的斬龍刀隨著他的咒語開始慢慢地變大，漸漸地泛起紅光。

陸炳面沉如水，原本微弱的氣息一下子變得非常強勁，青色的真氣在他的周身流轉，漸漸地形成了一股氣牆，他大聲說道：

「李滄行，你不要以為手上有了神兵利刃就可以和我對抗，斬龍雖然厲害，但你現在身受重傷，現在跟我全力相搏，對你沒有任何好處！」

李滄行的周身紅氣開始漸漸地瀰漫，眼珠子也越來越紅：「你也知道斬龍？」

陸炳沉聲道：「這種上古神兵，我怎麼可能沒聽說過，李滄行，剛才你念咒的時候我就猜到個大概了，所以一路跟你過來，就是想見識一下這把傳說中的神兵。」

李滄行哈哈一笑：「陸炳，你剛才說我跟你打沒有好處，這回又迫不及待想見識一下了？」

陸炳的眼中流出一絲興奮：「對你是沒什麼好處，但我陸炳也是個武者，你終於可以自如使用天狼刀法了，手上又有斬龍，我說過，**我太喜歡你這摧毀一切的爆發力了**，不親眼見識一下，我又怎麼可能甘心呢！」

李滄行一步步地上前，周身的紅氣越來越重，面前的這個傢伙，是他在這個世界一切悲劇的根源，今天如果能把他斬於刀下，自己也算了無遺憾了。

怒火催動著李滄行體內的真氣洶湧地暴漲，原來寒光刺眼的斬龍刀也漸漸地變得通紅，如同烙鐵一般，他身上的千瘡百孔慢慢地滲出血來。

陸炳的青氣與李滄行散發出的紅光終於正面碰撞了，一陣轟鳴之後，陸炳的臉色微微一變，紅氣竟然沒有退後半步，反而壓過來三寸，他的手腕一抖，一柄漆黑如墨的短劍變戲法似地出現在他的手中。

此劍名叫**魚麗**，乃是**春秋時期的上古名劍**，陸炳少年時機緣巧合偶然得到，已經有好幾年沒有使用此劍了，但是今天面對如同修羅煞神般的李滄行和上古名刀斬龍，逼得他不得不一上來就亮出了傢伙。

李滄行的向前腳步也明顯受到了極大的阻力，想要前移半寸都是那麼地困難，不可扼制的怒氣讓李滄行的雙眼漸漸地模糊，變得血紅，全身的創口被內外的壓力與真氣激得紛紛再次崩裂，血開始嘩啦啦地向外冒。

今天李滄行流了太多的血，**他很清楚今天自己撐不了多久了，但在死之前，拉上陸炳一起上路，他也就得償所願了。**

陸炳的魚麗劍上向外冒著絲絲青氣，渾身的黑色勁裝也鼓了起來，臉上泛起一陣青氣，眼睛漸漸地變黑：「來吧，李滄行，拿出你所有的實力，讓我看看你究竟有多強！」

李滄行的左手變得像是燒紅了的炭，右手提起斬龍刀，左手慢慢地從斬龍刀上撫過，刀身震起一陣強烈的龍吟虎嘯之聲，他的周身形成了一道氣牆，連漫天的雨水一碰到身邊的紅氣也被蒸發得無影無蹤。

斬龍刀隨著李滄行的左手，變得通體赤紅，如同火山暴發時的熔岩，那滾滾的熱浪甚至能讓五步之外的陸炳感覺到一盆熱紅的炭火就擺在自己的眼前，連熱流後的李滄行的身影也變得模糊起來。

李滄行緩緩地閉上了眼，**這一瞬間，陸炳突然感覺到沖天的殺意**，他的黑臉已經綠得如同一塊和田翡翠，狠狠地一咬舌尖，一口血噴到自己的魚麗劍上，魚麗劍立即碧光大盛，劍上的不少古怪符文也顯現了出來。

李滄行的眼一下子睜開，這一回他的眼睛變得通紅，手上本已赤紅一片的斬龍刀，變得如同太陽般耀眼，他大吼一聲，雙手高高舉刀過頭，一招「天狼滅世斬」，火紅的刀氣向著五步之外的陸炳滾滾而去。

陸炳的瞳仁劇烈地收縮，從這一刀的來勢他可以看出，自己在原地是絕對無法抵擋的，他沒有料到李滄行的功力強到了如此地步，**只感覺一隻巨大的火狼正張牙舞爪地撲向自己，要把自己撕個粉碎。**

陸炳放棄了在原地硬抗的打算，腳下倒踩七星步，一邊旋轉著身子，一邊不停地暴喝，魚麗劍一次次地揮舞著，向前劈出道道綠色劍氣。

第一道綠色劍氣與巨大的紅色火狼在五步外相撞，直接湮滅，火紅刀氣只稍稍一頓，便繼續向後。

第二道綠色劍氣與刀光在四步外相撞，空中爆出一陣綠紅相間的火光，「轟」地一聲，點點綠芒炸開，而火狼的勢頭依然不減，繼續向前。

第三道綠色劍氣與刀光在三步外撞了個滿懷，這回綠色的劍氣比前兩道粗了不少，連著三個綠團炸開，火狼般的刀氣只剩下了原來的一半大小，卻已經襲到離陸炳只有不到一步的地方，而火紅的刀光照亮了他漆黑的雙眼。

陸炳退出三步，砍出的這三劍是他的絕學「**達摩三式**」，這三劍乃是**武當的不傳之秘**，卻因為某種原因而失傳，陸炳幼年時遊學天下，偶爾得到這三招劍法，當年便是靠了這三招大戰剛剛練成天狼刀法的林鳳仙，打了個平手，從此在江湖上聲名鵲起。

可他做夢也沒想到，身受重傷的李滄行這一下爆發出來的功力，竟然比當年的林鳳仙還要可怕，他已經全力施為攻出的達摩三劍也沒有擋住這可怕的刀氣，滾滾的刀浪帶著灼熱高溫已經撲面而來，讓他無處可退。

陸炳大吼一聲，落地生根般地使出了千斤墜的功夫，**達摩三式的最後一招**「**佛光普照**」連連出手，把周身籠罩得密不透風，火狼一下子撲到了他的身上，忍受著烈焰焚身般的灼熱。

陸炳不停地揮舞著魚麗劍，維持著周身已經被壓迫到不及半尺的那小小的綠色光團，而黑色的勁裝外衣已經片片碎裂，露出了裡面的貼身金甲，刀氣不停地在金甲上劃出道道裂縫。

李滄行也發出了一聲非人類的嘶嚎，雙手緊緊地握著刀柄，跟著那道火狼般的刀氣就向陸炳撲來，**鋒利的刀尖所指**，**正是陸炳的首級**。

陸炳感覺到如火山爆發般的壓力稍稍一輕，轉眼間就看到李滄行的屠龍已經撲到自己面前，魚麗劍連連揮出，兩人的速度快逾閃電，瞬間就刀劍相交，在空中畫出一陣接一陣的電光火花。

陸炳連防了三十七劍，向後退了十七步，卻是無一劍能進行還擊，只感覺李滄行的招數一招快似一刀，如濤濤大浪般無窮無盡，心下駭然，當年林鳳仙的刀也沒這麼快，沒這麼狠，可這李滄行不到三十，卻似乎已在自己之上，把自己逼得幾十招都無法反擊，他出道以來還是第一次碰到這種情形。

而李滄行也在咬牙苦撐著，斬龍刀吸取了他太多的精力與體力，整個人好像都快要給這刀掏空了，剛才那雷霆萬鈞一擊沒有直接擊斃陸炳，**這一連串的天狼刀法是他最後的一擊**，陸炳連退十七步，他雖然連進十七步，但自己也知道接下來不可能再撐過十招，兩隻眼皮如同有千斤之重，隨時就要垂下來，長閉不起。

李滄行狠狠地咬了一口自己的舌頭，痛感讓他的神智清醒了一些，奮力三刀，把陸炳逼得再退了兩步，他向斬龍刀上噴出一口氣，已經變得有些黯淡的斬龍刀一下子又變得紅光大盛，照得陸炳那已經漸漸失去青色的臉上肌肉跳了兩下。

李滄行迅速地運起全部功力在左手，向斬龍刀強行注入全部的天狼勁，不待陸炳向後撤離，便是一刀斜著從上而下的天狼半月斬對陸炳劈了過去。

這下子距離太近，陸炳完全無法躲閃，只能硬擋，一切的精妙招數此時都派不上用場，他右手握著魚麗劍柄，左手抓住劍尖，橫劍於前，鼓起全身的內力，向前死命地一頂，腰也彎了下來，兩條腿向後撐起弓箭步，一大口鮮血噴在魚麗劍上，把劍身的綠氣暴漲到最高，**是死是活，就看這一下能不能頂住了！**

這回的天狼刀氣不像剛才那樣灼熱，而是帶了刺骨的嚴寒，冰冷中透著死亡的味道，直接撞上了陸炳硬頂的魚麗劍，春秋名劍發出了一陣恐怖的叫聲，似是千年女鬼的嚎號，一下子碎成了幾十片，飛得到處都是。

陸炳仰天噴出一大口鮮血，全身的金甲都被打得粉碎，一塊塊地落到地上，露出裡面壯碩結實的肌肉，殘餘的刀氣把他的身上割出了千百個細細的刀口，鮮血從他的每個毛孔和傷口處激烈地向外湧出。

陸炳收拳於腰，大喝一聲，兩腰倏地一合一分，擺開了紮馬的架式，手臂如舉千斤重物，慢慢地提到胸前，兩手交錯，護住自己的面門，**這正是十三太保橫練的硬氣功。**

這一瞬間只不過電光火石，而攻防的雙方已經經歷了數個回合，陸炳只感覺對面的刀氣一浪浪地襲來，自己體內的力量隨著鮮血的湧出而迅速地消耗，只要再過片刻，自己必死無疑！

可是那如冰山般的寒冷刀氣卻漸漸地變得微弱了，陸炳的嘴邊慢慢地泛起了一絲微笑，**李滄行終於先撐不住了。**

厚重的白霧中，隱約可以看到李滄行的刀無力地放下，插在地上，他的身體無力地倚在刀柄上，陸炳收起了紮馬的姿勢，揮揮手，撥開眼前的濃霧，只見李滄行的眼睛已經失了神，只是靠著刀的支撐而勉強維持著不倒。

陸炳嘆了口氣：「可惜，只差一點點，今天你其實在武功上勝過了我。天狼刀法果然厲害，**李滄行，你再一次讓我吃驚了。**」

李滄行連說話的勁也沒有了，只是狠狠地瞪著陸炳，眼神中盡是不甘。

陸炳上前一步，一手點中李滄行的睡穴：「你太累了，睡吧。」

李滄行的意識變得模糊，沉重的眼簾終於緊緊地閉了起來。

當李滄行再次醒來時，發現自己正躺在一個陽光普照的房間裡，身下是一張軟軟的床，身上纏著厚厚的繃帶，陸炳則是一身大紅官袍，面帶微笑，坐在自己的對面。

李滄行一看到陸炳，就恨不得要起身掐死他，可是全身上下都軟軟的使不出任何一點勁，再一運內力，更是發現自己這會兒內息全無，彷彿跟廢了武功的人一樣似的。

李滄行大駭，從小到大，重傷到幾乎要死的次數不少，可是像這樣內力全失的時候卻是沒有過，他驚呼道：「怎麼會這樣！」

陸炳的臉上還留著兩道那天人戰時留下的刀痕，他笑道：「李滄行，不要驚慌，我可沒廢你的武功，你太讓我驚喜了，你這麼好的人才，我大用還來不及，怎麼捨得廢你的功夫呢。」

李滄行向地上吐了口口水：「你死了這條心吧，我死也不會跟你同流合汙的。」

陸炳「哦」了一聲：「為什麼跟我就是同流合汙，那你說說，**你現在準備為誰而活，為誰而戰，為了武當？為了你的師妹嗎？**」

李滄行聽到這裡，陷入了無邊的傷痛，哽咽得說不出話，把頭扭向一邊。

陸炳嘆了口氣：「李滄行，以你這樣的武功和機智，**為何不報效朝廷，有一番作為，卻要浪費自己的大好光陰呢？你這些年所珍惜的，所為之奮鬥的，又是怎麼回報你的？這輩子真正對你好的，又是誰？**」

李滄行猛的睜開了眼，目光凌厲：「陸炳，你不用再挑撥離間了，我不會上你的當的，武當可以棄我，師妹可以叛我，但我李滄行有自己的原則和底線，你要麼現在就殺了我，不然只要我一恢復過來，一定會要你的命！」

陸炳搖搖頭：「李滄行，你這是何必，我現在問你一個問題，**你為什麼這麼恨我，這麼恨朝廷？**」

李滄行不屑地說道：「你們殘害忠良，禍亂江湖，難道還好意思說自己是什麼好人？陸炳，我這一生的悲慘命運，全是拜你所賜。」

陸炳的目光炯炯有神：「李滄行，你告訴我，**你們這些江湖人士，又有什麼資格來代替朝廷宣判別人的生死？又有什麼資格可以殺人放火而不受懲罰？**李滄行，這些年你也殺了不少人吧，按大明律，早該判個斬決了，對不對？」

李滄行沒有想過這個問題，但也不想回答，閉上了眼，不想跟陸炳說半句話，心裡卻盤算著如何才能早點恢復自己的內力。

陸炳繼續沉聲道：「李滄行，你們這些武林人士，仗著自己武功比別人高，比別人強，就可以隨意決定他人的生死，我大明，就是連皇上殺人，都要看人犯的罪行後才朱筆批紅，秋後斬決，可沒像你們這樣說殺就殺。李滄行，**究竟是我陸炳為禍天下，還是你這樣的江湖人為害天下？**」

李滄行聽得心頭火起，反駁道：「陸炳，你不用狡辯，我們是俠士，殺的都是大奸大惡之徒，正因為有我們這些俠義之士在，江湖中才有正義，人間才有正氣，哪像你這個賊人，在天下各派放內鬼，挑動仇殺。你說皇帝殺人都要御批，那你錦衣衛殺人經過了皇帝的批准嗎？」

陸炳哈哈一笑：「你們無視法紀，相互攻殺，但你們對外又打著各個寺廟道觀的名號，所以皇上也無法直接取締你們，只能讓我們錦衣衛加強監控，我放些人在你們這些門派裡探聽消息，掌握動向，有錯嗎？」

李滄行厲聲道：「你殺光奔馬山莊上下幾百口人，害死三清觀的雲涯子道長，這些都是我親眼所見，武當派的紫光道長想必也是你下的毒手，你這些只是監控江湖門派？拉倒吧！」

陸炳沉聲道：「奔馬山莊是西域門派，而且跟蒙古人有勾結，我上次就和你說過了，這是我們大明揚威於西域，建立自己的情報組織的一環，也是皇上點過頭的。三清觀的雲涯子，毒死他的是魔教傅見智送上的那本書，這是你們江湖門派內部的仇殺，與我無關，如果我真的想下手殺人，當年也不會放過你和裴文淵；至於武當派紫光的死，我更是不知情，這次我來武當，也是要調查此事。」

李滄行罵道：「陸炳，你真的是好不要臉，男人做事就要敢做敢為，你既然有膽子承認在江湖門派放置內鬼，挑動各派仇殺，現在又說這些事情跟你沒有關係，你覺得我會信嗎？」

陸炳冷冷說道：「我不需要讓你相信，我只問你一件事，**你現在的立場是什麼**？武當不會要你回頭，你的那個小師妹現在也嫁為人婦，當年我跟你說過，只要跟我合作，我會想辦法讓你娶上沐蘭湘，事到如今，你悔也不悔？」

李滄行被這話狠狠地刺了一下，幾乎要落下淚下，但他不願意讓陸炳看到自己的丟人樣子，閉上了眼，扭過頭道：「事過境遷，提這個做什麼，沐蘭湘這三個字，以後不要跟我提起。陸炳，**你不用多費唇舌，我不會跟你合作的**，你最好還是殺了我，我跟你的仇，不死不休！」

陸炳嘆了口氣：「我就不明白了，我到底跟你有多深的仇，你這麼恨我，就算不肯加入我們，也沒必要這樣必欲置我於死地而後快吧。我看那屈彩鳳這麼對你，你也不像這樣想要她的命。」

李滄行大聲道：「不一樣，屈彩鳳只不過是一個無腦的潑婦，被人利用罷了，某種程度上，她也是個癡情的苦命人，我雖然恨她，但多少對她有些同情，還不至於下殺手，至於你，完全是所有陰謀的主使者，挑動正邪大戰，害死我師父，又在武當對我下迷香陷害我，陸炳，你這些事情都是我親身所經歷，還想抵賴？」

陸炳的眉毛微微地動了動：「李滄行，**你為什麼一口咬定你們的正邪大戰是我挑動的？**沒錯，巫山派是我設計轉而對付你們正道門派的，可我早就說過，你們正道早就決定主動攻擊魔教了，當時我可是去特地阻止的，你應該還記得吧。」

李滄行眼珠子轉了轉：「那又如何，最後還是你害死林鳳仙，讓巫山派從後面突襲我們，不然我們至少不會輸，我師父也不會死！」

陸炳冷笑道：「我也低估了冷天雄，如果早知道他這麼有軍事才能，我根本不用費心安排巫山派的事，李滄行，你自己親歷過那一陣，難道你以為巫山派不從後面夾擊，你們正派聯軍就能打贏了嗎？你師父就不會死了嗎？」

李滄行一時語塞，過了好一會兒，才道：「我們江湖間的仇殺與你何干？再說，我回山之後，你的內鬼下迷香害我，這件事你難道還想抵賴不成？」

陸炳的眼睛一亮：「你說什麼？有人給你下迷香？這是怎麼回事？」

李滄行恨道：「陸炳，你跟我裝什麼裝！你派在武當的內鬼，在小師妹的房間裡下了迷香，還栽贓在我的房裡，要不是因為這件事，我又怎麼可能給逐出武當，又怎麼可能一處處地去揭發和破壞你的陰謀！」

陸炳先是一愣，轉而哈哈大笑起來：「李滄行，弄了半天，原來你是因為這件事給逐出武當啊，我說呢，你小子看起來挺規矩的，為啥在江湖上卻有了一個淫賊之名。原來是這樣，怪不得你對你那小師妹一直念念不忘。」

李滄行看著陸炳的樣子，倒也不像是在演戲，一時間有些迷糊了：「你會不知道？陸炳，有能力在武當滲透的，除了你還能有誰？別再演戲了！」

陸炳長嘆一聲：「你在三清觀也看到了那個火松子，他可是冷天雄培養的臥底，與我無關，**難道除了我們錦衣衛，武當就不會被別的門派滲透了？**你也未免太過自信了吧。」

「陸炳，你一向在各派放置眼線，遍佈臥底，你的那個什麼青山綠水計畫，可是當面跟我承認的，在峨嵋，在三清觀，我都清清楚楚地見識到了你放的臥底，聽說你在少林的臥底也給人挖出來了，難道你會這麼好心，放過武當嗎？」

陸炳的眼神突然變得黯淡下來，幽幽地道：「你說得不錯，我在武當確實是有個臥底，也正是因為這個臥底，我才會這麼看重你，**你知道這個臥底是誰嗎？**」

李滄行一聽來了勁，表面上卻裝得滿不在乎，隨口道：「是誰？」

陸炳一字一頓地說道：「**正是你的師父，澄光道長！**」

李滄行這下給雷得幾乎要從床上蹦了起來，他先是不信地搖著頭，轉而哈哈狂笑：「陸炳，你要不要臉，這種謊都撒，以為別人都是笨蛋嗎？我師父對武當忠心耿耿，最後還戰死了，他會是你的臥底？」

陸炳平靜地說道：「李滄行，知道這個真相也許對你很殘酷，但這件事遲早要告訴你，之所以三年前我沒有說，就是想逼你好好在江湖上鍛煉一下自己，看看你能進步到何種程度，所幸這三年你沒有讓我失望，也沒有讓你師父失望。」

李滄行對這些話一個字也不信，破口大罵：「陸炳，你他娘的好不要臉，拿個死無對證的人來扯謊，你以為我會信你嗎？」

經歷了沐蘭湘的背叛之後，李滄行意識到這個世上只有澄光對自己是最親的，他容不得有任何人去中傷、詆毀自己的師父。

陸炳轉過身，拿了一個紫檀木匣子，放到李滄行的床頭，說道：「這是你師父澄光，我更習慣叫他**李天奇**，這些年發回給我的密報，你自己看過就知道了。」

李滄行本來完全不信，但瞟了眼那個匣子，放在最上面的一封信上寫著的「密報」二字，完全是澄光的筆跡，而且澄光在寫完字後，會習慣性地在邊上點一個小點，那個報字邊上，正好就留了一個小小的墨點，完全符合澄光的習慣。

李滄行臉色大變，心中也信了三分，他嚷道：「陸炳，我現在動不了，你扶我起來，拿給我看。」

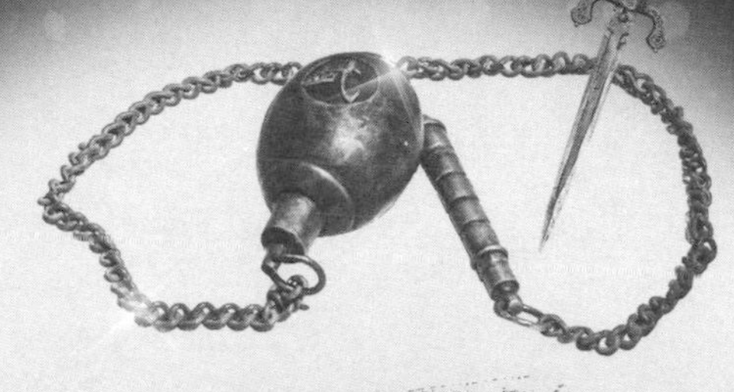

第六章

鷹組殺手

臺下響起一個聲音：
「鷹組殺手天狼，願領教三十七號的高招。」
一個身形高大魁梧，戴著青銅狼牙面具，
披散著頭髮的紅衣勁裝漢子跳上擂臺，
怎麼看也不像能和三十七號這樣的
龍組殺手抗衡的樣子。

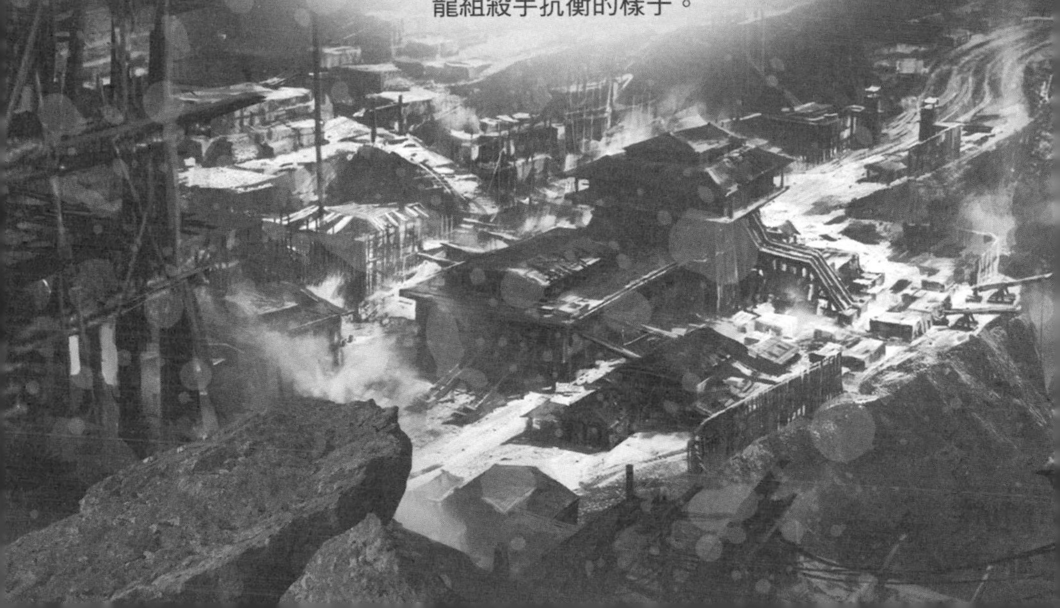

陸炳先是臉色一沉，欲要發作，但看了李滄行一眼後，還是幫忙扶李滄行坐起身，然後把這些信件一封封拿給李滄行看，邊看邊還讀了出來：

嘉靖二年，八月十四。

職奉職打入武當，路邊撿到一嬰兒，被人棄之荒野，職見其骨骼清奇，天生練武奇才，料那武當派不會放過此等好苗子，便自作主張，攜此子上山，果然被武當掌門青陽道長所收留，由於職膝下無子，故讓此子跟隨職姓李，取名滄行，職入武當臥底，危險四伏，如滄浪中搏浪而行，給此子取名滄行，惟願青山綠水計畫一切順利，順祝指揮使大人安康。

陸炳看著眼神開始閃爍的李滄行，又拿起了一封信：

嘉靖十五年，八月二十四。

武當內部矛盾重重，紫光的首徒徐林宗，乃是現任江西按察副使徐階之子，黑石的女兒沐蘭湘，也是聰明伶俐，紫光有意透過讓徐林宗與沐蘭湘雙修兩儀劍法來為二人訂婚，以加強兩人間的聯繫，共掌武當。

滄行這幾年成長極快，他的武學根骨讓職驚訝異常，恕職直言，此子乃百年未遇的武學奇才，紫光出於妒忌，對其多方打壓，本次中秋比武，故意打擊羞辱滄行，職一時按捺不住，幾乎與其理論，險些壞了大人的計畫，只是職與滄行相處日久，已有父子之情，望乞大人能早日收服滄行，必將成為大人的左膀右臂，職也會多加安排。

李滄行的臉抽搐起來，他很確認這是澄光的筆跡，更看出這些信是多年前寫的，絕非偽造。

陸炳又拿出一封信讀道：

嘉靖二十二年，八月初二。

看來滅魔之戰已不可避免，此次正道各派所聚集的江湖人士數量高達上萬，遠遠超過職所意料，但以職這些日來行走江湖聽到的消息，魔教方面的徒眾只怕數量更多，此戰已不可避免，希望大人能代表朝廷出面，阻止這場決戰，若實在無法阻止，職會盡力讓雙方盡可能多地消耗，兩敗俱傷，無法恢復元氣。

大戰將至，生死難料，職將帶滄行進入戰場，滄行這些年已經成長為非常出色的少年俠士，單純正直，雖然被武當打壓多年，仍然有一身不錯的武功，若是以後有緣得見上層武功，必會成為絕頂高手，成就遠遠在職之上，而且滄行絕頂聰明，有將帥之才。此戰中若是職不能生還，惟願大人能看在職多年來盡忠效力的份上收留滄行，他一定會是您出色的左膀右臂的。

滄行一生別無所求，所在意者惟有他的小師妹沐蘭湘，大人或可從此入手，將其收服，如需取得其信任，可將職這些年來的密信向其出示。

李滄行看到這裡，大聲吼道：「夠了，我不想看，我不要看！」

他也不知道哪裡來的一股勁，左手居然動了動，一下子打翻了陸炳膝蓋上放著的紫檀木盒，閉上眼，腦子裡一片空白。

陸炳緩緩地撿起地上的木匣，把幾封信放了回去，嘆道：

「天奇當年是我最好的兄弟，我們一起考武進士，一起進錦衣衛，一起加入龍組，我安排青山綠水計畫時，別的派可以弄些小孩子進去，只有武當，天奇說他要親自去臥底，我也留他不住。」

「李滄行，你師父是不是後來經常有意無意地跟你說，好男兒志在四方，不要在武當一棵樹上吊死？要你跟他一起離開武當，闖蕩江湖？」

李滄行面如死灰，事實的真相如此殘酷，他喃喃地說道：「怎麼會這樣……」

陸炳冷笑道：「你師父是心繫天下，報效國家的好男兒，李滄行，你應該為他感到驕傲才是。」

李滄行雖然把澄光看成自己的半個父親，但多年來在武當受到的教育，以及內心深處對錦衣衛的強烈厭惡，讓他很難接受這一事實，他無助地搖著頭：「不，師父不會是你們錦衣衛的人，他是好人，不會和你同流合汙的。」

陸炳哈哈大笑：「**為什麼錦衣衛就是壞人，你們武當就是好人？**你在武當這麼多年，**真的敢說武當是好人，我們錦衣衛是壞人嗎？**這麼多年，武當是怎麼打壓你，歧視你的？保護你，給你力量的，是我們錦衣衛。你捫心自問，武當給過你什麼？因為你是個來歷不明的孤兒，而那徐林宗是當朝大官的兒子，所以紫光就把他搶去當徒弟，上乘武功也從來沒你的份，你自己到三清觀、峨嵋、丐幫，學到的都比在武當多得多吧。」

李滄行本想問陸炳為什麼會知道自己在丐幫的，但轉頭一想，問這個毫無意義，只是搖頭，內心卻開始掙扎和動搖起來。

陸炳的話繼續響起：「你師父很清楚，**你要的很簡單，無非就是你的那個師**

妹，可就連這個，武當也不給你，我聽你說過，紫光要你去當臥底，條件就是把你師妹嫁給你，對吧？」

李滄行的心已經完全亂了，木然地點了點頭。

陸炳「哼」了聲：「可是紫光兌現了他的承諾嗎？在他眼裡，**沐蘭湘只不過是一個誘餌**，拿來引你幫他辦事罷了，沒了徐林宗，他只能指望你，徐林宗一回來，馬上就成了掌門嫡傳弟子，你自己也很清楚，如果是徐林宗被陷害，紫光會捨得趕他出武當，讓他當這個一去幾年，出生入死的臥底嗎？」

李滄行痛苦地喊道：「別說了，不要再說了！」

陸炳的話像刀子一樣不斷地刺著李滄行的心：「我不說，這些事實就會消失了嗎？李滄行，就算這次紫光不死，**武當照樣會讓徐林宗娶沐蘭湘的，因為你已經失去了利用價值**，讓你這麼一個淫徒回幫，只會讓武當顏面盡失。

「徐林宗這幾年掉落懸崖，讓他誤打誤撞地練成游龍戲鳳的神功，這時候回武當接任掌門，自然是最合適不過，為了向全天下證明他和屈彩鳳一刀兩斷，除了娶沐蘭湘讓人閉嘴外，還會有更好的辦法嗎？

「而你那個朝思暮想的小師妹，**她的心裡可有你的半點位置？**李滄行，當年我在奔馬山莊外聽著你們的山盟海誓，可是感動得緊啊，你小子的癡情真的打動了我，可你這樣為這個女人付出一切，你又得到了什麼？只要徐林宗一出現，她就毫不猶豫地撲向了徐林宗的懷抱，呵呵，現在你一定很不好受吧。」

李滄行猛的睜開眼：「陸炳，不要跟我說這麼多廢話了，你到底想怎麼樣，直說吧！」

陸炳哈哈大笑，長身而起，從懷裡摸出了一個青銅面具：

「李滄行，我知道你會易容術，但**你現在需要的，是先改變你的本心**，按你師父說的，加入我們錦衣衛，好男兒應該為國效力，你在我們這裡待久了，就會知道我們錦衣衛才是比武當好過千倍萬倍的地方，才是你真正應該待的組織。」

李滄行咬了咬牙道：「既然師父信你，我就信你，是誰害我的，我一定要查出來。」

陸炳點點頭，回頭一指桌上早已放好的一身官服：「**從今以後，李滄行在江湖上不復存在，你就是錦衣衛的副總指揮，代號天狼。**」

李滄行緩緩地閉上了眼睛：「天狼。」

嘉靖二十八年的三月，京師錦衣衛總壇內的校武場上，春光明媚，彩旗飄揚。幾百名戴著面具的錦衣衛高手們列於擂臺之下，眼光中帶著難言的興奮與渴望，看著臺上正襟危坐的陸炳身邊那一顆繫著紅綬帶的大印，和一身大紅的武官袍，這一身行當代表著整個錦衣衛的副總指揮，堂堂正四品的高官大員。

本來錦衣衛副總指揮這樣的三品大員是需要朝廷內閣的重臣任命，但嘉靖朝的總指揮使陸炳，卻是號稱整個錦衣衛史上最有權勢的一人，他本人除了是正三品的錦衣衛總指揮之外，還兼了從一品的同知都督，加上跟新任的內閣首輔嚴嵩結成了親家，又跟嘉靖皇帝是從小玩到大的超級發小，所以**錦衣衛早就成了陸大人的一言堂，他可以隨意地任免副指揮使以下的任何人。**

今天的這個春季校武大會，就是陸炳搞出來的一個新名堂。

錦衣衛內部現在只有達克林、慕容武兩名副總指揮，都是江湖上響噹噹的頂尖高手，多年來一直沒有變化，而常設的副總指揮編制也只有兩人，可是這次，聽說是陸炳直接向嘉靖皇帝申請了一個新的副總指揮使，授予這次校武大會的佼佼者，這讓所有錦衣衛的鷹犬們又看到了上升的空間與希望。

現在在臺上，兩名六品制服的淺紅袍漢子正在刀光劍影，拳來腳往，打得不亦樂乎，其中一人使的是沙漠悍匪們常用的黃沙斷魂刀法，另一人用的則是正宗的武當柔雲劍法，輔以綿掌，在擂臺上已經纏鬥了兩百多個回合。

使**黃沙斷魂刀**的，乃是六品錦衣衛**虎組隊長彭連海**，此人出身西域馬匪，十三歲就開始搶劫殺人，幾年前見識到錦衣衛一夜之間剿滅西域大派奔馬山莊的厲害後，慕名加入錦衣衛，這幾年下來，為錦衣衛執行過許多見不得光的秘密任務，累功從普通小兵升到了虎組的隊長，今天一看有這一步登天升到從三品副總指揮的機會，於是搶著第一個上場，希望在陸總指揮的面前能有所表現。

與他較量的乃是**武當弟子李飛雲**，他加入錦衣衛有十多年了，只是他是出自武當的分支門派，並沒有上武當學過藝，和李滄行、徐林宗他們並不認識，多年來他在錦衣衛只能算得上是中規中矩，也許是因為正派弟子的本性，讓他有時候不夠狠，下不了黑手，因此也得不了大功，混了十多年還只是個鷹組的副隊長職務，比那彭連海還差了一點，今天有這麼一個改變命運的機會，他也不想放棄，於是第二個上臺挑戰。

錦衣衛內部分成**龍組**、**虎組**與**鷹組**三個行動隊，龍組是錦衣衛精銳中的精銳，只設五十人，全是虎組與鷹組的隊長以上才有資格考核加入，傷殘者和每年的大比武中落敗之人就會被淘汰，每年會拿出最後的十個名額，讓其與虎組與鷹組的佼佼者競爭比試，勝者才能留在龍組。

相應的，龍組成員的薪俸是普通虎組與鷹組隊長的十倍以上，執行的任務也是絕密的大案要案，據說當年消滅奔馬山莊這樣的大行動，就是二十名龍組成員在副總指揮達克林的手下單獨完成，由於**龍組全是精英**，**因此是由陸炳直接掌控與指揮**。

虎組是錦衣衛的**主力行動部門**，負責捉拿三品以下的官員，以及一般錦衣衛在江湖上的行動，二流高手，如彭連海這個水準的，往往能靠著立功升官，在虎組中一步步出頭，升到隊長，然後再通過龍組淘汰考試，為自己爭一個進入龍組的機會。

虎組的成員大約三千，分成一百多隊，隊長多是出身黑道，心狠手辣之輩，也只有這些人，才往往能立大功，破大案，所以相對來說升遷迅速。**由陸炳的師弟，錦衣衛副總指揮使慕容武分管整個虎組**。

鷹組則是錦衣衛的**主要情報與偵訊部門**，**專門負責打聽各種情報**，**以及審訊與拷問**。**錦衣衛的兩大監獄**，**南北鎮撫司都由鷹組負責**，**達克林**多年來一直負責鷹組，由於這個部門相對隱秘，又涉及情報，因此上下級之間往往是單線聯繫，而達克林也因此在錦衣衛中藏身多年而不為人知。

臺上的彭連海和李飛雲已經過了三百多招了，還是無法分出勝負，彭連海雖然處於攻勢，十招中有六招是進手招數，但李飛雲內息綿長，柔雲劍法講究借力打力，劍勢綿綿不絕，彭連海厲害霸道的快刀如同砍上了一朵朵棉花，處處打了個空，眼下雖然看起來自己聲勢不小，但他心知肚明，若是過了千招，只怕自己內力一弱，就會被李飛雲趁機反制。

臺下的一些低階錦衣衛們明知自己武功不行，今天不可能有勝出的機會，但仍然在下面議論紛紛，點評起二人的武功高下來。

今天的校武為了防止大家因之結仇，所以跟龍組選拔賽一樣，上場比武的人全部要戴面具，只是許多錦衣衛平時經常切磋武藝或是一起行動，對身邊人的武功高下、武藝路數都是一清二楚，加上今天的比試者都是高手，上來的人無不使出看家本事，幾招下來就露出家底，被熟悉的同僚們認出來了，好比臺上的這二位，就早被自己的隊員們認出了。

「彭隊長的刀法可是精進了不少，難怪這一個多月他連任務都不出了，看來就是為了今天的比試，在找地方勤學苦練呢。」

「啊，兄弟，你是那使刀的彭連海的隊員嗎？在下可是使劍的李隊副的人，咱們李隊副平時可沒拿出這麼多絕活呢，今天看起來也是把平生所學盡展了，不過我看李隊副守得嚴密，這樣打下去應該更有機會吧。」

「可不是嘛，剛才彭隊長連環三殺都用了出來，平時切磋的時候就連我們的張隊副都擋不住，可我看你們那個李隊副化解起來很輕鬆啊，甚至還有餘力反擊了兩劍，看起來我們彭隊長有些不妙啊。」

剛才是彭連海用出了大漠風嘯、沙塵暴、黃沙萬里這連環三殺，先攻敵下盤，再以刀光晃對手的眼睛，最後快速地斬出六六三十六刀，分襲對手上中下三路，這是他壓箱底的招數，一般是決勝負時才用出，可是剛才卻被對面的這個武當弟子以柔雲劍法化解，甚至還趁勢反攻了自己兩劍，差點被刺到。

這會兒兩人都跳開了圈子，守好門戶，在臺上開始來回游走，一邊尋找著對方的破綻，一邊借機喘息，順便思考著下一招如何出手。

彭連海突然暴喝一聲，揉身而上，手中的鋼刀一連斬出七七四十九刀，泛著微微黃光的刀帶著呼嘯的風聲，刀刀不離李飛雲的胸前幾處大穴，而李飛雲則沉著應對，手中鐵劍如挽千斤之力，四兩撥千斤，找著機會就搭上彭連海的刀身，以黏字訣卸他的刀上之力，腳下則反踩九宮八卦步，邊打邊退。

彭連海的這一套連環刀法劈完，刀勢為之一挫，右肩微微一側，不經意地露出一個空檔，李飛雲雙眼一亮，右手的鐵劍一下黏住彭飛海的鋼刀，而左手綿掌一招奔流而下，掌心聚起七成內力，「啪」地一下拍出，直中彭連海的肩頭，卻突然像觸電一樣地縮回了手，大叫一聲：「好不要臉！」

李飛雲一看，手掌已經被刺得鮮血淌淋，而傷處的血已經變成青黑色。再一看彭連海的肩頭，那部分淡紅色的武官服已經被一掌打得裂成碎帛，露出了裡面的肩甲，肩甲上釘著不少閃著藍芒的倒刺，顯然是餵了劇毒，已經被擊得陷下去一大塊，而李飛雲的手上正是被那倒刺所傷。

彭連海的嘴角掛著一條長長的血絲，剛才那一掌也讓他傷得不輕，但還是賺到了，這肩頭的毒刺還是他當年初出江湖時用的把戲，已經有十多年沒用了，今天雖是內部比武，但為了能占得頭籌，他把這件多年不用的毒刺護肩拿了出來，就是想畢其功於一役，儘快勝過李飛雲。

李飛雲連續點了自己左手的四五個穴道，就這會兒功夫，黑氣已經從整個手掌升到了小臂處，那隻手也腫大了一倍有餘。

李飛雲提著劍，直指彭連海，聲音又驚又怒：

「你這人好不要臉，內部比武還下毒傷人！」

彭連海哈哈一笑：「兄弟，今天只說比武是各憑本事，可沒說不許用暗器和下毒啊，真要是同門切磋點到為止，你剛才這一掌也不會打得如此之重吧，若不是給我這毒刺護肩戳了一下，只怕我這隻右手也已經廢了，對不對？」

李飛雲咬咬牙道：「好，今天我認栽，算你贏了，給我解藥，我下臺就是。」

彭連海咬牙切齒，眼中凶光畢露：「傷我傷成這樣，你還想一走了之嗎？」

他的刀交於左手，身形一動，揉身復上，這回左手的反手刀法狠辣迅捷，全是致命招數。

李飛雲又驚又怒，剛一運內力，就覺左臂的毒氣發作，再也提不起勁來，腳步一陣忙亂，只這幾招功夫，腿上就中了一刀，鮮血橫流，險象環生。

達克林的臉色一變，作勢欲起身，李飛雲雖然職務不高，但在他手下也算是得力幹將，這次出來爭奪這個副總指揮使是出於達克林的授意，眼看著自己的這個親信即將性命不保，他也坐不住了。

陸炳扭頭看向達克林，聲音透出一絲冷漠：「老達，你想做什麼？」

達克林眼睛對上陸炳冷電般的眼神，心中一寒，坐回了自己的位置，低頭一抱拳：「大人，比個武而已，不至於出人命吧。」

陸炳聲音中不帶任何感情地道：「老達，我們是錦衣衛，刀頭舔血的組織，需要的就是**殺伐果斷**，**心狠手辣**，都跟武林門派那樣點到即止，還怎麼為皇上辦事？既然上了這個臺，而且規定了無所不用其極，那就**打到分出勝負為止**，李飛雲要是連自己跳下臺認輸的本事都沒有，那錦衣衛留他何用？」

正說話間，彭連海大喝一聲，一刀黃沙捲雲擊出，「噹」地一聲，與李飛雲的鐵劍相交，李飛雲這會兒因為中毒而內力大減，已經使不出柔雲劍法的黏功了，被彭連海刀上的內力一震，虎口流血，鐵劍把持不住，一下子被震得脫手飛出。

彭連海一招得手，再不給對手任何機會，一腳飛出，重重地踢在李飛雲的心口，只聽李飛雲慘叫一聲，仰面噴出一口鮮血，配合著「喀喇喇」的幾聲胸骨折斷的響聲，整個人帶起一蓬血雨，如斷線風箏一般，直接飛到了臺下，眼睛翻了兩下白眼，登時昏死過去。

旁邊跑出兩個錦衣衛，準備將其抬下，臺上的彭連海冷冷說道：「不用費事了，他已經是個死人啦。」

臺下離得近的幾個錦衣衛一看，只見李飛雲已經面色青黑，雙眼突出，嘴角邊都流著黑血，顯然已是毒發身亡，觀者無不咋舌。

彭連海肩頭倒刺所浸的毒藥，乃是西域沙漠中的一種**劇毒沙蠍**，號稱**七步倒**，就是說這蠍子毒性極烈，尋常人若是中了毒，只要一發足狂奔，催動血液流動，則七步就會倒下身亡，毒性之烈，連彭連海自己也不敢在刀上淬這毒，生怕劃破了自己，連掏解藥的機會也沒有，李飛雲中毒之後又跟他過了十幾招，血氣湧動，直接毒氣攻心而死。

這時，臺下一人轉身對陸炳行了個禮，朗聲道：「總指揮大人，卑職也想來競爭一下，還請大人恩准。」

陸炳的臉上看不出任何表情，道：「這個副指揮使之位，乃是公開競爭的，凡我錦衣衛成員都有資格，三十七號，你當然可以上場。」

三十七號的聲音中透出一絲喜悅：「謝大人！」然後便轉身面對臺下眾人，傲然道：「各位同僚，還請多指教。」

這龍組殺手三十七號乃是**武當俗家弟子葉兆玄**，跟澄光他們當年同門學藝，藝滿下山後出山自立門戶，建了個鏢局，後來在一次出鏢時被綠林道上幾大巨寇聯手圍攻，自己身受重傷，而鏢也被劫走。

多虧了陸炳出手奪回鏢銀，因為感激，就加入了錦衣衛，剛才死在彭連海手下的李飛雲就是他在鏢局時親授的弟子。

眼見愛徒中了彭連海的毒計喪命，便挺身上臺，主要是為了給李飛雲報仇，倒也未必存了多少爭奪副總指揮的心思。

彭連海正洋洋得意地在臺上來回走動，心道：自己痛下殺手，這種手段也許能嚇得沒人敢上來和自己較量，突然聽到一陣風聲，一個渾身大紅衣服的瘦高個子飛上了擂臺，在空中畫出了一個優美的弧線，如同一片葉子似地，彷彿毫不受力，緩緩地落在擂臺中，但落地這一下卻又是震得整個木質臺子微微一晃。

彭連海的心也給震了一下，面具後的臉上一片慘白，從來人的這一下武功，他可以感覺到此人的武功高出自己不少，而看到此人胸前繡著的一條張牙舞爪的金龍，更是讓他不自覺地發起抖來——龍組殺手！

這名龍組殺手的雙眼如電，透出一股殺氣：

「錦衣衛龍組三十七號，願領教彭兄的黃沙刀法。」

彭連海面具後的臉上如同死灰一般，汗水順著額頭涔涔而下，他沒有想到龍組高手今天也會加入這場爭奪，剛才給李飛雲打了一掌，內息已經有些不順，現在這種情況下再跟來人硬拼，那純粹是自己找死，但要是就這麼認輸下臺，又總有些不甘心，更是會給人當成笑話，以後也未必能抬得起頭。

彭連海咬了咬牙，沉聲道：「三十七號，我剛才惡鬥一場，你即使想挑戰我，至少也得等我調息和休息好了以後再來吧，今天比武的規矩可是說了，勝者可以休息半個時辰後再戰的。」

三十七號冷冷說道：「如果彭兄想要退出這次的比武，現在可以離開，你打了幾百招，我也不占你便宜，十招，你如果能擋我十招，就算你贏，如何？」

彭連海的眼睛一亮，他甩了甩自己的右肩，又運了一下氣，功力感覺還能發揮個八九成，從懷裡摸出一個白瓷藥瓶，倒出一顆內傷靈藥，囫圇吞了下去，一時間感覺身上又充滿了力量，於是哈哈一笑，鋼刀舞出了兩個刀花，喝道：

「好，這可是你說的，十招之後就算我贏。」

三十七號眼中寒芒一閃，手中一動，一柄軟劍一下子抖了出來，如毒蛇點頭，詭異地纏向了彭連海右手的鋼刀，用的赫然是武當的**繞指柔劍法**。

從他這一手抖劍，放軟，再繃直的內力上看，此人內功已爐火純青，至少有純陽無極心法的七層以上，用這軟劍方能收放自如。

彭連海的刀與這軟劍相交，本想像剛才震李飛雲鐵劍那樣，震開三十七號的軟劍，卻未想到刀劍一交手，自己注在刀上的內力就如泥牛入海一般，無法發作，而這軟劍如同一條毒蛇，緊緊地在自己的刀身上纏了幾道，手上的刀竟然一時脫不出來。

彭連海雖然武功不算很高，但應變經驗卻很豐富，左手急揚，扣著的三支鋼鏢激射而出，右手改震為轉，鋼刀在手中飛速旋轉，想要借著轉動的翻絞之力，削斷這柄纏著劍身的軟劍。

從剛才這幾下，他可以明顯感覺到來人的武功高過自己太多，只有先抽出刀，然後以刀法自保，守緊門戶，撐過十招就算太平。

三十七號左手的袍袖一揮，一股絕大的勁氣擊出，拂中了那三支鋼鏢，直接捲進了他的大袖之中，而纏著彭連海右手鋼刀的軟劍如毒蛇吐信一般，劍頭突然昂起，點中了彭連海右手手腕內側的大陵穴，這一回彭連海再也運不了氣，手腕如同觸到了烙鐵一般，急忙撤刀。

三十七號的眼中殺機一現，喝道：「還你！」左手的大袖一甩，三支鋼鏢瞬間激射而出，彭連海還來不及反應，額頭處就中了三支鋼鏢，面具被擊得粉碎，雙眼暴突，一張本就醜陋的臉上鮮血直淌，身體晃了晃，「叭」地一下倒在了臺上。

三十七號看著地上彭連海的屍體，冷笑道：「七招！」

葉兆玄只用七招就殺了彭連海，功夫震住了不少想要上臺的人，加上今天的內部比武的殘酷遠遠超過大家的想像，兩個失敗者都直接丟了性命，虎組和鷹組一下子無人再敢出場了。

幾個同樣身穿龍組制服的高手站了出來，似乎是受了葉兆玄的刺激，想要上臺一試，正在這時，臺下響起一個聲音：

「鷹組殺手天狼，願領教三十七號的高招。」

一個身形高大魁梧，戴著青銅狼牙面具，披散著頭髮的紅衣勁裝漢子一個倒旋，生生地跳上了擂臺，身法平淡無奇，遠沒有剛才三十七號上臺時那麼拉風，上臺之後，周身也沒有任何氣息，雖然他的身形很魁梧，但是怎麼看也不像能和三十七號這樣的龍組殺手抗衡的樣子。

雖說錦衣衛也是紀律嚴明，平時執行任務時是嚴格禁止交頭接耳的，但今天這場內部比試又讓這些殺手們找回了當年在師門學藝時的那種感覺，在大飽眼福之餘也可以對臺上的這些人品頭論足，沒什麼人有興趣打聽鷹組裡有沒有這麼一個人，因為在他們的眼裡，這個什麼天狼的，已經是一個死人。

三十七號的聲音依然很平靜：「請多指教。」

他行走江湖半生，遇敵無數，但無論是什麼樣的高手，都多多少少會有自己的氣息，**這種毫無氣息，讓他高深莫測的感覺，他以前只在陸炳身上見過，因而心頭也泛起了一絲疑雲**。

天狼冷冷說道：「看閣下的招數，應該是出身武當。天狼不才，也學過幾天武當的拳腳功夫，今天願意以一雙肉掌來討教閣下的武當絕學。」

言罷，腳下緩緩地畫過兩個圈子，左手勾起作爪狀，右掌橫胸，擺開了一個武當十段錦長拳的起手勢。

臺下一下子炸開了鍋，面對三十七號這樣的高手，這個什麼天狼竟然用的是武當的入門武功——十段錦長拳，實在是太不把人放在眼裡，要麼就是嫌自己的小命太長了。

三十七號的聲音中透出一絲怒意，他曾經輸給過幾個巨寇的聯手，但還不曾被人如此小視過：「天狼，你是看不起我嗎？就用十段錦來對付我？」

天狼的聲音沒有任何感情：「我說過，只學過兩天武當的拳腳功夫，願意和閣下切磋一番。」

三十七號哈哈一笑，把軟劍一抖，繫到自己的腰間：「好，那我就也以拳腳功夫領教一下閣下的高招！」說完，他氣貫雙臂，全身泛起一陣淡淡的藍氣，正是武當絕學太極推手。

三十七號暴喝一聲，身形一動，快如閃電，瞬間就欺到天狼的面前，左手疾出，去黏天狼的右拳，而右手畫了一個小半圓，緩緩而出，卻是蘊了千斤之力，慢慢推向天狼的胸前。

天狼的身形一動，腰肢一扭，右手與三十七號的左掌黏到一起，三十七號突然感覺到一陣陰冷之極的寒氣從自己的手上傳來，幾乎冰得自己半隻左手不能動，心下大駭，連忙把左掌的內力一暴，渾身的藍氣一下子大漲，這才勉強壓住了那種極寒不適的感覺，而右手這一下卻是和天狼的左掌對上，一陣灼熱火辣的感覺入體，彷彿整個手掌都要燃燒。

行家一出手，就知有沒有，這一下碰撞，三十七號直接雙掌一震，跟天狼的雙手脫離了接觸，倒飛出去三四步，身形微微一晃，天狼卻是穩穩地立在原地，峙淵嶽停一般，紋絲不動。

三十七號自從出道以來，還從沒有見過這種情況，**有人居然能把極熱極寒兩種內力練到一身**，而且剛才這一下碰撞，此人內力似乎還在自己之上，更可怕的是，**他尚且不知此人用了幾成功力，而自己卻是已經全部發揮了**。

三十七號又驚又怒，聲音都微微有些發顫：「天狼，你到底是什麼人，你的招式是武當的，但心法內力卻完全不是。」

天狼淡淡地說道：「錦衣衛內部是從不允許打聽出身與師承的，閣下如果想探出在下的師承來歷，可以繼續。」

臺下的低階錦衣衛們也都看出來剛才那一下是三十七號吃了虧，而幾個本來想站出來的龍組高手更是眼中精光閃閃，死死地盯著天狼，這個神秘的鷹組殺手居然一出手就震住了龍組高手，實在讓人不可思議，一些鷹組的隊長們都開始互相打聽起這個天狼是在哪個人的隊裡了。

三十七號咬了咬牙，從懷中解下軟劍，喝了聲：「得罪了！」軟劍一下子給繃得筆直，帶著冷冽的青光，向天狼的胸前要穴襲來。

天狼冷笑一聲，突然像是喝醉了酒似的，腳下幾個趔趄，搖搖晃晃地閃開三十七號的這幾劍，整個人卻像要倒進三十七號的懷裡。三十七號心中一凜，這天狼看起來腳步虛浮，卻是極高明的步法，他的手腕一抖，繃直的劍身一下子變軟，如水蛇一樣地向著天狼的肩頸之處纏繞。

天狼眼中精光一現，一指點出，正中軟劍的劍身，那一瞬間，他身邊的紅光微微一現，三十七號只覺得手中的軟劍如同被燒紅了的烙鐵一般，燙得自己的手像要熔化似的，連忙退後三步，忍著手中的劇痛，周身藍光乍現，連續擊出三個半圈，這才把這股灼熱的氣勁漸漸地壓制。

三十七號這回又退出了三步，遠處的天狼傲然抱臂而立，眼神中帶著自信，剛才本是他可以趁勝追擊的好時機，可是天狼卻兩次都停在了原地，顯然是給自己一個全身而退的機會。

三十七號嘆了口氣，**現在他很確定兩件事了**，**第一件就是這個名叫天狼的神秘男人比自己武功要高出許多**，自己真要跟他動手，只怕二十招都撐不下來；**第二件，就是這個天狼對自己是手下留了情的**，以他的功夫，剛才那兩次自己一擊而退，如果跟進追擊的話，自己這會兒只怕已經躺下了。

雖然看不清他的臉，但從他的聲音和露在外面的皮膚來看，也不過三十上下的年紀，卻有如此的功力，即使比起身為總指揮使的陸炳，只怕也是伯仲之間，實在是可怕之極。

想到這裡，三十七號向天狼拱手行了個禮：「閣下好俊的功夫，三十七號佩服，這陣是我輸了。」

說完，自己跳下了擂臺。

臺上的天狼只是微微點了點頭，抱臂而立，微風吹拂著他那飄逸的長髮，透出一種難以言說的滄桑與野性。

身為錦衣衛龍組高手的三十七號，與此人只是過了幾招後就自動認輸，這件事讓所有場下的人都驚得說不出話來，就是達克林和慕容沖也都面沉如水，兩眼不停地打量著天狼，心中各有盤算。

天狼看都不看陸炳方向一眼，對著臺下朗聲道：「今天乃是比武奪官，有意競爭的朋友們可以並肩一起上，也省得我一個個的浪費時間。」

這話一出，更是如向燒開的沸水裡投入一塊巨石，激起千層浪，臺下的人本來都忌憚於他那身恐怖的武功，不敢輕舉妄動，可是被他言語所激，都覺得此人太過狂妄，竟然敢直接挑戰所有錦衣衛精英，實在是不把眾人放在眼裡，瞬間就有六七條身影紛紛以各種上乘輕功上了臺，把天狼緊緊地圍在中心。

東面一名穿著天藍色長衫，胸前繡著一隻金龍，四十多歲的中年文士對著天狼一拱手：「在下錦衣衛龍組二十三號，來討教閣下的絕學。」

天狼對來人點了點頭：「**『瀟湘夜雨』巴三先生**，久仰了，沒想到在江湖上失蹤十年，原來你是進了錦衣衛。」

這位二十三號正是當年瀟湘一帶的高手巴三先生，個性孤僻古怪，亦正亦邪，是有名的獨行劍客，一手瀟湘快劍四十七式，劍式連綿不絕，如同湘地的扉扉細雨，能把敵人籠罩在劍團光影之中，身上被斬出千百道創口而不自知。

當年巴三先生與幾個黑道同伴聯手劫了金刀鏢局的鏢，事後被少林派出的高手追殺，無處藏身，最後一咬牙進了錦衣衛，是以這麼多年無人知道他的下落，但其武功之高，在錦衣衛中也進了龍組，只見他臉色微微一變，沉聲道：「往事不用再提，一會兒手底下見個真章。」

西面的一個三十多歲，黑面剛鬚，身材魁梧，比起天狼還要高出半個頭，穿了一身熊皮襖子，手裡提著一隻三股鋼叉，肩上刺了一隻金龍的漢子嚷嚷了起來：「天狼，你小子不要太得意，大爺對副總指揮的位子沒啥想法，就是看你小子太狂，才讓你來見識一下我們龍組的厲害，大爺行不改名，坐不改姓，錦衣衛龍組二十一號是也。」

天狼瞟了一眼此人，點點頭：「原來是**『長白夜叉』莫問天**，但願你今天帶夠了叛出神農幫時存的傷藥，一會兒打起來有得治。」

此人正是橫行長白山一帶的**神農幫天草堂副堂主莫問天**，當年正是因為他與丐幫前來長白山採藥的傳功長老張連昆大戰一場，幾乎引發丐幫與神農幫的全面對抗，後來還是公孫豪親赴關外，與神農幫主端木延較量了一下功夫，這才把此事擺平。

神農幫一向是處於長白山中，最早只是一個採參人的組織，自從北宋年間一位幫主偶得一份上古的神功秘笈後，結合長白山民們獵熊打虎的一些外功招式，便漸漸地變成一個武林組織。

幾百年下來，神農幫不斷兼併關東萬馬堂、天霜幫之類的中小組織，現在已經成了橫跨大明遼東與朝鮮兩國，壟斷關外的藥村與戰馬貿易的大型組織，出於得天獨厚的藥材優勢，幫中所有的各種內外傷藥均為天下之冠，是以中原的正邪各派都儘量跟神農幫搞好關係，好每年能大量採購各種靈丹妙藥。

這個莫問天就是獵戶出生，天生神力，由於其父親是參農，家中從小就用秘法人參、熊膽和虎骨泡藥酒，供其練功時擦洗全身，加上其天賦異稟，因此力大無窮，是頂尖的外功高手，一杆精鐵三股叉，重兩百多斤，尋常的壯漢碰到就死，黏著即亡，上次與同樣以硬橋硬馬的外功聞名的丐幫傳功長老張連昆較量，也是大戰兩百多招後才輸了半招，自此在中原武林道上聲名鵲起。

只是莫問天為人心胸狹窄，比武落敗後咽不下氣，又糾集了三個堂主，在張連昆回關內的路上對其聯手攻擊，將之打傷，引得公孫豪上門問罪，端木延比武落敗，向丐幫賠禮道歉，這讓莫問天覺得失了面子，於是一氣之下離開神農幫，加入錦衣衛，從虎組隊長打晉級賽進了龍組，這兩年也是南征北戰，堪稱一員錦衣衛的勇將。

莫問天聽到天狼出言諷刺，更是怒不可遏，眼睛瞪得如同銅鈴，幾乎就要衝上來動手。

南邊傳來一陣嬌笑，一個邪裡邪氣的嬌媚聲音酥得人骨頭都發軟：

「二十一，別這麼心急嘛，我們這麼多人一起上，還怕對付不了這小子嗎？不過看這小子倒是手下有點硬紮，三十七也不知道是怎麼回事，兩下就自己跳下去了，讓奴家好生不解啊。」

天狼的目光如電，從一個看著只有三十多歲，戴著青巾頭帕，濃妝豔抹，杏眼桃腮，烈焰紅脣的美貌女子臉上掃了過去。

這女子手中拿著一條毒龍鞭，身材嬌小玲瓏，一副苗族女子的打扮，一身紫色的苗族服飾肩頭繡著一條小小的金龍，金龍邊上，有個字跡小得難以辨認的十四。

天狼的眼中閃過一線殺意：「想不到魔教右護法司徒嬌的好姐妹司徒芷，也加入了錦衣衛，還做到了龍組十四號殺手，真的是世事難料啊。」

此女正是江湖上號稱「**毒手蜜蜂**」的**魔教高手司徒芷**，乃是**魔教右護法司徒嬌的遠房堂妹**，此女生性浮蕩，面首無數，極擅採陽補陰之道，是以雖已年過四旬，看起來仍然如二八佳人，手下的一支毒龍鞭也是由司徒嬌親授，不知多少正道弟子死在她這條鞭下，三年前不知為何原因，此女離開魔教加入錦衣衛，一來就進了龍組，排名十四。

司徒芷一聲嬌笑，眼神如勾魂奪魄一般，聲音變得更脆了：「這世上有許多難料的事情，比如奴家的好處，一會兒會讓小哥你好好領教。」

天狼沒有搭理她，看向了北邊站著兩名各自戴了半個面具，沉默不語的中年漢子：「二位想必是嶺南萬家寨的兩位當家吧，天狼有些奇怪，兩位寨子被魔教消滅，毀家滅派之恨不共戴天，為何還能和魔教之人和平共處呢？」

這兩人正是嶺南萬家寨的兩名寨主，江湖人稱「**萬氏雙奇**」的是也，哥哥二寨主**萬天雄**，弟弟三寨主**萬天霸**，都是在嶺南跺跺腳就能抖三抖的霸道人物。

五年前，魔教開始逐漸把勢力從雲貴一帶向兩廣地區發展，而獨霸嶺南綠林道的萬家寨就成了他們首要攻取的目標。

這萬家兄弟出自前綠林霸主「血手人屠」黃天奇的門下，他那一身歹毒殘忍的功夫學到了七成，在嶺南也是縱橫多年，獨霸綠林道，手下足有千餘巨盜，都是些黑道上響噹噹的人物。

當年屈彩鳳的師父林鳳仙創建巫山派時，也曾和黃天奇交過手，當時林鳳仙刀法初成，已經是江湖上數一數二的絕頂高手了，黃天奇加上萬家兄弟這兩個徒弟與林鳳仙大戰一天一夜，最後還是輸了半招，只能忍氣吞聲把這嶺南萬家寨名義上歸於林鳳仙的名下，七年前落月峽之戰前，林鳳仙死於達克林之手，萬家寨也趁機重新獨立，重新壟斷了兩廣一帶的貿易路線。

只是失去了巫山派的支持，萬家寨雖然可以雄霸一方，卻仍然敵不過高手如雲的魔教。冷天行親自出馬，加上上官武和司徒嬌、慕容劍邪這三大護法級長老同時出手，包括總壇衛隊在內的兩千多精銳弟子全力突襲，萬家寨無法抵擋，三天之後還是陷落，黃天奇死在冷天行和上官武的聯手圍攻下，只有萬家兄弟逃了出來，無處可歸的他們進了錦衣衛，只求保得一命。

幾乎如一個模子刻出來的萬家兄弟同時臉色一變，當年的滅寨之戰中，兩人被慕容劍邪的七星離火掌所傷，一人傷了左臉，一人傷了右臉，自此只能各自戴上半個面具，倒也相映成趣，入了錦衣衛後保得一命，被陸炳嚴令不得再向錦衣衛中的魔教成員尋仇。

因此萬家兄弟雖然平時看司徒芷和其他幾個前魔教成員恨得牙癢癢，卻是不敢出手復仇，因為他們很清楚，只要一動手，那就連錦衣衛也待不下去了，而離了錦衣衛，自己只有死路一條。

但今天**這一層不能說的秘密，卻被天狼無情的道出**，兩人沒有說話，眼中卻是殺機浮現，兄弟倆心意相通，不用眼神交流就決定要趁著這次的比武，宰了這個揭自己老底的天狼，讓大家知道，龍組六號和七號高手可不是吃素的。

天狼的眼光看向了一個孤零零站在西北角的嬌小女子，這女子一直沒有說話，但天狼能感覺到她的氣息時強時弱，待其爆發的那一下，絕對強過所有在場的人，肌膚瑩白如玉，沖天馬尾，髮如烏雲，戴著一個如蝴蝶狀的黃金面罩，遮住半個臉，紅脣如血，身形婀娜，手裡握著一柄劍，劍鞘看起來又黑又舊，毫不起眼，可是天狼卻敏銳地發現這劍鞘乃是千年蛟皮所製，和自己斬龍刀的刀鞘一樣，由鞘知劍，此女手中的寶劍必是神兵無疑。

與其他人不同，這女子身上沒有任何標記，非龍非鷹非虎，也沒有任何數字，但不知為何，她看向自己的一雙美麗眼睛中，卻透出一絲難言的神采，一種混合了期待，興奮的奇怪感覺。

天狼微微搖了搖頭，對這女子說道：「閣下何人？其他的五位都已經將萬兒亮出，還請你賜教。」

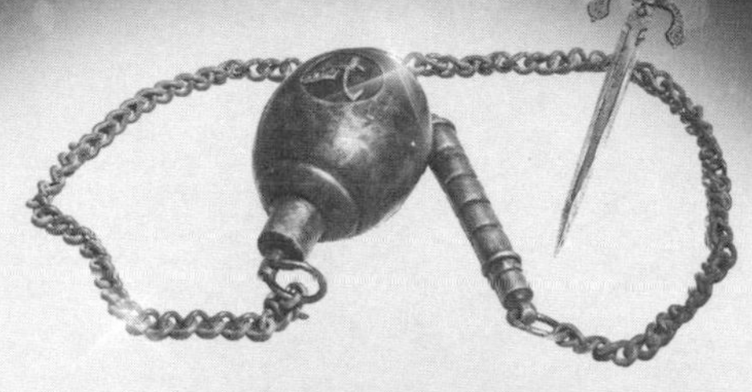

第七章

黑白善惡

陸炳擺了擺手：「我不是要你去刺殺夏言報仇什麼的，
夏言的身邊高手如雲，只有皇上才有可能取他的性命。
天狼，跟你說這些，只是要你認清楚一件事，
所謂的黑白善惡，並沒有你想的這麼簡單。」

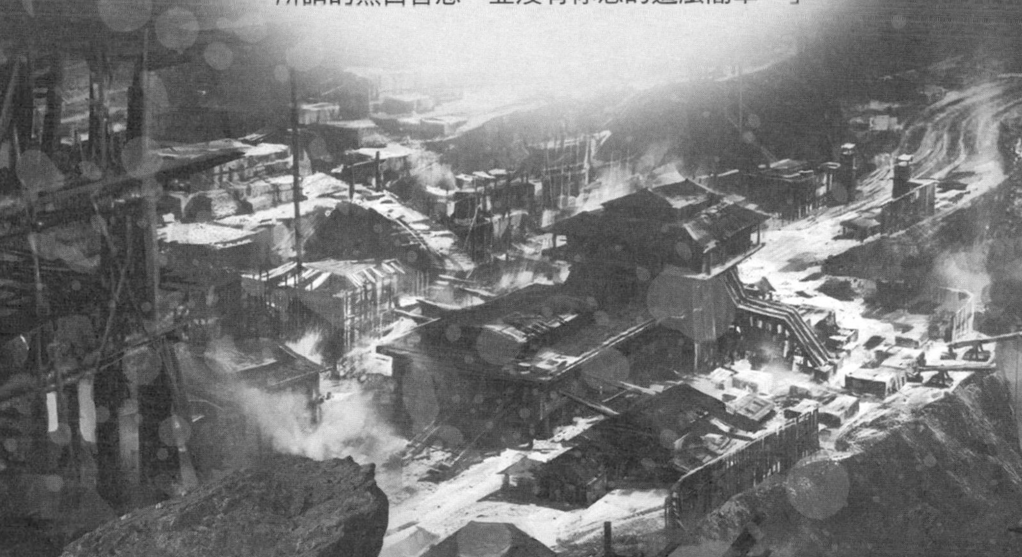

這女子開了口，與那露出一半的絕美容顏不同，她的嗓音卻是嘶啞難聽，彷彿是給人割開過喉管，低沉粗吼，完全不像一個少女的曼妙聲線：

「無名小卒而已，聽你口氣很大，不把我們整個錦衣衛放在眼裡，就是現在對著五位龍組高手，你連兵刃也不用，太托大了吧。」

天狼哈哈一笑，周身的紅氣猛的暴漲，場內眾人頓覺一股帶著熱浪的勁風拂面，個個面色一變，不自覺地向後退出半步，就連司徒芷也是花容略一失色，收起了淫蕩的笑容，素手牢牢地抓緊了手中的蛟皮鞭。

只有那名戴著面罩的女子似乎是對這一切早在意料之中，嘴角微微地勾了一下，勁風拂起了她額前的一縷青絲，但她仍是原地不動，鎮定從容。

天狼一動不動地盯著這個面具女子，場內的其他五人他都沒有放在心上，只是對這個女子有些好奇：「只要是人，都有名字，這位姑娘，報上姓名應該是打擂臺的規矩。」

女子點點頭，嘶啞難聽的聲音再現：「我叫**鳳舞**，新進錦衣衛鷹組的成員，跟你一樣，請多指教。」

天狼沒有說話，周身開始騰起淡淡的紅色氣勁，內息迅速地流淌，露在外面的皮膚一會兒因為灼熱的內力而變得通紅，一會兒因為極寒的陰氣變得慘白，在場的人也都能感覺到時而灼熱、時而陰寒的氣息，無不心中暗驚，這下總算知道了為什麼剛才三十七號幾招下來就自動認輸了。

莫問天性子最急，雖然感覺這一陰一陽的兩股真氣透著一股奇怪，但總覺得五個龍組高手打一個，不信打不過，面前這小子看起來也就三十左右，就算從娘胎裡練功也不可能厲害到哪裡去，於是大吼一聲：「大家並肩上啊！」

莫問天說完，鋼叉一掄，抖出一個碗大的槍花，帶著巨大的呼嘯聲，一招夜叉探海，直刺天狼的心口。

天狼的嘴角勾了勾，腳下一個旋步，正踏丐幫的七星蓮花步，身體如游魚一般，一下子就閃過了莫問天的這一叉，左手一格，擊中了那柄鋼叉的叉身，發出一聲巨響，整個擂臺都晃了兩晃，而莫問天被這一下生生地震得向一邊倒開六七步，幾乎站立不穩，匆忙間把鋼叉向地上一撐，這才勉強站住身形。

與此同時，司徒芷的皮鞭如毒蛇一般地捲到，纏向天狼的右腿，一下子在他的腿上轉了三個圈，司徒芷的嘴角邊露出一絲微笑，素手輕輕一按鞭鞘的一個按鈕，皮鞭上頓時生出了十餘支閃著藍芒的毒刺。

眼看就要刺進天狼的腿中，這些毒刺也是用苗疆的蠱毒煉製，見血封喉，能把人麻木得沒有任何知覺，然後就任她擺佈。

司徒芷沒有料到這個武功高絕的天狼竟然如此輕易地著了道兒，還沒來得及高興，卻只聽「叭」地一聲，天狼的腿上忽然產生一股絕大的力量，紅光暴漲，震得皮鞭上的十餘支淬了毒的鋼刺全都像是燒焦了的鋼條一樣，融化到地上，變成點點鐵水，瞬間消失不見。

而天狼的右腿卻只破了十餘個小洞，連血都沒有淌一滴，**顯然是因為其強大的護體真氣，並沒有讓毒刺入體內**，剛才爆起的那一下，不僅震斷鋼刺，更是把這支蛟皮鞭震得散開，若非這鞭是用百年蛟皮混合了各種金絲猴毛、藤條等極韌極硬之物編織，再在桐油裡反覆浸泡、曝曬而成，早就被震斷了。

司徒芷的胸口也被震得一陣心浮氣躁，倒拖著鞭子向後退了三個大步，幾乎跌下擂臺，匆忙間使了個千斤墜才將將穩住，臉上的青氣一閃而沒。

萬氏兄弟的兩支劍盾在空中飛速地旋轉，分襲天狼的上下兩路，這劍盾乃是用鎢金剛打造，極為堅固，而盾的四周則是伸出三根利刃，盾的核心處則用鎢金軟絲纏在二人手上，以內力驅動，可以讓這盾在空中來回旋轉，殺人於無形，類似一個山寨版的六陽至柔刀法。

閃著藍光的劍盾，已經離天狼的身體不到一尺。天狼虎腰一扭，避開了襲向脖勁處的劍盾，腳下反踏七星蓮花步，輕巧的閃過了斬向他腳踝的劍盾，速度快得不可思議。

萬氏兄弟臉色一變，手上一加力，兩支劍盾在空中一個回轉，這回分列左右，襲向天狼的腰間，天狼暴喝一聲「來得好」，一個大旋身，後退兩步，左腿微屈，右腿重重地向地上一踏，全身紅氣暴漲，眼珠子也微微泛起紅光，雙掌分向兩側擊去，「波波」地兩聲巨響，兩支劍盾被生生地震得飛了回去，萬氏兄弟幾乎一時控制不住，差點沒有脫手而去。

紅色的氣浪還沒有褪去，一陣密不透雨的劍氣籠罩了天狼的全身，瞬間就像要把空氣都切割成一個個的小塊，卻是巴三先生飛身上前。

他的武功雖然在這幾人中不算突出，但一向擅長觀察情況，一直到天狼發力震開兩面劍盾時，他才覺得機會到來，趁著天狼換氣調息的功夫飛身上前，企圖以自己的快劍逼得天狼無法調息，讓其他的同伴有上前聯手圍攻的機會。

天狼冷笑一聲，身上的紅氣不僅沒有消散，反而變得更加濃烈，連眼珠子都變得通紅，他不退反擊，雙手作成爪狀，連環攻出，居然速度比這巴三先生的快劍還要快出不少，巴三先生攻出兩招的時候，他直接還出了三爪。

巴三先生心下駭然，天狼的那一雙通紅的爪子，竟然硬生生和自己的長劍正面硬抗，自己這把灌注了內力的長劍被震得把持不住，瞬間蕩了開來。

巴三先生這下駭得臉色大變，他的內力並非超強，靠的是一劍快似一劍的劍招，激蕩的劍氣與敵人兵刃相交時，可以發揮出借力打力的效果，這還是人生頭一遭被人用肉掌直接拍上劍刃，居然還能蕩得自己無法持劍，劍式一滯。

快劍的優勢無法發揮，剩下的就只能任人宰割了，他連忙後退兩步，把劍舞得密不透風，護住自己的頭臉及胸前要害，不求有功，但求無過。

天狼的眼中紅光一閃，向前兩步，左爪探出，又是一聲金鐵相交之聲，紅得如同烙鐵的天狼爪生生擊中巴三先生的劍身，這把劍本也非凡品，乃是精鋼打造的上好快劍，韌度與硬度俱佳，卻是被天狼的這一爪擊中，整個劍身都變得像燒紅了的烙鐵似的。

巴三先生只感覺自己的手像是被燒到，但他知道這時候千萬不能棄劍，不然接下來天狼的進手一招，自己就全無還手之力了，只能鼓起全身內息，集中於右手，希望能把那股沿著右臂傳上，似乎要燒掉自己整個胳膊的灼熱內息給逼退。

天狼對巴三先生的這個硬頂的決定似乎也有些意外，眼中的紅芒一閃而過，內息又加了一分，這回巴三先生再也支持不住，手中長劍被熔化成數截通紅的烙鐵，落到了地上，人則仰天噴出一口鮮血，倒退著向後，幾乎要跌倒。

但巴三先生身經百戰，對敵經驗非常豐富，即使在這樣極其不利的條件下，仍然把手中的斷劍飛快地注入內力，向對面的天狼擲出，自己則在地上一個滾翻，雖然難看之極，但也躲過了襲向自己上身的那陣可怕的紅氣。

莫問天的鋼叉帶著巨大的風聲，再次襲向了天狼，剛才的四方圍攻，由於他用的是純外攻，受的創傷反而是最小，在擂臺邊一調息，馬上又恢復了神力，這回他學精了，沒有用上全力，而是向天狼的腰間連刺三下，閃出六七個叉影，不求一下刺倒天狼，只希望能為同伴的圍攻創造出機會。

天狼的嘴角勾了勾，右手一抄，接住剛才巴三先生擲向自己的斷劍，轉手一擲，以甩手箭的手法直接扔向了莫問天，「啪」地一聲，正好擊中了莫問天的左臂，饒是他皮粗肉厚，又有護體的硬氣功，這一下仍然深深地嵌進了他的皮肉之中，痛得這長白夜叉齜牙咧嘴，拖著鋼叉倒退而下。

司徒芷的軟鞭緊跟而至，這回她看出來了，天狼的護身氣勁非常可怕，別說自己剛才的毒刺，就是利刀銳劍也難傷其分毫，能把護體氣功練到這種境界的，只有練成了頂級武功的絕頂高手，**這樣的高手，她只見過冷天行和陸炳二人，今天在這個天狼身上再次見到。**

但事已至此，總不能認輸下臺，五個龍組高手打不過一個天狼，以後在錦衣衛也很難混下去了，現在能做的就只有輪番捨命攻擊，期待能消耗或者是震散他的護體真氣，為別人的攻擊創造機會。

司徒芷的左手拿出了一支閃著藍芒的淬毒銀勾，右手的皮鞭帶起陣陣氣浪，全身上下泛著青色氣勁，而一張本來嬌美的臉蛋也變得滿是青氣，連眼睛都開始泛著綠光，著實可怖，左劍右鞭，伴隨著她的聲聲嬌叱，攻勢如滔滔大浪滾滾而來。

天狼暴吼一聲：「來得好！」尋常人碰到這種凌厲的攻勢，無論如何也是先退讓再想辦法反擊，天狼卻是迎著銀勾與蛟皮鞭而上，血紅的雙爪一晃，右手居然一下子從漫天的鉤影中抓住了那淡藍色的銀勾，左手則在空中接住了鞭身，司徒芷這招凌厲的攻勢，居然就這麼硬生生地被中止。

天狼的眼珠子一下子又變得血紅，正待運氣，再次焚掉司徒芷手中的兩樣兵器，卻感覺身後勁風襲來，卻是那萬家兄弟雙雙攻到，他的反應極快，右手一扭，「叭」地一聲，把那銀勾從中折斷，左手帶起長鞭，司徒芷花容失色，想要棄鞭，卻被一股邪惡的寒氣生生地吸住，哪還撒得了手。

天狼大吼一聲，把司徒芷當成肉盾，直接拋向身後，眼看萬家兄弟的兩支劍離司徒芷的身體已經不到半尺。

說時遲，那時快，天狼突然感覺到自己的左側有一道極強的劍氣襲來，他的心中微微一動，這是今天在這臺上第一次感覺到有能破自己護身天狼勁的凜冽劍氣，來者武功遠在這幾名龍組高手之上，而那手持的兵器更非凡品，不是自己這雙肉掌能輕鬆應付的。

天狼的左手內勁一洩，一下鬆開了司徒芷手中的皮鞭，只聽「砰」地一聲，司徒芷從兩支劍盾的中間飛了過去，只要遲片刻，這會兒就已經身首異處了，而萬家兄弟也被司徒芷的嬌軀砸到，三個人摔到了一起。

可是天狼這會兒沒功夫去看這三個人，面前的劍光大盛，原來是那位名叫鳳舞的女子所發，只一瞬間，她的劍就刺出了八劍，用的分明是**峨嵋絕學紫青劍法**。

天狼心中一動，儘管這鳳舞的劍在外人看來已經快如閃電，連出了多少劍都無法看清，但在天狼眼裡，還是可以清楚地看清來勢，甚至可以看到她這八劍分刺自己的哪八個穴位。

但天狼畢竟是一雙肉掌，鳳舞手中的劍他這回看清楚了，是一柄長約二尺半，非金非玉的古樸短劍，劍身上多的是符文般的咒語與上古文字，而劍身所散發的冷冷寒光更是預示了這是一把神品，光靠自己的肉掌無法生接，現在能做的，就只是用上乘的輕功與步法，閃開這奪命的快劍。

天狼的腳下連踏玉環步，向後出六七個身形，但鳳舞的劍卻如附骨之蛆，一直死死地盯著自己，劍影如山，離自己的要害處始終也就半尺距離，不管自己如何變化身形，都無法擺脫她的追擊，他的心中一動，幾個字幾乎要脫口而出：

「**幻影無形劍！**」

只是現在的情況如電光火石，由不得天狼細想，後退的過程中，腦後突然勁風橫掃，一聽這風聲就知道是莫問天趁著自己被鳳舞所迫，趁機從後面偷襲。

天狼突然計上心來，腳下玉環步一動，整個人歪歪扭扭地，如同喝多了的醉鬼似的，一團爛泥搬地撞到了莫問天的懷中。

天狼的手肘和左手的駢指卻是連連戳中了莫問天胸前的幾個要穴，饒是這巨人如鐵塔一般，也無法防住天狼的這幾下攻擊，手中的鋼叉再也拿不住，「噹」地一下落到了地上，人也被天狼完全制住，攬著他的腰一轉，就向身後緊追不捨的鳳舞推去。

天狼閃到了莫問天的身後，暗舒一口氣，心道這鳳舞武功雖高，但總不可能殺錦衣衛的龍組高手來繼續追擊自己，此女劍術精妙，內力也強過這五人，但比自己仍有差距，所仗者無非是手有神兵，而自己沒有能抵抗她的兵器罷了，只要自己緩過這口氣，隨便在地上撿起一樣兵器，哪怕是這莫問天的鋼叉也能勝她。

正在天狼的腦子裡飛快旋轉的當口，眼前那山一樣寬闊的莫問天卻突然裂了開來，滿天都是他的內臟，鳳舞手中的那柄閃著青芒的短劍一下子劃破了天狼的左臂，血則順著天狼右臂汩汩地流出。

天狼這一下驚得連面具都要掉下來了，他萬萬沒想到此女如此狠辣，竟然直接把這莫問天分了屍後繼續追殺自己，這下自己身陷死角，再也無處閃避，那柄短劍刺中自己左臂後，在空中稍一回轉，就直衝自己的心窩捅來，這一次可是無法再用手抓古劍或者是運功抵禦的辦法來抗衡了。

天狼的雙足發力一震，整個人向後方飄去，雙掌連環向前擊出。

這一下他的功力漲到了十成，只希望能在空中用以掌擊劍的方式能把這要命的快劍緩一緩。

鳳舞的美目中突然閃過一絲頑皮的笑意，她的劍突然**變刺為削**，隔空斬出一道強烈的劍氣，與天狼擊出的紅色掌風相遇，「砰」地一聲，天狼意識到這下上了這小妮子的當了，再想在空中變換身形已來不及，被這股大力生生地頂出擂臺，落到了擂臺下面。

鳳舞也被這股大力震得向後連退五步，她的腳下連踏幻影迷蹤步，姿式曼妙優雅之極，若是白衣翩翩，一定能迷倒每個男人，但這會兒的鳳舞卻是渾身鮮血，甚至手臂上還掛著莫問天的，截斷腸，這種殘酷詭異的場景讓人看了只覺得是女鬼亂舞，甚至讓人不寒而慄。

莫問天的殘肢斷軀橫七豎八地散亂在擂臺上，濃重的血腥味讓人作嘔，即使剛剛爬起身的萬家兄弟和巴三先生，還有司徒芷也都人人色變，鳳舞卻是臉上沒有任何表情，輕輕地把掛在手臂上的那截斷腸扔到地上，居然還拂了拂自己的頭髮，淡淡地對臺下的天狼說道：

「**你輸了。**」

天狼雖然對今天的比武上位有充分的信心，這個結果大大地出乎他的意料之外，但事實如此，也不得不承認，點點頭：「算你狠。」心中卻對這個蛇蠍心腸的女子無比厭惡。

鳳舞突然笑了起來：「天狼，你的武功不錯，就是心不夠硬，這裡可是錦衣衛，心腸軟的人可活不下去，沒人是你的朋友，即使是你身邊最親近的人也不可信，記住這點，今天的事就是給你的一個教訓，明白了嗎？」

天狼眼中寒芒一閃：「謝謝你教我這麼多。」

鳳舞轉頭看向呆立在臺上的其他四人，嘶啞的嗓音中透出了股冷冷的殺意：

「四位還想繼續打嗎？」

四人在跟天狼的生死搏鬥中都多少受了傷，巴三先生更是連兵刃也沒了，大家剛才親眼見識過鳳舞的武功之高，四人的心裡都在想：錦衣衛究竟是怎麼了，先冒出個天狼，又多了個鳳舞，都是這麼厲害的角色，這樣下去以後還有我們混的份兒嗎？

但他們也只敢在心裡罵罵，鳳舞已經發出死亡威脅了，拒絕她的結果顯然就是地上四分五裂的莫問天，四人對視一眼後，都乖乖地跳下了臺。

鳳舞的眼中閃過一絲得意之色，單手持劍，對著臺下噤若寒蟬的眾多錦衣衛們，環指一圈，沉聲道：「還有哪位想要比武上位的，儘管上臺一試。」滴血的劍鋒所向，人人色變，低頭側目，不敢面對這尊血淋淋的女羅剎。

陸炳站起身，臉上居然帶著一絲微笑，一邊走向前方的擂臺，一邊鼓起掌來。

在錦衣衛裡，陸炳就是神，上行下效，自達克林，慕容武以下，所有的錦衣衛都跟著使勁地鼓掌，生怕拍手拍遲了或者是拍得勁小了，只有臺上的鳳舞和臺下的天狼依然無動於衷。

四目相交，鳳舞突然衝著天狼擠了一下眼睛，她的眼中沒有剛才那種凜冽的殺氣，卻多出了一絲少女的頑皮與得意，看著天狼的明眸清澈如水。

這一刻，她不再是剛才那個殘忍血腥的女殺手，變得像是一個可愛的鄰家小妹妹，天狼很久沒有這種感覺了，在他前世今生的所有記憶裡，只有小師妹給過他這樣的感覺，一想到這個他的心就突然痛起來，連忙扭過頭，避過了鳳舞的目光。

陸炳一個御風萬里，輕飄飄地上了臺，雙手向下微微一壓，全場的掌聲戛然而止，連說話的聲音也都不再有，只有場地四周的大旗在獵獵風中飄舞。

陸炳走到鳳舞的身邊，指著她，那如金鐵相交的聲音鏗鏘有力：

「今天的勝者是鷹組見習隊員鳳舞，本官話出如山，**鳳舞從現在開始，就是我錦衣衛的副總指揮，執掌龍組**。」

此話一出，臺下所有人都大吃一驚，後面主臺上坐著的達克林和慕容沖下意識地站起身，卻又馬上意識到什麼，臉色恢復了平時的那種寵辱不驚，趕快坐回了椅子。

但這一舉動卻充分顯示了他們對這一安排的不滿，龍組一直是陸炳親自掌管，今天這個副總指揮的選拔，讓達克林和慕容沖二人都盯上了這個位置，卻沒想到最後居然會給了這個新選出的鳳舞，也難怪這兩名資深副總指揮如此失態。

天狼對此心知肚明，不屑地「哼」了一聲，心道這錦衣衛中果然都是些利欲薰心之輩，都只想著升官發財，跟這陸炳倒全是一路貨色，不過這也難怪，陸炳這樣的傢伙又能帶出什麼好人來?!

鳳舞對著陸炳單膝下跪：「屬下謝總指揮恩典，日後定當赴湯蹈火，在所不辭。」

陸炳微微一笑，把鳳舞從地上扶了起來：「鳳副指揮，為朝廷效力，當盡心竭力才是，以後你要多用心。今天的比武，龍組隊員二十一號莫問天殉職，現在龍組成員缺了一個，你是龍組的指揮，可以現場組織一場比武，挑選一人補足。」

鳳舞的美目突然笑成了一道月牙：「總指揮大人，我想這個比試就不用進行了，想必有一個人選是大家都不會有意見的，是不是呢，天狼隊員？」

入夜，錦衣衛總部的地下密室，一個寬敞密閉的大廳，四周點起了十餘支牛油巨燭，照得整個大廳燈火通明，而陸炳則坐在廳中一把蓋著虎皮的太師椅上，看著站在下面的天狼。

李滄行取下了臉上的青銅面具，又取下了青銅面具後面的人皮面具，一張臉上已經滿是汗水，這間密室完全不通風，只在頂上鑽了幾個小小的氣孔，加上四周燃燒著的牛油巨燭，讓人悶熱難耐。

陸炳的臉上倒是沒有一滴汗水，他看著不停拭汗的天狼，平靜地說道：「天狼，你好像心不定啊，以你的武功，在這地方不至於出汗出成這樣。」

天狼搖了搖頭：「我不像你，在這種陰暗的地方待多了，從內力到心理也都變得陰暗了，像我這樣覺得這裡不透氣、不舒服才是正常的，陸炳，是你不正常。」

陸炳的臉上閃過一絲憤怒：「天狼，不要把本座對你的欣賞和寬容當成你對我目無尊長的理由，你畢竟也在武當待了二十多年，尊師重道的道理難道你師父沒教過你嗎？」

天狼不屑地「哼」了聲：「陸炳，你聽好了，你不是我的師父，若不是我看在我師父的面子上，現在也不會在這裡站著聽你指手劃腳，你要擺你的官威和總指揮架子，到外頭對著你的那些走狗們去擺，他們能讓你很受用的。」

陸炳的臉上一陣青一陣紅，拳頭緊緊地攥著，似乎想要隨時發作。

天狼看著陸炳，挑釁道：「想打是不是？正好我今天還沒打夠，這裡反正沒有外人，你輸了也不會丟臉的，要是你打死我，正好一了百了，反正我現在活著也跟死人沒啥區別。」

陸炳聽到這話，突然笑了起來，握緊的拳頭也一下子鬆開：

「天狼，算了，看在你師父的份上，我不跟你多計較了，你在外面的時候別這麼讓我下不來臺就行，你我二人獨處時，你想怎麼樣都可以。不過，**今天你讓我有些失望啊，本來這位子是給你準備的，結果你連個女人都打不過**，你究竟是怎麼了？莫非，你這麼快就移情別戀了嗎？」

天狼的臉微微一紅，今天這事確實讓他很有挫敗感：「你從哪裡找的這個女人，心狠手辣，我可不是武藝不如她，而是被她偷襲，沒想到她這麼凶殘。」

陸炳冷笑一聲：「天狼，你不要以為你現在的武功可以橫行天下，江湖上能殺你的人還是很多，**有時候要取你的性命，不必一定要武功強過你**，以前你的弱點就是你的師妹，現在**你的弱點就是這副柔軟的心腸**。今天比武之前，你不是沒有見過錦衣衛的人為了這個官位你爭我奪，下的全是狠手，你只因為對方是個女人就對她失了起碼的防範，這只能說明你蠢，站在你的屍體上，沒人會憐憫和感嘆你的仁慈與俠義，只會笑你死不足惜。」

天狼朗聲道：「對，你說得沒錯，你們錦衣衛從你到普通的小兵，都是這種沒有人性，心狠手辣之輩，我李滄行出身名門，就是我師父，從小教育我的也是做人要守俠義，要走正道，**我跟你們根本就不是一路人**，今天我讓你失望了，日後我還會讓你繼續失望的，我們的合作從一開始就是個錯誤，現在我可以走了嗎？」

「天狼，你我有言在先，只要你在錦衣衛一天，你就不是李滄行，而是天狼！你不是說你師父教過你俠義之道嗎，那男子漢大丈夫要言而有信，語出如山，這點你都做不到了？」陸炳質問道。

天狼的臉上肌肉跳了跳，恨恨地說道：「我只是看在我師父的份上才加入你們的，陸炳，聽好了，我天狼永遠不會像你那些只認錢只認官的手下，**我心中永遠有我的道義，進你錦衣衛也只是要利用你們錦衣衛來為我師父報仇，此外查出是誰下迷香害我的而已**，這點我們早就說得清清楚楚，我不想每次都跟你再重複一遍。」

陸炳滿意地點點頭：「很好，我們有共同的目的，我答應你，幫你查出武當的內鬼，其實也是為我自己查，因為澄光是我在錦衣衛中唯一的朋友，也是最好的兄弟。現在我告訴你一件事，**挑起七年前正邪大戰的，不是別人，就是時任內閣首輔的大學士夏言。**」

天狼的臉色一變：「夏閣老？陸炳，你不要信口開河，夏閣老是正人君子，當朝忠良，我知道當年你被夏閣老抓住了你私募手下的把柄，逼你當眾下跪道歉，所以一直懷恨在心，但你不能這樣隨便往人身上潑髒水。」

陸炳冷笑一聲：「我是錦衣衛，掌握著別人的生死，如果我真有心跟夏言鬥，往他府上放些違制的東西就行了，還用得著跟你一個小小的錦衣衛編什麼謊言嗎？天狼，你又不是皇上，我陸炳有必要向你撒謊?!」

天狼還是不願意相信這個事實，多年來在江湖上行走的經歷讓他確信夏言是好人，嚴嵩是壞蛋，他的喉節一動，沉聲道：

「世人皆知夏大人為官清正，為國不存私心，乃是大大的好官，而你現在勾結的嚴嵩，則是人所共知的奸臣賊子，你說夏大人是挑起江湖禍亂的罪魁禍首，那你的那個向各派放內鬼的青山綠水計畫又算是什麼？」

陸炳哈哈一笑：「天狼，我跟你解釋過多次，青山綠水的目的只不過是為了監控而已，**我沒有實質性的奪取各派、挑起仇殺的行動，這些都只不過是你們江湖各派自發的行為**，就好比你師父澄光，這麼多年在武當，你可曾見過他主動地挑起武當與其他門派的爭鬥了？落月峽之戰是你師父一手策劃的嗎？」

天狼這下子說不出話來，只要拿出澄光，他就無可辯駁。

陸炳的眼中閃過一絲得意，繼續說道：「當年的落月峽之戰，雖然是正邪雙方不可避免的大決戰，但總歸是事出有因，天狼，我記得你當年也是跟著你師父出去奔走聯絡武當派藝成下山的各位師叔師件，可有此事？」

天狼點點頭：「不錯，當時我和師父是在湖廣一帶聯繫師叔們，最後是在李冰師叔的莊上集合的，不過在這之前，各大正派的代表就已經來過我們武當開過會議了，約定了中秋在武當正道門派集合，共滅魔教。」

陸炳也點點頭：「你當時親歷此事，知道的一些細節比我還多，你也應該知道那次滅魔大戰雖然是放在你們武當，但是少林派首先發起的吧。」

天狼的臉色微微一變：「陸炳，你的意思是，作為少林派背後支持者的夏言一手策劃了那次滅魔大戰？但就算如此，正邪本不兩立，你非要把此事歸到夏閣老的頭上，實在是說不過去吧。」

陸炳搖搖頭：「有些事情是你不知道的，就是武當和少林的關係，多年來武當的背後支持者一直是現任內閣次輔的徐階，但**徐大人有一個身分只怕你不清楚，他是夏言的秘密門生。**」

天狼一下子驚得倒退一步：「怎麼可能！」

「當年徐階中進士的時候，雖然和夏言沒有師生之誼，但是後來他在禮部任職的時候，得罪了當時的內閣首輔張璁，張璁是以大禮議起家，為皇上爭了生父的名分，這是嘉靖六年的事情，張璁便把徐階貶到綠林盜匪橫行的延平府當推官

（主管司法的官員，相當於公安局長），暗地裡收買江洋大盜，想黑了徐階。」

陸炳的話冷酷得不帶一絲感情：「結果是夏言秘密派出了少林高手，扮作徐階的侍從護衛，結果半年不到的時間，不僅那些江洋大盜全部被拿下，還掃清了延平府的十餘處綠林山寨。徐階也因此大功升任黃州同知，後來轉升浙江按察使，然後調回朝中擔任禮部侍郎，吏部尚書。他這一路平步青雲的背後，都有夏言的影子，兩人的政治同盟，在朝野人盡皆知，當然，你們這些江湖人物對此不知道也屬正常。」

天狼說不出話來，聽陸炳這樣說，應該是所言非虛，沒想到兩人還有如此深的淵源。

他突然想到有些地方不對勁，濃眉一動，道：「陸炳，以你的說法，二十多年前的徐階也只不過是個延平府的推官，談不上多有權勢，為什麼當時他的兒子徐林宗上了武當，能這麼受待見？難道武當找後臺只能找個五六品的州推官嗎？」

陸炳嘿嘿道：「這些當朝官員送兒子上武當、上少林的可不止徐階一家，進武當的官家子弟多了去，比徐階官更大的也不是沒有，但徐階是探花及第，又是松江一帶的大族，比一般的進士要強得多，而且一直有夏言當後盾，連當朝首輔張璁也奈何不了他，這種權勢可不是完全根據官品來的。

「當然，武當也是走一步看一步，如果徐階的本事不夠，在延平府就給張璁黑了，那結果就會是你和你的小師妹合練兩儀劍法啦，因為武當雖然要結交權貴，畢竟也要把武學放在第一位，徐林宗有背景，作為武者的天資也是頂尖，並不差於你，所以最後選擇他而不是你也屬正常。」

天狼一聽到徐林宗和小師妹就是一陣心痛，他叫了起來：「不要跟我提武當，我不想聽。陸炳，**你說夏言一手策劃了滅魔之戰，他又是圖的什麼？他這樣位高權重的閣老，會管得到江湖上的事嗎？**」

「因為夏言和嚴嵩是死對頭，當年嚴嵩本是夏言所舉薦，但是此人擅長溜鬚拍馬，迎聖上所好，聖上喜歡道術玄學，每日需焚青詞禱告上天，嚴嵩對此樂此不疲，夏言卻是非常勉強，導致聖上越來越看嚴嵩順眼，而開始反感夏言。

「於是夏言就開始結交江湖上的門派，如少林等，去搜集嚴嵩及其黨羽貪贓不法的證據，嚴嵩心中恐懼，為求自保，也開始暗中結交魔教中人，做同樣的事情，**在你們的滅魔大戰前，這兩位閣老已經靠著江湖的勢力明爭暗鬥許多年了。**

「夏言畢竟不是江湖中人，凡事操之過急，他想到的辦法，就是乾脆把魔教一併消滅，這樣嚴嵩一黨自然不攻自破，結果這消息走漏了風聲，不要說我的錦衣衛，就連嚴嵩那裡也接到了密報，提前通知了冷天行作準備，這就是你們落月峽之戰慘敗的原因。

「天狼，你現在知道了這一切，**是要怪嚴嵩支持的魔教殺你師父呢，還是要把仇放在挑起這場必敗之戰的夏言身上？**」

天狼聽得目瞪口呆，時至今日，**他才算明白落月峽之戰的真正原因，居然是朝中兩大重臣的互鬥**，而自己的師父，和在落月峽戰死的那數千同道，甚至魔教戰死的上萬門徒，都不過**是兩個野心家的棋子**而已。

天狼恨恨地說道：「如果你說的是事實，那夏言確實害人不淺，他做事不密，卻又好高鶩遠，要說害死我師父的仇人，確實可以算他一份。」

陸炳微微一笑：「滅魔之戰需要你們江湖各正派聯手才有勝算，但人多嘴雜，正派內少不了魔教的耳目和臥底，這種事情是隱瞞不了的，你們武當的紫光道長，還有少林的空見大師，其實在黑水河邊就看出魔教是有備而來，先用這些旁門左道之士消耗你們的銳氣，再在落月峽設伏，這一仗沒有贏的可能。

「我本想阻止這場大戰，因為在正邪各派中，我的臥底著實不少，像澄光這樣的人損失了實在可惜，所以我不惜讓達克林殺了林鳳仙，就是想勸你們回頭，結果你們根本不領我的情，還是執意要去送死，這也能怪上我嗎？」

天狼抬起頭，眼中寒芒一閃，道：「不，雖然我們在落月峽會打輸，但如果不是巫山派突襲我們的後路，讓我們進退失據，是不會輸那麼慘的，我師父也不一定會死，陸炳，這歸根結底還是你的陰謀，你別想賴到別人身上。」

陸炳冷笑道：「巫山派早在你們去之前就召集了幾千人手埋伏在峽內外了，她們跟峨嵋派早已經是仇深似海，即使我不殺林鳳仙，也一定會斷你們後路的。天狼，你們正道聯軍沒有深通兵法的主帥，說白了只不過是一群江湖上的武夫而已，指揮水準跟那冷天行相比不是一個檔次的，就連巫山派的屈彩鳳，其指揮大部隊作戰的能力也比你們要強得多，你還不承認嗎？」

天狼給說得啞口無言，半天才嘆了口氣道：「事已至此，多追究也沒用了，我們是正道，他們是魔教，自古向來正邪不兩立，就算沒有夏言的指使，我們也遲早會打這一仗的，這一仗就算戰死沙場，也是死得其所，陸炳，我相信當我師父作為武當弟子，而不是你錦衣衛的臥底戰死的時候，他是問心無愧的。也不會希望我為這事去對夏閣老有什麼不利。」

陸炳擺了擺手：「你別誤會我的意思，我可不是要你去刺殺夏言報仇什麼的，夏言的身邊高手如雲，只有皇上才有可能取他的性命，何況他現在已經倒了，皇上若是想要他的命，一道聖旨即可，那些少林高手也保不了他的命，我隨便派幾個鷹組的錦衣衛就能把他拿下，用不著你。天狼。跟你說這些，只是要你認清楚一件事，所謂的黑白善惡，並沒有你原來想的這麼簡單。」

天狼咬了咬牙：「我答應你進錦衣衛，可是有言在先，第一，我去留自便，哪天查清楚了武當的內鬼，讓我親手報仇之後，我就會離開。第二，我不做有違俠義，殘害忠良的事。第三，你不能阻止我對魔教和巫山派的人復仇，還要幫我創造這種合法剿滅他們的機會，陸炳，這是我和你之間的約定，我希望你能記清楚。」

陸炳點點頭：「不錯，這個約定我記得很清楚，所以我希望你能在錦衣衛的時間裡好好幹，可是今天你的表現讓我很失望，你對女人心軟，對敵人心軟，就不可能和我們的敵人戰鬥，如果有一天你發現害你的人是一個看起來柔弱的女子，你能下得了手嗎？」

天狼毫不猶豫地說道：「血海深仇，不死不滅，有什麼下不了手的。」

陸炳哈哈一笑：「行了，天狼，不用在這裡裝凶犯狠，你不是那種人，就是對屈彩鳳，你也照樣下不了手。老實說吧，你的武功、智謀我都不擔心，擔心的就是你狠不下這心來，因為你的敵人不會對你心慈手軟。」

陸炳繼續說道：「現在在錦衣衛裡，除了我以外，你沒有一個可以信任的人，而你在江湖上的這些朋友，你也說了不會把他們牽涉進錦衣衛來，所以你如果想當你的獨行俠，就得心腸夠硬才行，今天的事，就是給你的一個忠告，讓你看看我們錦衣衛的行事風格。」

天狼換了個話題：「今天你找來的**那個叫鳳舞的女人，是什麼來路？你原來說好這個副總指揮的位置要給我的，怎麼又安排了這麼一齣？現在我成了她的手下，你到底想要怎麼樣？還有，她怎麼會峨嵋的幻影無形劍？**」

陸炳的眼中神光一閃：「天狼，天底下優秀的武學奇才很多，我看中的也不只是你一個人，鳳舞確實是我今天特意安排的，本來是想對你作個測試，你若是連鳳舞都對付不了，以後還怎麼在錦衣衛裡大展鴻圖呢？

「做我們錦衣衛，除了武功高絕，智謀出眾外，一定要心狠手辣、冷血無情才可以，這是你以前在武當、在江湖歷練時欠缺的，你殺金刀四傑時的那種爆發力我很喜歡，但那只是在你情緒失控時才會有，我希望你平時殺人時也能這麼果斷，這麼凌厲。」

天狼斷然道：「那不可能，如果我真的見人就殺，不問緣由，那和禽獸何異？」

陸炳笑了笑：「放心，**我讓你去殺的，都是該死之人，甚至是由聖上朱筆御**

批定了死罪的，你殺他們，不必有什麼心理負擔。今天上臺挑戰你的那些龍組殺手，每一個都有血案在身，每一個都稱不上是良善之人，你殺他們，真的不用有什麼愧疚感。」

天狼的心中浮過一陣厭惡：「陸炳，這些人再怎麼說也是你的手下，也是為你賣命的人，你自己都不珍惜自己手下的性命，他們又怎麼可能為你全力賣命呢？**你現在口口聲聲說多看重我，是不是哪天想拋棄我，要取我性命時也是毫不猶豫？**」

陸炳的嘴角勾了勾：「不要說你，就是我，也隨時做好了為國捐軀的準備，我們錦衣衛對內監控群臣，管控江湖門派，對外要刺探敵國番邦的情報，做的事情都是提著腦袋在褲腰帶上混的，就好比上次送上泉信之去汪直那裡時，我也是親自出馬，只帶了十個護衛送他們進汪直的老巢，我早就把生死置之度外，你明白嗎？」

天狼嗤了聲：「陸炳，你這麼一個大特務，跟奸臣嚴嵩合作陷害忠良的傢伙跟我說忠義，不覺得太可笑了嗎？你陷害夏閣老，讓奸臣嚴嵩執掌內閣，這就是你的忠義？」

陸炳的臉色一變，神情變得異常嚴肅：「天狼，**你為什麼認為夏言就是好**

人，嚴嵩就是壞人？這兩人都是朝中的大權臣，能爬到內閣這個位置的，又有誰會是絕對的好人，誰是絕對的壞蛋？只因為嚴嵩依靠的是你最恨的魔教，你才得出這樣的結論？」

天狼冷笑一聲：「誰忠誰奸，不要說朝野，就是在江湖草莽之中也早有公論，嚴嵩靠著給皇帝拍馬屁上位，並無治國才能，又靠著陷害邊關大將曾銑曾將軍而打擊夏閣老，這種人會是忠臣？陸炳，你自己投靠嚴嵩，是不是當天下人的眼睛都是瞎的？」

陸炳的神容平靜，緩緩地說道：「告發曾銑的，還真不是嚴嵩，而是曾銑的手下大將仇鸞，曾銑屢次出塞無功，徒耗錢糧，所以才會讓皇上動了殺機，這本就不是簡單的忠奸這麼簡單。

「天狼，軍國大事你現在不太懂，我也不跟你多說，你只需要自己想想，如果曾銑真的這麼有本事有能力，為何幾次帶著十餘萬大軍出塞，卻從沒有跟韃靼人打過一次大戰？沒有取得過一次斬首一千以上的戰果？反而是讓韃靼人不斷地從大同宣府的方向入寇，直接威脅京師？

「這種情況下，夏言不是建議朝廷加強宣大一線的防備，反而是跟著曾銑一起上書，說要花上千萬兩銀子，占國庫一年四分之一的收入，去為他在河套草原築城防守，你可知道我大明年年國庫虧空，守備已經不易，曾銑不思報國，反而要這樣大張旗鼓地花錢，你覺得這樣的人是個忠臣嗎？」

陸炳的這種說法，天狼從沒有聽過，抗聲道：「國家的錢都被嚴嵩這個巨貪給貪了去，只要嚴嵩倒了，自然就會有錢。陸炳，你不能把這個歸到曾將軍的身上，你錦衣衛不是可以抄家的嗎？把嚴嵩的家抄了，一定是家財億萬，足夠給曾將軍打仗了。」

陸炳冷笑道：「國家每年入庫的白銀不過四千多萬兩，你當嚴嵩有多少本事，能一個人吃光嗎？你還真說對了，這些大臣的貪墨情況，我這裡都要派人監控，並且上告聖上的，**夏言貪的錢可一點不比嚴嵩少，你信嗎？**」

天狼搖搖頭，但**心中已經有些開始懷疑起自己一貫的信念了**。

陸炳嘆了口氣：「光是最近這五年，夏言以朝廷的名義給少林寺的各種錢款，就有三四百萬兩銀子了，修寺廟，塑金身，少林本來自己有足夠的香火錢，但夏言給了這錢後，少林派就用這錢在江湖上各處廣開分支，經營各種產業，比如你殺的金刀四傑，就是少林派的還俗弟子們開的鏢局，你知道他們每年運鏢賺多少錢嗎？你知道他們每年運的鏢，有多少是夏言手下的黨羽和官員們給他的孝敬錢嗎？如果沒有實質的好處，夏言為什麼要花大錢去扶持武林門派？」

陸炳站起身，直視著天狼的雙眼：「我朝在聖上登基之前，收支基本上是能平衡的，不至於像今天這樣年年虧空，你可知這一切的根源是什麼？那就是嘉靖二年的寧波封貢事件後，夏言上書廢市舶司，不讓海外商人來做生意了，也不讓我朝的漁民下海，所以本朝的一些亂民就跟倭人勾結在一起，形成了為禍東南沿海二十多年的倭亂，攻我州縣，殺我士民，你想必也知道這些吧。」

天狼沒有想到這個提議居然是夏言提出的，一時間如遭雷擊，瞪大了眼睛，說不出話來。

陸炳又道：「我知道你和那個東洋武士柳生雄霸一起掉入懸崖，你這身武功只怕也是機緣巧合在那崖下學來的吧，想必你也跟他聊過這個問題，那個海賊頭子汪直，他的家人和兒子都被我們長期抓起來關押，就是想留著一線和汪直談判、重開海禁的希望，而夏言卻是三番五次上書要把汪直的家人滿門抄斬。天狼，你覺得**像他這樣不顧沿海數百萬生民，只為自己賺一個忠直之名的人，配得上忠臣二字嗎？真正為國出生入死的，是隻身入虎穴的我，換了夏言，他有這膽子嗎？**」

天狼嘆了口氣：「可即使是這樣，夏言再怎麼也比嚴嵩要強，他充其量只是好心辦壞事，陸炳，你幫著嚴嵩去陷害夏大人，不覺得良心有愧嗎？」

陸炳冷冷說道：「夏言的罪不是我定的，而是聖上定的，**治他死罪的不是貪汙腐敗，而是他跟曾銑，一個首輔，一個邊將，一唱一合，而且有明確的書信為證，這就是謀反了，你明白嗎？**我作為錦衣衛，受聖命去查這兩人的關係，難道查到了他們的勾結而對上隱瞞不報嗎？」

天狼的嘴角勾了勾，說道：「只憑幾封書信又能說明什麼？難道他們之間寫個信也叫謀反了？那這麼說，你派在各派的間諜給你回報，也是謀反了？」

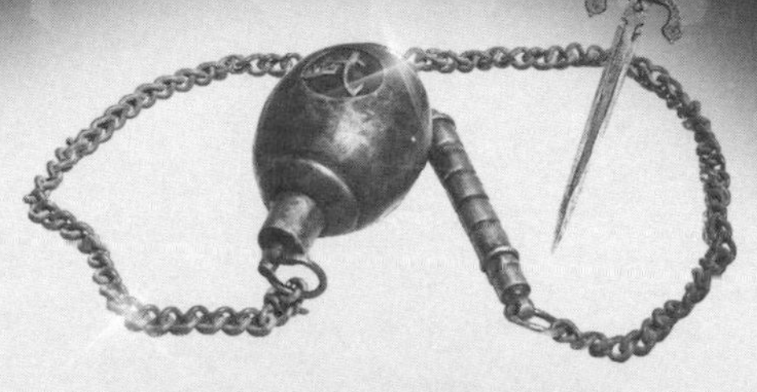

第八章

第一要務

陸炳道：「夏言的身邊有司馬鴻、楊瓊花、展慕白
這三大華山高手，還有少林寺的智嗔和尚，
你們到時候一定要保護好沈經歷的安全，
如果他們反抗，不要想著捉拿夏言，
而是以帶沈鍊殺出來為第一要務。」

陸炳氣得一跺腳，震得這房中的火燭一陣搖晃：「天狼，你覺得這樣跟我對著幹有意思是嗎？朝廷首輔和邊關大將不透過正式公文，而是私下寫信妄議國策，這種性質是私人好友寫幾封信那麼簡單的嗎？這叫內外勾結，圖謀不軌！」

天狼見陸炳如此嚴肅，心中也信了八九分：「可是夏言畢竟是個比嚴嵩更好的大臣，陸炳，你也很清楚這一點，為什麼不設法加以保全？」

陸炳的瞳孔收縮了一下，眼神中流露出一絲無奈：

「天狼，實話跟你說了吧，對於夏言，雖然他當面折辱過我，但我也知道他比嚴嵩還是要強那麼一些的，不全於為了私仇廢了公事，我手裡掌握了許多他結黨營私，跟江湖門派有來往的證據，但即使是現在，我也沒有上報給聖上，要是聖上知道他和嚴嵩這些人跟江湖中人有來往，那這條陰養死士，居心叵測之罪，他們也是逃不掉的。

「但這次不一樣，**仇鸞的密報直接通過了東廠到了聖上那裡**，我想壓也壓不住，聖上盛怒之下讓我去查，這種情況下，我還敢有所隱瞞嗎？我錦衣衛內部也不是鐵板一塊，就是連達克林和慕容武二人，我也不敢確保就不會有問題，**聖上讓我去查此事，未嘗不是想測試我是不是對他忠誠可靠**，那些書信確實是曾銑所寫，而東廠去查的曾銑那一邊也找到了夏言的回信，這種情況下我還敢保夏言嗎？」

天狼默然不語，良久才長嘆一聲：「陸炳，我現在也不知道你究竟是個好人還是壞人了，但衝著我師父信你，我也信你一次。夏言已經被罷相了，現在討論這個人已經沒有意義。陸炳，今天的比武，我沒有如你所願奪下副總指揮，你現在應該更依賴那個鳳舞才是，她是你一手調教出來的殺手吧？」

陸炳的眉頭舒展了開來，笑道：「鳳舞是我多年來一直訓練和調教的殺手，也就是一個月前剛剛完成所有的訓練，正式出山，所以在錦衣衛裡無人知道她的底細，現在看來，她要比你強一些，所以這次讓她當龍組的指揮，還有整個錦衣衛的副總指揮，我覺得非常合適。」

天狼不屑地「哼」了一聲：「跟你確實是一路人，論心狠手辣，我確實比不了她，反正我也一點都不稀罕這個什麼副總指揮的位子，陸炳，你就明說吧，以後準備讓我做什麼？」

陸炳點點頭：「我今後會通過鳳舞來控制龍組，這些年，龍組成員只按武功高低加入，有些人可能也已經被各方勢力滲透了，我給鳳舞的任務就是內部先清查一遍，今天上臺的那五個人，包括前面下臺的三十七號，都有可能是別的勢力派來錦衣衛的內鬼，現在已經死了一個，其他人我已經安排鳳舞在秘密調查了，這個事你可以不用管，你現在要做的，是去捉拿正在回鄉路上的夏言。」

天狼的臉色一下子大變：「你說什麼？捉拿夏言？」

「是的，最近聖上不知道聽到了什麼風聲，連夏言結交少林的事情也知道了，還當著我的面問我是怎麼回事，我無法隱瞞，只得向聖上直言，聖上龍顏大怒，命我即刻將夏言捉拿回京，交有司審問，只怕這一回，夏言是躲不了殺身之禍了。」

天狼質問道：「這件事你隨便派個人去辦就行了，為什麼要我去？此等殘害大臣的事，我可不想碰。」

陸炳的眼中精光閃閃：「你把夏言抓回來，這是大功一件，這次在錦衣衛的內部比武中，你沒有如我所願地坐上副總指揮的位置，我只有用這種辦法增加你的威望，你明不明白？」

天狼哈哈一笑：「威望？陸炳，你是想讓我越陷越深，無法自拔吧？我天狼不求在你的錦衣衛裡升官發財，只想走我師父所教的正道，你知道什麼是正道嗎？至少不是這種明知不該做的事情，還要違心去做。陸炳，如果有什麼可以為國出力，造福蒼生的事情，我天狼很願意去做，也不求什麼回報，但這件事，免談！」

陸炳冷聲道：「你人在錦衣衛裡，就得聽錦衣衛的規矩，這些任務由不得你挑三撿四的，我和你師父這麼好的關係，自然不會害你，以後我這個總指揮的位置，還希望能有一天由你來接著坐，難道我對你的期望和栽培，你看不出來嗎？」

天狼不信地說：「陸炳，你會這麼好心？我跟你非親非故，只不過是你二十年前老友撿來的一個孤兒，你為什麼要對我這麼好？」

陸炳的聲音突然變得柔和起來，還帶了幾分感情：「天狼，因為你的這份俠義心腸，我其實是非常看重的，在錦衣衛裡，多是為求升官發財之徒，像你這樣本性純良的人實在很難得，而且你還武藝高強，智謀過人，這是我非常欣賞的，因為**我很清楚，你現在堅持的一些東西，我是做不到的。**」

天狼對陸炳的這番話有些意外，但他還是對自己暗暗地說道：「不要相信這個騙子，他是在演戲。」於是默然不語，臉上擺出一副不信的神情。

陸炳看了一眼天狼，嘆了口氣：「我知道你對我成見很深，一時半會兒難以改變，當年我通過武舉，初入錦衣衛的時候，也是和你一樣的意氣風發，熱血豪情，想要憑本事為國家效力，做出一番事業出來。可是多年的官場沉浮，讓我經常違心地做一些事情，這點我也不諱言，所以我現在很矛盾，一方面希望你能保持本心，一方面又希望你不要這麼單純，因為你的對手會利用你的每個弱點來攻擊你，攻擊你的家人。**天狼，你知道我的弱點是什麼嗎？**」

天狼想了想，說道：「你現在登上了這個高位，只怕是捨不得自己的高官厚祿吧，我想不顧一切地保住自己的位置，這就是你的弱點，為了這個，你可以出賣自己的良心，做那些喪盡天良之事。」

陸炳的眼中精光一閃，沉聲道：「天狼，你這話只說對了一半，**我是要保住我的位置，但不是為了我自己，而是為了我的家人！**我陸家世代為官，在大明一代是世襲的軍職，只有我在這個總指揮的位置上不出事，才能把我的官職傳給我的兒子，所以為了不敗壞我陸家的名聲，不至於陸家在我這裡斷了香火，我在官場上不能犯任何的錯，也不能由著自己的意氣用事。」

天狼冷笑一聲：「那你何不讓自己的兒子進錦衣衛，讓他以後接你的班？陸大人，你說要栽培我，卻不栽培自己的親兒子，還有比這更可笑的事情嗎？」

陸炳搖搖頭：「天狼，錦衣衛是間諜與特務機關，掌握了太多的機密，**無論是誰當皇帝，都不可能讓一個家族世代把持錦衣衛的，**如果不是因為我和當今皇上這種特殊的關係，我也不可能在這個位置上一坐就是近二十年。**我接觸了太多的機密，能不能在這個位置上全身而退都不可知，又怎麼能把自己的兒子牽涉進**

來呢？

「但是你不一樣，你沒有家室，無牽無掛，也沒有我的這種負擔，所以你如果將來接替了我的位置，可以按你的本心行事，假如你能碰到一個仁厚的明君，我希望你能讓錦衣衛變得不一樣。」

陸炳的聲音中透出一絲誠懇，表情也變得異常地和藹，看上去絕非作偽，甚至眼中還有淚光閃現。

「行了，陸炳，不用多說什麼了，你這個位置我沒有一點興趣，以後你還是交給你精心培養的那個鳳舞吧。捉拿夏言的事，你最好另請高明的好，你如果要我去打聽倭寇或者是韃靼的情報，我倒是萬死不辭。」天狼不為所動地說。

陸炳的臉上閃過一絲怒容，似是要發作，但終究還是忍了下來：「真是個不聽話的傢伙，也不知道天奇當年怎麼能受得了你?!你在武當的時候很乖，讓你做什麼就做什麼，為什麼在我這裡卻這麼難搞？」

天狼冷冷地說道：「武當是武當，你這裡是錦衣衛，你自己也說了這不是什麼好人待的地方，**我現在已經跟你們同流了，保留最後一點不合汙的權力也不行嗎？**你不是說想要我保持純良的本性嗎，那請你拿出點實際行動吧，別光耍嘴皮子。」

陸炳嘆道：「天狼，你怎麼就一點不明白我的苦心呢？今天你雖然在所有人面前顯示了你的武功，但不管怎麼說，你來歷不明，現在的身分也不過是個龍組殺手，並不能讓人服氣，以後你要在錦衣衛裡一步步向上爬的，我也不可能直接把你提拔到這個副總指揮的位置，不處理好人際關係怎麼行？只有讓你帶著同僚和部下，一次次地立功，經歷生死，你才能得到他們的信任和支持。」

天狼突然放聲大笑，笑聲中透出一股自信與豪爽，震得這密室中的火燭一片搖晃，笑畢，他對著陸炳正色道：「陸大人，別的事情好商量，你如果派我去打倭寇，平韃靼，我很樂意，但是通過抓捕夏言來為自己立功的事，我一點兒也不稀罕，誰想要這個功勞誰去，我只要當一個獨來獨往的天狼就行。」

陸炳長嘆一聲，無奈地說道：「抓夏言是聖旨，必須要執行，這樣好了，我換一個人去，你負責陪行，這總可以了吧？」

天狼低頭想了想，道：「你準備派誰去？」

陸炳微微一笑：「你的老熟人，錦衣衛經歷，沈鍊。」

天狼想到一年多前在南京城外樹林裡的那場激戰，那個英武、熱血的錦衣衛指揮讓他印象深刻，雖然接觸不多，但可以看出是一條英雄好漢，便點點頭：

「如果是沈經歷的話，我倒是樂意做他的護衛。對了，今天的比武怎麼沒有看到這位沈經歷呢？」

陸炳笑了笑：「嚴格來說他並不算是我們錦衣衛的人，他是會稽人，字純甫，號青霞，少年時就以聰慧而聞名鄉里，更是難得的文武雙全，想必他的武藝你也見識過，即使在江湖上，也堪稱一流高手。」

「不錯，此人武功很高，居然不是出自你們錦衣衛的訓練？」

陸炳搖搖頭：「我們錦衣衛多是招募江湖上成名的高手，要麼就是招一些衛所兵中武功不弱的軍官，沈鍊這種情況極為特殊，他不是主動來我們錦衣衛的，而是參加科舉，嘉靖十七年的時候中進士，外放縣令。

「沈鍊當了官之後，為官清廉，政績不錯，但他為官耿直，不向權貴低頭，所以得罪了時任內閣首輔的夏言，被貶到我們錦衣衛，不過我跟沈鍊的意氣相投，也很欣賞他的為人，於是以兄弟待之，由於他得罪了夏言，我不好把他提到副總指揮，但還是給了他一個七品的錦衣衛經歷職務，讓他在南京去統領當地的所有錦衣衛。天狼，你可知我的用意嗎？」

天狼猜到了個大概，點點頭：「你是想讓沈大人在南方立下平倭的戰功，好給他一個升遷的理由吧？」

陸炳微微一笑：「南京是我朝開國時的首都，但靖難之後，永樂帝就遷都北平，將南京作為陪都，也是設六部，分管南方各省之事，但實際上都是安置一些朝中政治鬥爭失敗的官員而已，把沈鍊安排到南京，也是對他的保護，南方倭亂不已，讓他統領錦衣衛，追剿一些小股的登陸倭寇，或者是查獲一些與倭寇勾結的內地貪官與奸商，這些都對他有好處。」

天狼沉聲道：「那上次沈鍊和譚綸一起捉住了上泉信之，憑此功勞可以讓他官復原職了吧？」

「沈鍊為人重情重義，在他最危險的時候，是我保護了他，衝著報恩，他也不會在這時候離我而去，何況當年他因為參奏夏言手下的黨羽而被貶官，現在夏言倒臺，我讓他去親自捉拿夏言，他怎麼會拒絕呢？」

天狼聞言道：「沒想到沈經歷和夏言居然還有仇，那這回他去宣旨，可是最合適不過了，只是沈經歷自己武功了得，又是奉了聖旨，難不成夏言還敢拒捕反抗不成？用得著派我去嗎？」

陸炳斷然道：「天狼，一切皆有可能，夏言身邊多的是少林派和華山派的高手，這次他回鄉致仕，連華山派的司馬鴻都親自護送，要是知道是來抓他的，這傢伙沒準真的會出手殺人，所以我們這裡必須做萬全的準備，而且，這也是個跟沈鍊拉近關係的好機會，天狼，你不喜歡我陸炳，但不至於連沈鍊一起恨上吧。」

天狼點了點頭：「好吧，這次就當是為了保護沈經歷，只是我有言在先，我不管抓人，只負責保護沈經歷一人而已。」

陸炳笑笑說：「行，就這麼辦！還有一件事，鳳舞這次也跟你一起去。」

天狼微微一愣：「她去做什麼？你剛才不是說她要留下來查探龍組內部嗎？我不喜歡這個女人，不想跟她共事，如果你安排她去，那我還有必要去嗎？」

陸炳的臉色一沉：「天狼，在錦衣衛你就要服眾命令，剛才我已經讓步了，沒讓你親自去捉拿夏言，但有幾個伏魔盟的高手護著夏言，我必須要做萬全的準備，鳳舞武功雖然極高，但比你還是差了點，所以這回我要你出馬！至於查探的事情，一時半會兒也無法查出個結果，你這次暫時聽命於鳳舞就是。」

天狼不滿地道：「自小到大，我還沒有被女人使喚過，陸炳，能不能給我換個差使？」

陸炳板起臉來：「天狼，你可別忘了，咱們可是作了協議的，你幫我做不違俠義、有利於國家的事，我就幫你查武當的內鬼，你既然這麼喜歡和我討價還價，那你的事情我也只能緩緩了。」

天狼嘆了口氣：「看來我沒有別的選擇了，好吧，什麼時候出發？」

陸炳走到太師椅邊，轉動了椅子扶手上的一處開關，遠處傳來一陣沉悶的響動，他身後的牆壁上打開了一扇暗門。

換了一身黑金滾邊、紫紅色上好錦緞勁裝的鳳舞走了進來，依然是沖天馬尾，蝴蝶面具，烈焰紅唇，手小提著那把古劍，她的胸前，繡著一隻大大的金龍，作勢欲飛。

鳳舞走進來的時候，衝著已經戴回面具的天狼吐了吐舌頭，似乎是在嘲笑今天他成了自己的手下敗將。

天狼對她的調皮舉動十分反感，在他心裡，只有小師妹做這種動作才是可愛的，看到一個冷血殘忍的女殺手故作俏皮狀，讓他心中一陣厭惡，連忙把頭扭到一邊，看也不看她一眼。

鳳舞眼中閃過一絲失望，衝著陸炳行禮：「屬下龍組指揮鳳舞，參見總指揮大人。」

陸炳坐回了那張虎皮太師椅，舉手投足又恢復了作為特務首領的那種氣度與威嚴：「鳳舞，今天的比武，你做得不錯，內查龍組的事情暫緩，有一件更重要的事需要你和天狼去完成。」

鳳舞立即恢復了一個女殺手該有的沉穩與幹練，美目神光一閃：「還請總指揮大人示下。」

陸炳點點頭：「前內閣首輔夏言，勾結邊關大將曾銑圖謀不軌，現曾銑已經認罪伏誅，而夏言則被致仕還鄉，經查明，夏言多年來貪贓枉法，結黨營私，暗中勾結江湖草莽，聖上有旨，著即將夏言半道追回，交有司審問。**鳳舞，你和天狼的任務就是保護傳旨的天使，錦衣衛經歷沈鍊**！如果夏言和他的手下有拒捕的行為，你和天狼要以保護沈經歷為第一要務。」

鳳舞眨了眨眼，撩了一下自己額前的一綹秀髮，天狼只覺得一陣淡淡的山茶花香氣撲鼻，但她的聲音依然粗啞難聽：「回總指揮，現在屬下也是正四品的錦衣衛副總指揮了，這位沈鍊沈經歷不過是一個七品的官員，為何需要我們反過來保護他呢？」

陸炳的臉色一沉：「鳳舞，我記得我訓練你的時候，跟你說過，在錦衣衛做事，只需要聽命，不需要問這麼多，你難道忘了嗎？」

鳳舞低下了頭，拱手道：「是，屬下知錯。」

陸炳嘆了口氣：「你和天狼都是江湖人士，連武舉也沒有經過，在沈鍊這種有官身，中過進士的人面前，你這個四品官職一文不職，我大明是文官節制武將，你們確實也只能作為沈鍊的護衛，哪天能立功得爵，就能揚眉吐氣了。」

鳳舞突然笑了起來：「大人，依我大明律，好像女子也不能為官啊，你看我現在還不是當了您的副手，堂堂的四品官？」

「這些都只是忽悠那些從江湖草莽來投奔我們錦衣衛的武林人士，只限於我們錦衣衛內部上下級之間明確身分和地位所用，鳳舞，你這個四品官，只是皇上特命，發給四品的俸祿而已，吏部的官員名冊裡可沒有你這一號，世襲的軍籍裡也沒有你，出了錦衣衛，你這個四品官職是不被承認的。」陸炳解釋道。

鳳舞的眼神中閃過一絲失望：「還以為真的當上一個大官了呢，沒想到只是做做樣子，總指揮大人，那我要是立了大功後，能轉成正式官職嗎？」

陸炳給鳳舞弄得樂了，在這密室中，他沒有在外面時的那種威嚴與壓迫感，在鳳舞這個年輕女子面前，更像是個父親而不是上司：「腦袋裡哪這麼多鬼頭心思的，我朝只有一品二品誥命夫人，還沒聽說過女人能當官，你今天能當上龍組指揮，是天狼讓你，明白嗎？」

鳳舞的嘴角向上勾了勾，扭頭打量著大狼，不服氣地說道：「這個五大三粗的傢伙，笨死了，我才不要他讓呢，總指揮大人，您可是一直教導我，我們錦衣衛一定不能低估對手，出手一定不能留情，若不是他今天逃到了臺下，我早就把他刺倒在地啦。」

天狼給說得臉上一陣青一陣紅，好在這時候臉上隔了兩層面具，沒讓她看出自己的窘態，他不服氣地說道：「你只不過是仗了手上的神兵之利，加上趁機偷襲罷了，我手中若是只有一把普通的長劍，你也不會是我對手。」

鳳舞「嘻嘻」一笑：「喲，好像還輸得不服氣呢，在臺上你連肉盾都扔出來了，就是想擋我的攻擊，這會兒還不認帳，若不是總指揮早就讓我手下留情，我刺你左臂的那一劍本可以取你性命了，你難道不知道嗎？」

天狼回想起那一劍，以鳳舞的武功，的確不至於刺偏，看來確實是手下留了情，便反擊道：「如果再打一場，你一定不會是我的對手！」

鳳舞的一雙美目眯成了一道美麗的月牙：「你現在就是贏我一百次又如何，那次若不是我手下留情，你現在已經是個死人啦，天狼，你記住，無論如何，**這輩子你是欠我一條命了，這輩子你也當過我鳳舞的手下敗將了**，嘻嘻。」

陸炳打斷了兩人的鬥嘴：「你們兩個，仗著跟本座的特殊關係，就在我面前這樣脣槍舌劍的，真當本座不存在嗎？」

鳳舞似乎很怕陸炳，忙向陸炳拱手行禮：「屬下一時興起，現在知錯了，還請總指揮使大人責罰。」

天狼想到自己曾經答應過陸炳，在外人面前要維護他的面子，於是也極不情願地向著陸炳拱手行禮：「屬下知錯。」

陸炳擺了擺手：「好了，不要說這些沒用的事，現在據我的情報，夏言的身邊有司馬鴻、楊瓊花、展慕白這三大華山高手，還有少林寺的智嗔和尚，帶著十餘名智字輩的少林高手，你們到時候一定要保護好沈經歷的安全，如果他們出手反抗，**不要想著捉拿夏言，而是以帶沈鍊殺出來為第一要務。**」

天狼忍不住道：「我們錦衣衛的信條就是不顧性命也要完成任務，這次的任務是捉拿夏言，為什麼他出手反抗的話，我們不把他拿下，而是要保護沈鍊撤離呢？」

「也罷，就開導你們一回，以你們的武功，脫身不是難事，但夏言雖倒，其在朝廷中的黨羽眾多，若是沈鍊出了什麼意外，到時候夏言反咬一口，說是你們兩個出手挑釁，事後又逃逸，由於你們都不是以正規的途徑進入錦衣衛的，到時候聖上查下來，雖然夏言仍然死罪難逃，但我這裡秘密訓練你們的事情也就暴露了。但如果你們保護沈鍊逃跑了，無論如何，夏言這個抗旨拒捕之罪就算是坐實了，只憑這一條，就夠他全家抄斬，而且事後由沈鍊上報，我這裡不會有任何麻煩，明白了嗎？」陸炳老謀深算地道。

天狼心中暗嘆陸炳的心思縝密，永遠把自己立於不敗之地，這下無話可說，只能拱手稱是。

鳳舞眼波一轉，道：「總指揮大人，屬下還有一個問題，請您示下。」

陸炳的臉色有些難看：「說！」

鳳舞瞟了天狼一眼，不滿地道：「天狼今天輸給我似乎很不服氣，我可是龍組組長，他對我卻全無下級對上級應有的尊重，在您這裡都這麼放肆，要是去執行任務時也不聽號令，那如何是好？」

陸炳臉色微微一變：「我們錦衣衛有自己的規矩，下級必須服從上級，如果他不聽話，你可以當場執行軍法，將天狼處死。」

鳳舞眼中閃過一絲狡黠的笑意：「可是他武功比我高，我打不過他，到時候怎麼執行軍法呀？」

陸炳變臉道：「鳳舞，你今天是存心跟本座作對是不是？」

鳳舞連忙低下了頭：「屬下不敢，只是剛才屬下說的乃是事實，這個天狼在您面前都這麼放肆，屬下哪有可能制得住他，到時候誤了大事就麻煩啦，還請總指揮使三思。」

天狼又好氣又好笑，他覺得這個鳳舞跟陸炳的關係很是耐人尋味，看起來像是小女孩在跟大人撒嬌，哪有一點上下級的關係。

他主動表態道：「鳳舞指揮，現在你是龍組的指揮，我是龍組成員，你是我的上級，執行任務的時候，你的話自然就是總指揮的命令，這個道理我還是懂的。這次總指揮使既然明確地交代了任務，我自當不折不扣地完成，怎麼可能隨便違反呢？如果這個任務我不願意接，那我根本不會去，又何來違命一說？到時候我一定會服從你的命令，如有違背，甘當軍法。」

鳳舞的嘴歪了歪，意味深長地道：「天狼，看你的武功，應該是出身名門正派，雖然我不知道你的來歷，但我想你跟那些少林派、華山派的人都有交情，跟他們的感情肯定比跟我這個殘忍冷血的女殺手要深，到時候真的要是動起手來了，你會如何行動，我實在是無法預料，現在你在這裡說得真切，但真要到了那裡，可能又是另一種情況了。」

天狼心中惱火，忿忿地道：「我天狼一向言出如山，總指揮大人很清楚這點，鳳指揮，剛才你的話是對我的侮辱，請你收回。」

陸炳也緩頰道：「鳳舞，天狼一向一諾千金的，這點你就不用擔心了，他既然答應了跟你去執行這個任務，必不會食言，這是男人的承諾，你可明白？」

鳳舞的眼睛眨了眨，似是還有話要說，終究忍了下去，拱手稱是。

陸炳看向了天狼：「記住，你們的任務只是保護沈鍊，他現在已經去拿詔書了，明天早晨辰時二刻後，你們在京城外十里處的涼茶鋪碰頭。」

從陸炳的密室出來後，是一條長長的甬道，足有兩百多米長，天狼逕自向外面走去，完全不理會身後的鳳舞。

鳳舞那沙啞的聲音響了起來：「天狼，站住。」

「鳳指揮有何指教？屬下還要去做些出發前的準備。」天狼冷冷地說道，連頭都沒有回一下。

鳳舞走到了天狼的面前，緊緊地盯著他那張青銅面具，眼波流轉，似乎是想把這面具看穿。

天狼被她盯得很是不快，聲音中帶了兩分怒氣：「鳳指揮，請問在下的臉有什麼特別的嗎？」

鳳舞搖搖頭：「我一向只戴半個面具，也覺得悶得慌，這會兒你戴了一整個面具，出城辦事的時候你也這樣戴嗎？難道不嫌氣悶，臉上難受？」

天狼微微一愣，這個問題他倒沒有考慮過：「這是總指揮的命令，我和你都是他秘密訓練出來的殺手，不得以真面目示人，難道你想脫了這面具出去執行任務嗎？」

鳳舞微微一笑：「可以試試呀。我知道你會易容術，可以變換面目，不然我出去以後身邊總要跟著個青銅臉，那我們還怎麼執行任務呢？一路上別人都盯著我們這兩張臉啦。」

天狼心中一動，問道：「你怎麼知道我會易容術的？你還知道些什麼？」

鳳舞美目盼兮，笑道：「天狼，咱們都是總指揮大人訓練出來的殺手，我會的，你自然也會，武功可能會因人而異，教授的不同，但諸如竊聽、易容、下毒、潛伏這些間諜的必備技能，你怎麼可能不會呢？」

天狼暗道：想不到在錦衣衛中也能學到易容之術，只是不知道跟黃山三清觀比起來，哪個更厲害一些。

他搖搖頭，否認道：「我只會易容術，竊聽什麼的都不會，潛伏應該是用閉氣之術，這個我雖然沒有學過，但應該能做得到。」

鳳舞的眼中閃過一絲驚奇：「怎麼你連那些都不會？只會個易容啊！真不知道總指揮是怎麼教你的。罷了，會易容也好，你我的真面目是絕不能示人的。」

鳳舞說著，從懷中掏出一塊權杖，遞給天狼：「這塊是龍組的身分證明，你帶在身上，一個時辰後，我們在涼茶鋪碰頭。」

天狼接過權杖，只覺觸手沉重，在這陰暗的地道中閃著金光，以他的武功，目力遠勝於常人，仔細一看，正面畫著一條張牙舞爪、騰雲駕霧的龍，反面寫著一個「錦」字，下面刻了數字二十一，顯然就是自己的編號了。

天狼把權杖收下：「到時候就以權杖為見面信物嗎？鳳指揮，你的權杖是什麼樣的？可否給我見識一下？」

鳳舞笑說：「不用，**到時候我一定能找得到你的。**」

天狼狐疑道：「大家都易了容，你怎麼可能找得到我？鳳指揮，我不僅可以變臉，還可以用縮骨法改變身形，你就這麼能確定認得出我嗎？」

鳳舞很肯定地點了點頭：「確定、一定以及肯定！**我有我的辦法，不管你再怎麼變，我都能認出你**！到時候找你的人就是我。」

天狼心中還是不信，但不想跟她再糾纏下去，於是點點頭：「好，那就明早辰時整，城南十里的涼茶鋪碰頭。」說完，頭也不回地向前奔去。

鳳舞那嬌小的身影也在黑暗中一閃而沒。

第二天的早晨，離辰時還有小半個時辰，天狼變身成一個六十多歲的老者，一臉皺紋，佝僂著背，白髮蒼蒼，穿著一身髒兮兮的布衣，褲子上還破了幾個洞，拄著一根拐杖，顫巍巍地在城南的官道上一瘸一拐地行走。

官道上人來人往，多數是官差驛卒，很多人背上插著小旗，馳馬狂奔，帶得塵土飛揚，把路邊走路的行人都淹沒在風塵之中。

天狼的一雙眼睛全無神采，一邊走一邊想著鳳舞，此女在陸炳的面前沒大沒小，不像是訓練出來的殺手，倒更像是父女，若不是陸炳今天跟自己說過，連自己的兒子都沒有引進錦衣衛，他真的會以為這個鳳舞和陸炳是親生父女呢。

此女跟陸炳的關係如此親近，加上她那一身高絕神秘的武功，狠辣冷血的行事作風，以及全套的間諜技能，顯然是陸炳長時間對她的嚴格訓練所致。自己若不是迭逢奇遇，又因機緣巧合恢復了前世的記憶和武功，還真不一定能勝過她的幻影無形劍呢。

一想到幻影無形劍，天狼的心中又是一陣嘆息，這門峨嵋派的不傳之秘，由於所託非人，教給了達克林這個敗類，而達克林進了錦衣衛後，自然為了討好陸炳，將這門武功用來訓練鳳舞這個女殺手，那天她的劍法逼得自己幾乎無法擺脫，至少已經學到了六七分的境界，以她的年紀，實在是非常難得了。

天狼想到了當年在峨嵋的那段難忘的時光，心中一酸，林瑤仙、柳如煙都是多好的姑娘，又對自己一往情深，只是自己辜負了她們，落得現在這個境地，也是自找。

天狼邊想邊走，不知不覺已經走到了城南十里的涼茶鋪。

這裡只是一個靠著長亭的茶攤，一杆兩三丈高的旗杆上，高高飄揚著一面寫著「茶」字的大旗，旗下支著一個小涼棚，幾根木架子撐著十幾張竹席，四面透風，倒也算陰涼。

涼棚內擺了四五張四方桌，外面還擺了五六張，四周圍著長條板凳，每張桌子上都放著一個茶壺，邊上倒扣著幾只大碗公。

已近辰時，不少早起趕路的客商正在這裡歇腳吃早點，茶鋪一邊的灶臺上，一身半白半黑，看不清原來底色的布衣，白布搭頭的店家，正在蒸著幾屜饅頭，看上去三十多歲的年紀，面色頗為精明。

而他的渾家，則穿了一身藍布衣服，圍著月白圍裙，青巾包頭，在一邊和麵做饅頭，兩個一身茶博士打扮的夥計，正往來於各桌客人間，殷勤地送上一盤盤的饅頭和茶點，順便把客人們留在桌上結帳的銀兩與銅錢收到自己圍裙上的兜裡。

天狼掃了一眼在座的眾人，一個個看起來都是無功夫在身的商旅人士，連吃饅頭都是狼吞虎嚥，更是有幾個人上了饅頭之後，就直接把盤子裡的主食全部倒進自己的包裹裡當乾糧，連喝茶的功夫都沒有，直接就匆匆上了路。

這個小茶鋪乃是京城南邊官道上唯一的一家，天狼一路行來，知道最近的小吃鋪子還要在十里外的城門口，所以這裡幾乎就是每天趕早進出京師的客商們打尖休息的最佳場所。

天狼舉頭四顧，幾乎桌桌都坐滿了人，只有角落裡一張最不起眼，歪歪斜斜的桌子，看起來是不認識的幾個客商拼桌子的，剛剛走了一個人，天狼便一邊咳嗽著，一邊向著那張桌子慢慢地踱去，坐在剛走那個人的西邊位子上，感覺屁股還是熱的。

一桌的其他三個人，東頭的是個中年的胖商人，白淨面皮，穿了一身絲綢衣服，嘴角邊有一顆綠豆大小的黑痣，而坐在南邊的，則是一個勁裝打扮的黑衣漢子，黑臉虯髯，身邊的凳子上放了一把刀，跟那胖商人離得很近，看起來像是他的護衛。

北邊則是一個三十多歲的文士，沒有隨從，身著灰色長衫，頭戴逍遙巾，一邊的長條板凳上放了一把油布雨傘，在這晴空萬里的天氣裡顯得頗為特別。

天狼坐在西側後，故意一陣急促的咳嗽，幾許痰液流得滿鬍子都是，他哆嗦著從懷裡掏出一塊髒兮兮的手帕去抹，同桌的三人都面露不悅之色，直接放下了碗筷。

那名看起來像個護衛，坐在南邊的漢子正在吃著一碗麵條，給天狼這舉動弄得吃不下飯，他把筷子重重地往桌上一頓，對著天狼凶巴巴地叫道：「你這老兒，沒看到這桌人都在吃飯嗎？上來就咳咳咳，這還讓大爺怎麼吃飯啊。這碗麵，你賠！」

北邊的那名文士看到天狼的這番舉動，本也是眉頭一皺，放下了手裡正要往嘴裡送的饅頭，但聽到這漢子這樣說，更是有些不快，打抱不平道：「這位兄弟，老人家本就是年老體虛，肺病痰多，你看他這一路過來就沒有消停過，就得饒人處且饒人吧。」

他一邊說著，還倒上一碗茶遞給天狼，輕聲道：「老人家，一路走來辛苦了，先喝點茶潤潤嗓子吧。」

那漢子的眉毛一揚，看樣子想要發作，卻被那個中年白面商人使了個眼色，立馬扭過了頭，不再說話。

那中年商人笑了笑：「這位老兄說得不錯，出門在外都不容易，和氣生財，應該互相體諒才是。」他一邊說著，一邊對著天狼拱手行禮，道：「這位老丈，我的護衛剛才出言不遜，多有冒犯，還請您千萬不要放在心上，晚輩向您賠罪了。」

天狼多年來一直使用易容術，早就把當初雲涯子教給自己的易容之法發揚光大了，這面具皮越做越薄，以前做一副面具要用的厚豬皮，現在足可以做兩到三張面具，而這面具也跟自己的面皮緊緊地黏在一起，雖然臉上難受了一些，但可以讓面具像自己的真臉一樣有表情。

這會兒天狼做出一副感激之情，渾濁的眼中幾乎要流出淚來，連忙站起身回禮道：「哎喲哎喲，這位爺，使不得啊，小老兒受不起您的這個大禮，這幾天有些傷風，一路上又吸了不少灰塵，咳嗽不止，攪了您身邊這位大爺的早飯，是小老兒的錯，哪敢讓大爺您這樣向小老兒賠禮呢。」

中年商人點點頭，扭頭看向那個護衛，臉色一沉：「三兒，還不快點扶老丈坐下。」

黑臉護衛沒好氣地站起身，拉著天狼的手，不甘願地道：「老丈，剛才是小的沒大沒小，對不住了。」言罷就把天狼向他的凳子上一拉。

天狼立時感到一股內力順著手腕的神門穴搭上了自己的胳膊，他意識到這是黑臉護衛在試探自己有沒有功夫，心中冷笑一聲。

今天他完全隱藏了自己的內息，現在以他的武功，一身的內息早已收放自如，即使是內家高手想要試探自己的心脈，只要他一念之間就可以直接從丹田運氣，護住心脈，所以樂得裝成全無內力在身。

黑臉護衛的這一下試探，手上足有幾百斤的勁，天狼於是裝作站立不穩，「哎喲」一聲，幾乎要跌倒在地。

黑臉護衛這下確信了天狼是沒有武功在身的，手上的內力一變，變震為拉，把天狼又拉了回來，嘴裡連聲道：「哎呀，老丈，真是對不住，我平時粗手大腳慣了，這一下沒傷到您吧。」

天狼劇烈地咳嗽了幾聲：「哎喲，你這後生，力氣可真大，我這老胳膊老腿的可受不住。」

一邊說，一邊使勁地揉起自己的手腕，心中卻在暗想：這兩個人是什麼來路，為何如此警覺，一上來就要對一個陌生的老人使出試探的手段？一般出來做生意的人也很少如此的。

那名灰衣文士笑道：「這位壯士看起來就孔武有力的，只是老丈弱不禁風，也不用使太大力了，不然萬一好心幫倒忙，那可就不美啦。」

天狼坐回桌子後，茶鋪的夥計也走了過來，一看天狼這副模樣，不覺地眉頭一皺，鄙夷和厭惡的顏色明明白白地寫在了臉上，說話也沒帶什麼好氣：「這位老客官，想來點什麼？」

天狼一邊貪婪地向自己的嘴裡灌著茶，一邊擺了擺手：「小哥，小老兒趕路累了，借你這地方歇歇腳，喝點茶，不需要什麼東西，你忙吧。」

他今天來之前，本是想在這裡花點錢待到與鳳舞碰頭的，但這一桌的人看起來都非易與之輩，如此看來，別桌的客人沒準也有隱藏武功的高手，於是他有意繼續投石問路，看看這幫人進一步的反應，也許鳳舞已經隱身其中了呢。

果然，那名夥計眉毛一挑，臉馬上沉了下來：「老丈，若是平時有空座，讓您在這裡打打尖，喝點茶什麼的，沒什麼問題，可是，現在是我們這兒最忙的時候，你看那邊幾個付了錢的客人都沒地方坐，在那裡站著吃呢，若是你不在這裡叫東西吃的話，還請自便，不要妨礙我們做生意行不行！」言罷一捋袖子，就要上來趕人。

灰衣文士仗義出聲道：「這位小哥，老丈的茶錢我付了，上兩個饅頭好啦。」一說著拍出兩個大錢，丟在桌上。

那個夥計收起了錢，在手上掂量了一下，沒好氣地走開。

那名中年商人和自己的黑臉護衛相視一眼，對天狼問道：「老丈，看您這身體，怎麼一個人出門在外啊，您的家人不陪著嗎？」

天狼對此早有準備，聽商人問起，便老淚縱橫地說道：「不瞞您說，小老兒今天是出城給老婆子上墳，小老兒的女兒遠嫁他鄉，我一個人孤苦伶仃，無依無靠，所以一個人出門，您看，這些就是我上墳準備的東西。」說著，他拿出身邊的一個小籃子，裡面放著兩根白蠟燭，一把紙錢。

那黑臉護衛眉頭一皺：「我說老頭兒，你上墳就上墳好了，那些東西也該藏起來，我們這出門做生意的，你給我們看這些，晦不晦氣啊。」

天狼一拍腦門，連忙把籃子用布蓋上：「小老兒一時糊塗，冒犯了爺們，真的是對不住啦。」說著連連拱手作揖，一臉的抱歉。

中年商人的臉上也閃過一絲不快，似乎對這種事也頗為忌諱，但當著那灰衣文士的面沒有發作，只是不再開口相詢，而是抓緊往自己的嘴裡塞東西吃，看樣子是想早點起身走人。

灰衣文士微微一笑：「老丈這樣一提醒，我倒是想起來，這兩天就快到清明了，可惜啊，我人在外地，無法給親人上墳，想起來真是慚愧地緊。」說到這裡，神情似乎也變得落寞了。

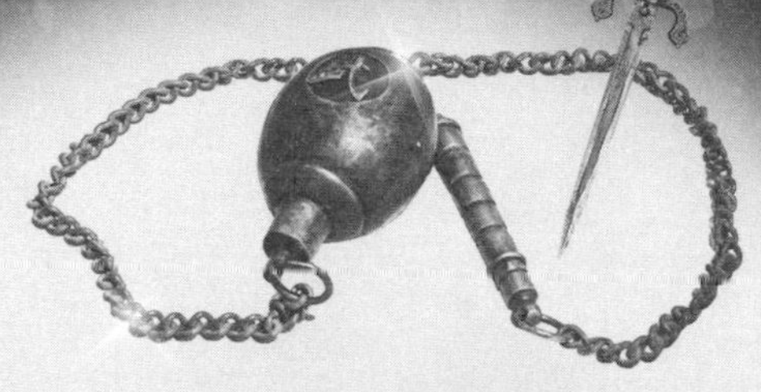

第九章

金不換

天狼心中一動，這個聲音非常熟悉，一眼望去，
一個是四十多歲，一身農婦打扮的中年婦人，
一個是二十多歲，看起來傻乎乎的小夥子，還掛著兩行鼻涕。
這兩人的身邊，赫然正是東廠的廠公金不換！

中年商人扒完最後兩口麵條，看了一眼灰衣文士，饒有興味地道：「這位兄臺，看你也不像經商之人，這麼一人早來這茶鋪又是做什麼呢？」

灰衣文士「哦」了一聲：「在下喜好四處遊學，以前沒來過京師，這次前來拜訪舊時同窗，昨天晚上投宿離這十餘里的有間客棧，今天起了個大早過來，正好在這茶鋪裡歇歇腳，老闆這又是準備上哪裡發財呀？」

中年商人擺擺手：「瞎忙罷了，還不知道能不能回本呢。」

他這話說得倒是滴水不漏，也不說做何生意，甚至沒說從哪兒來，準備去哪兒。

就這說話的功夫，天狼一邊慢慢地啃著灰衣文士幫自己點的兩個饅頭，一邊仔細地觀察了一番這個小茶鋪。

在他來的這會兒功夫，人來人往，歇腳趕路做生意的人基本上已經走得差不多了，現在還坐這裡的四桌人，都是江湖打扮、持刀帶劍之人，看起來像是在這裡等什麼人。

他這一桌的三位，顯然都是有功夫在身的，就連自己這麼一個小老兒，那個黑臉護衛都試探了一把，沒有任何理由放過這個灰衣文士，而他在這裡坐了這半天，說是訪友，但根本沒有一點走的意思，顯然也是在等什麼人。

天狼正思索間，官道上響過一陣馬蹄聲，扭頭一看，只見一匹高大神駿的大紅馬，上面騎著的一人穿了一身淺紅色武官袍，背上背著一個黃綢裹著的卷軸，頭戴獬豸帽，腰間挎著一把刀，劍眉虎目，眉宇間英氣逼人，頷下三縷長鬚飄飄，可不正是錦衣衛經歷沈鍊！

所有人的目光都投向了沈鍊，有幾個人的手已經不自覺地摸到了自己的兵器上，天狼這下子明白為什麼陸炳要自己保護此人了，夏言多年來在江湖中招攬的死士不少，他昨天剛剛踏上致仕回家的路，這些人估摸著也聽到了皇帝要捉拿夏言的消息，怕錦衣衛和嚴嵩的人在路上加害於他，因此就在這茶鋪裡等著，反正只要是對夏言有所不利的人，就想辦法先下手為強。

沈鍊顯然對這一切早有準備，他的眉頭微微一皺，乾脆下了馬，走到最靠外的一張桌子，大馬金刀地坐下，上身挺拔，兩腿微屈，雙手握拳，放於桌面上，乃是標準的武官坐姿，聲音不大，但十足的中氣能讓每個人聽得清清楚楚：

「店家，來一盤饅頭，上一壺茶。」

一個夥計把沈鍊的馬牽去拴在一邊的樁上，剛才那個服侍過天狼的略年長一些的夥計走到了沈鍊的面前，這回，他換了一副笑臉，一顆金牙都在閃光，勤快地擦著桌子：「這位官爺，趕路累了吧，小店的饅頭和茶水都是這京師出了名的，包管讓您滿意。」

沈鍊點了點頭，從懷中掏出一錠碎銀子扔在桌上，沉聲道：「再幫忙打包一籠饅頭，路上要吃。剩下的錢不用找了，就是麻煩快一點。」

那小二歡天喜地地接過銀子，道了聲謝，俐落地給沈鍊倒了碗茶水，高聲唱道：「一籠饅頭打包，一盤饅頭店食，趕緊地咧！」

沈鍊雙目如電，從茶鋪裡一個個正盯著自己看的人臉上掃過，天狼也在偷偷地觀望這些人，從服飾打扮上來看，這些人有正有邪，看起來並非是一路，相互間也是頗為戒備，看起來**今天這小茶鋪還真的是藏龍臥虎**。

只是現在辰時已過，連沈鍊都已經到了，約自己在這裡碰頭的鳳舞卻是蹤跡全無，天狼雖然知道她應該是化身為這茶鋪裡的某人，但一直不現身，也不知道是不是已經認出了自己。

同桌的三個人，在沈鍊出現後，不約而同地看向了沈鍊，那個黑臉護衛的手已經不自覺地按在了刀上，小茶鋪裡的氣氛一時變得非常緊張，而店老闆夫婦和那兩個夥計，也在收了錢以後就不知道躲到了哪裡，只剩下二十餘名江湖人士圍著沈鍊，打鬥一觸即發。

沈鍊喝了一口茶，朗聲道：「各位在此等我這麼久，不知道有何指教？」

一個戴著斗笠的大漢站起身，帽簷壓得很低，看不清臉龐，聽聲音像是個中年人，沉聲道：「請問閣下是準備傳旨給夏言夏大人的使者，錦衣衛經歷沈鍊嗎？」

沈鍊點點頭：「正是在下，既然各位知道沈某有皇命在身，還請行個方便。」

那大漢哈哈一笑：「沈經歷，我等在這裡等候多時，就是為了你而來，你要我等給你行個方便，那請你先給我們一個方便，這詔書裡說的是什麼，可否見告？」

沈鍊的臉沉了下來：「各位，此乃皇上頒發的詔書，在宣讀之前，任何人都不得打開，沈某也不知道其中的內容，只知道需要在三天內趕上前內閣首輔夏言，向他當面宣讀這份詔書，然後按詔書中的命令行事。」

斗笠大漢冷冷地說道：「那就是說沒得談了是嗎？沈經歷，我們聽說你為官清正，剛直不阿，又在江南與倭寇大戰的事，知道你是條好漢，你也應該清楚夏大人為國嘔心瀝血，是大大的忠臣，這次被嚴嵩一黨陷害，這才罷官回鄉，做人留一線，日後好相見，沈經歷何苦去趕盡殺絕呢？」

沈鍊也冷冷地回道：「這位好漢，你的話沈某不太明白，沈某供職於朝廷，自當奉命行事，這道詔書裡寫了什麼，沈某不清楚，但沈某知道，一定要把這詔書送到夏言那裡，依旨行事，各位在此攔截，是想抗旨嗎？」

斗笠大漢抬起了頭，他的臉上很清楚地蒙著一塊黑布，他的幾個同伴也和他同樣的打扮，只聽他沉聲道：「沈經歷，我們是江湖中人，你這些官府、朝廷的規矩不用跟我們說，我們也沒興趣聽。你也看到了，我們兄弟是有備而來，今天捨了這條命，也要保住夏大人，你想帶著詔書離開這個小茶鋪，就從我們的屍體上過去好了。」

隨著大漢的這番話，三四桌的人都站了起來，個個黑巾蒙面，「嗆啷啷」的拔刀抽劍之聲不絕於耳。

一個陰惻惻的聲音響了起來：「喲，來的人還真不少，怎麼著，夏言倒臺了，你們也不樹倒猢猻散，還尋思著在這裡聚眾劫詔書？」

天狼心中一動，這個聲音非常熟悉，一眼望去，三個人站了起來，一個是一名四十多歲，一身農婦打扮的中年婦人，一個是個二十多歲，穿著一身灰色緊身布衣，長得五大三粗，看起來傻乎乎的小夥了，成年人了還跟小孩子一樣紮了一根沖天辮，到處東張西望，甚至還掛著兩行鼻涕。

這兩人的身邊，赫然正是**東廠的廠公金不換**！

跟兩年前相比，他沒有多大變化，依然是半黑半白的頭髮，但是看起來不如以前那樣神采飛揚，嘴角也不像以前那樣翹起來，那種不可一世的囂張與狂妄從他臉上消失不見，似乎有一點難以言說的憂傷與無奈。

蒙面斗笠客看到金不換三人，眉毛動了動，顯然有些意外：「原來是金廠公，怎麼，你也是來助我們一臂之力的嗎？」

金不換駁斥道：「你是不是腦子出問題了？我為什麼要幫著你違抗皇命？東廠雖然和錦衣衛是兩個不同的職能部門，但同為皇上效力，怎麼可能為了你們這些江湖人士去跟皇上的傳詔使者作對呢？倒是你，在這裡聚集了這麼多人，公然想要搶劫詔書，是不是活得不耐煩了？」

蒙面斗笠客眼中光芒閃爍，目光從茶鋪中還沒有站起身的人臉上掃過，似乎是在判斷敵我雙方的實力。

天狼也在迅速地判斷當下的形勢，那蒙面斗笠客看起來武功很高，至少在金不換一家三口面前也沒有退讓，應該是伏魔盟的長老級高手，當下武當迭遭劇變，人丁不旺，這人又是個男子，看起來八成是少林的高手。

他的身後已經站過來十六七人，從爆發的氣息來看，均非弱者，看來為了保護夏言的安全，以少林為首的伏魔盟也是下了大本錢，在這小茶鋪就出動了這麼多高手。只是看這金不換成竹在胸的樣子，好像一切都在掌握之中。

天狼正思索著，卻聽到身邊的灰衣文士小聲對自己說道：「老丈，這裡一會兒要打起來了，你還是快走吧，刀劍無眼，傷到你可就不好了。」

那名中年富商突然笑了起來：「想不到這一年多來名震湖廣的『**奪命書生**』**萬震**，今天也來蹚這淌渾水，我勸閣下還是好好想想一會兒準備站在哪一邊的好，而不是在這裡無意義地擔心一個路人。」

天狼聽到「奪命書生」萬震這個名字，心中一動，迅速地回憶起自己這一個多月來在錦衣衛中聽到的傳聞：

萬震，衡陽人，本是一個屢試不中的落第秀才，手無縛雞之力，後來也知道自己不可能通過科舉出人頭地，便老老實實地開了一家私塾，做起了教書先生的營生。

只是由於他的娘子美貌，引起了鄉中一個有錢惡霸的垂涎，於是那個惡霸勾結官府，陷害萬震，把前年洞庭幫的謝老幫主和百餘名跑船兄弟的死算在他身上，說他勾結江湖匪類，謀害謝老幫主，於是定了個秋後斬決的罪，下到大獄裡。

萬震的娘子為了救夫出獄，變賣了所有家產來打官司，無奈世道黑暗，官商勾結，上訴不成，最後走投無路，又不願意被那惡霸霸佔，為保貞潔，最後抱著萬震的兩歲幼子投河自盡。

萬震在獄中得到了一個江湖異人的幫助，逃出生天，更是此後碰到奇遇，無意中服得靈丹妙藥，徒增數十年功力，並習得前輩高人留下的秘笈，練成洞庭碧玉簫法，打通了八脈，成為頂尖高手。

習得一身武藝的萬震開始了自己的復仇計畫，一夜之間，將衡陽當年陷害過他的官商，包括幕僚、師父、獄吏等二十七家總共一百四十多口人，殺得乾乾淨淨，一個不剩，就連三歲的小兒也沒有放過。

從此之後，「奪命書生」這四個字在江湖上不脛而走，成為比華山雙煞更可怕的一個殺神，但新近崛起於洞庭一帶的洞庭幫，卻成功地把萬震收入麾下。

據說洞庭幫主楚天舒先是通過比武折服了已經身為頂尖高手的萬震，又不知走了哪條門路，找了前任湖南商巡撫出來作證，證明大江會滅門之案是魔教與巫山派所為，與萬震無關，幫萬震洗清了冤獄，並把衡陽上下的二十七家滅門案找了別的江洋大盜頂罪結案。

萬震被楚天舒的武功所傾倒，更感嘆其人的通天能力，自此死心塌地地加入了洞庭幫，成為楚天舒的另一有力臂膀，在這一年多來，洞庭幫與巫山派魔教聯軍的連番大戰中，起到了當之無愧的中流砥柱作用，連巫山派在洞庭幫的分舵主白敏也是死在他的手下，只是不知道勢力一向不出湖廣的洞庭幫，為何這次會派出萬震這樣的高手遠赴京師。

萬震看著那名中年商人，微微一笑：「神農幫的端木幫主，您不在關外做您的藥材生意，卻在這時候來這京城南邊的小茶鋪裡喝茶，顯然也是有所圖的吧。」

天狼馬上明白為何萬震會跟這個富商同桌相處這麼久了，以他這樣的高手，在這種小茶鋪裡是不太可能跟陌生人坐在一起的，剛才那個富商的護衛一上來就試探自己的武功，顯然這兩位也已經暗中較過勁，互相有所忌憚，這才維持了一個微妙的平衡，看來之前匆匆離開的那個客人，也是被那個帶刀護衛驅逐的。

神農幫端木延幫主的大名，天狼也早有所聞，當年丐幫長老張連昆在關外採藥時與神農幫的長白夜叉莫問天，也就是昨天死在鳳舞劍下的那個倒楣鬼起了衝突，幾乎釀成兩大幫派的正式衝突。

後來還是公孫豪與端木延在神農幫總舵比試了一場，聽說是打了一天一夜後，公孫豪才勝過半招。能與中原武林一等一的高手公孫豪打到這種程度，放眼天下也沒有幾人，從此之後，神農幫的聲名大起，不再是大家印象裡那個只會調製靈丹妙藥的煉丹門派了。

只聽端木延冷冷說道：「萬先生，不瞞你說，這次我來京師辦事，正好聽說今天這裡會有一場大戰，端木乃邊陲野漢，有這機會正好想來見識一下中原的高手，一會兒他們要是打起來，端木不準備主動出手，請問閣下想站哪邊？」

萬震沒有直接回應端木延，而是看著天狼，說道：「老人家，這裡很快要打起來了，我們都是江湖人士，在這裡沒什麼關係，你不會武功，還是早點離開得好，你看那茶鋪的老闆和夥計，這會兒都已經躲起來啦。」

天狼感激地「噢」了一聲，看了一眼端坐在外面的沈鍊，眉毛動了動：「先生，我看你人好，勸你一句，那個官爺背上背的是用黃綢子裹的聖旨，要是打這個主意，可是要抄家滅門的啊。而且那邊好像還有東廠的走狗，這些人可都是殺人不眨眼哪，千萬不要惹，不如跟小老兒一起走吧。」

正在與蒙面斗笠客對峙的金不換突然渾身的白色氣勁驟然鼓脹，舉手一抬，一股洶湧的內力向著十步之外的萬震奔來，萬震的臉色一變，先是把天狼向外一推，然後單掌迎向了這團白氣，「砰」地一聲，兩股氣勁相遇，空氣劇烈地震盪，連萬震坐的那張桌子都被震碎，斷木碎了一地。

天狼口中鮮血長流，雙眼暴突，仰天倒在地上，胸口插著三發鋼鏢，而那個上墳用的籃子掉在地上，兩根白燭已經被氣勁震成了粉末狀。

原來剛才金不換一邊出手襲向萬震，一邊用暗器無聲無息地射向了天狼，萬震武功雖高，但江湖經驗並不太足，一下子著了道，眼見天狼死於非命，怒道：「金不換，這個老丈並非江湖中人，你居然也下得了這樣的狠手?!」

金不換那不男不女的聲音道：「萬先生，你下手殺掉衡陽城那二十七家一百四十多口人的時候，可比本座狠得多了，聽到你的手段，連本座都要說一個服字。」

萬震看了一眼地上天狼的屍體，恨恨地說道：「他們害我家破人亡，個個該死，而這個老丈只不過是給他老伴上墳，路過這裡，你卻連他都不放過。」

金不換陰惻惻地說道：「他罵我們東廠，就該死！再說了，剛才我出手前根本不知道這人會不會武功，這裡全是練家子，他又是跟你萬先生和端木幫主坐在一起，我怎麼知道他是不是高手？只是試探他一下罷了。」

萬震怒道：「人命關天，這也能試？難怪你們東廠一向沒有好名聲。」

金不換嘴角露出一絲笑意：「我們東廠為皇上辦事，管這名聲好壞做什麼？今天的事情，本座也不希望有無關人等在場，這老兒不是一個人在世上孤苦無依嗎，本座發發善心，讓他去跟自己的老婆子團圓，這還不好？」

斗笠蒙面大漢冷冷地說道：「金不換，那老丈說你還真沒說錯，你就是個草菅人命的走狗畜生，今天殺了你，也算是為民除害了。」

金不換眼中的光芒一閃，轉向這個蒙面大漢：「你先擔心一下自己能不能活過今天吧，你在這裡公然聲稱要搶奪聖旨，只靠這一條，就足夠要你的命了。」

蒙面大漢眼中神光閃閃，沉聲道：「在動手前，問你最後一個問題，你們東廠不是一向跟錦衣衛不和嗎，**你跟陸炳的仇恨更是路人皆知，為何這次卻甘心為陸炳作助手？**你看，連陸炳都沒有派人來護衛沈經歷，卻要你們東廠的人來打下手，還要你金廠公一家三口出動，**你口口聲聲說你東廠如何了得，在我看來已經到了給錦衣衛當走狗的地步**，對不對？」

金不換的眼神頃刻間變得凌厲起來，聲音也抬高了幾度：「這事用不著你管，告訴你，這次本座是自行前來，跟陸炳那廝沒有任何關係！夏言在任時沒少跟我們東廠作對，更是嚴閣老的死敵，這道詔書就是要他命的，無論於公於私，我都不可能讓你們把這詔書奪了去。」

蒙面大漢點點頭：「果然如此，你根本不是奉了皇命，而是自己來的，既然如此，何不讓你的魔教朋友們一起出來呢？」

金不換哈哈一笑：「智嗔果然不愧是少林派後起之秀，這點都讓你看出來了，大家反正已經知根知底，何不拿下斗笠，取下面巾，光明正大地見個真章呢？」

蒙面大漢眉毛微微一揚，取掉了斗笠，露出一個燙了九個戒疤的腦袋，又扯下面巾，一張三十多歲，沉穩堅毅的臉露了出來，他身邊的眾人也都紛紛扯下了面巾，光頭和尚占了多數，還有一些是俗家打扮的高手，看起來都是華山派中人。

金不換點了點頭：「你們今天早晨在三里外的樹林裡集結時，就被我們的朋友發現了，當時聖教的朋友沒有動手，就是為了在這裡把你們解決，老鬼，出來吧。」

一陣淒厲的笑聲飄過，透出一絲徹骨的寒意，幾十名黑衣蒙面人無聲無息地從小茶鋪四周的地裡鑽出，抖得茶鋪四周一陣塵土飛揚，而為首的一個臉色慘白，吊眉三角眼，表情陰冷的高大武者，正是身為魔教四大護教尊者之首的鬼聖。

鬼聖的左邊，站著一名手持蛟皮軟鞭，美豔妖媚的中年美婦，穿著一身青色羅衫，皮膚保養得如二十多歲少女一般，乃是同為魔教四大護教尊者之一的「毒手羅剎」賀青花。

而鬼聖的右邊，則站著一名身材矮小瘦削，比賀青花還矮了半個頭的白鬚老者，高鼻深目，面色發青，一身白衣在一眾黑衣人中顯得格外的顯眼。

最值得注意的是他右手有六根指頭，手持一對精鋼打造的風火輪，**正是以輕功見長的魔教四大護教尊者之一的「六指蝙蝠」王子喬。**

智嗔看了一眼這三個大魔頭，道：「怪不得你們有恃無恐，原來金不換一家加上魔教三大護教尊者連袂而至，看來今天不打上一場是不可能了。正好新仇舊恨也在這裡一併結算，羅漢陣！」

智嗔身後的十餘名少林僧人聞言立即發動，從懷中抽出一些精鋼打造的棒子，一按棒身上的開關，立馬彈到三尺左右的標準鐵棍長度，不經意間就擺成了聞名天下的少林十八羅漢棍陣。

鬼聖「嘿嘿」一笑：「智嗔，我們交手也不是一次兩次了，你真的以為只靠你這些人，就能對付我們這麼多人嗎？今天我們三大護教尊者，加上五十名總壇衛隊的精英，加上金廠公的一家，你們一個也別想活。」

金不換看了一眼站在遠處沉默不語的萬震和端木延，還有黑臉護衛這三人，高聲道：「三位準備站在哪一邊？如果不打算動手的話，還是離開此地的好。」

萬震沒有說話，但端木延倒是笑著開了口：「鄙人難得來一趟關內，今天有這麼多高手在這裡較量，那是難得的機會，可以讓鄙人一睹中原武學，這麼好的機會，鄙人又怎麼會錯過呢？你們儘管動手，鄙人正好觀摩一下，絕不會出手。」

金不換看著萬震：「萬先生也是這個意思嗎？」

萬震雖然為那個老丈的死心存不忍，但也不是傻子，自己孤身一人，真動起手來絕討不了好，於是「哼」了一聲，算是默認。

一直坐著不說話的沈鍊突然開了口：「你們說完了沒有？說完的話，沈某便可以上路了。」

剛才正邪雙方的注意力都在對方身上，倒是把沈鍊這個正主給忽略了，金不換陰惻惻地說道：「沈經歷，還勞煩你把詔書給本座，由本座去給夏言宣詔。」

沈鍊臉色一變：「怎麼，金公公，皇上好像沒有傳旨讓你去宣詔吧，難不成你想矯詔？」

金不換的臉上掛著一絲邪惡的笑意，變戲法似地從懷裡掏出了一張黃色絹帛包裹著的東西，看樣子像是一份信件或者是詔書，在沈鍊的面前晃了晃：

「沈經歷，你手中的東西是嚴閣老發的，而本座這裡還有一份嚴閣老的密旨，著即將大逆之人夏言就地賜死，如果你聰明的話，最好就留在此地喝茶，我們辦完了事以後，你再回去覆命，就說去時已經看到夏言被賜死了。」

沈鍊突然笑了起來：「金公公，如果皇上真的有這道旨意的話，還用得著我再跑一趟嗎？你這份所謂的密旨，**想必就是你和嚴閣老私自弄出來的吧，到時候逼死了夏言，再把這矯詔的罪名推到我身上，既除掉了夏言這個心腹之患，又能借機栽贓我們錦衣衛**，這算盤打得真不錯啊。」

金不換給沈鍊說中了心事，臉上一陣青一陣紅，他收起了那份假詔書，換了一副笑臉：「其實大家同為朝廷，為皇上效力，應該知道這回夏言是難逃一死了，你去的話，無非是把夏言提回京師處死，而我去的話，是就地取他的性命，也省得節外生枝了，皇上是不會因為這個而責罰陸總指揮的。如果你實在不想按我說得辦，不妨回去覆命的時候，就說夏言一行被江洋大盜所殺，這樣你也不用擔干係，如何？」

沈鍊冷哼道：「如果這麼簡單的話，為何金公公你們昨天不動手？非要等到今天我去傳詔的時候再來這麼一齣呢。只要我沈鍊一出，那麼夏言無論是給劫走還是給你們矯詔殺了，這責任都是由我沈鍊、由錦衣衛來負，對不對？」

金不換眼珠子一轉，說道：「沈經歷，我聽說當年你做縣官的時候曾經被夏言打壓，甚至你淪落到錦衣衛，也是拜夏言所賜，你跟他可謂是深仇大恨，不共戴天**，難道你就不想親手報仇，趁著這次的好機會整死夏言嗎？**你要知道，皇上是個念舊重情的人，你身上的這道詔書是要夏言回京受審，萬一皇上到時候回心轉意，網開一面，夏言就有機會翻身啦。別忘了，嘉靖二十年的時候，夏言也曾經罷官回家，不到兩年的時候就又官復原職啦。」

沈鍊依然不為所動，堅定地道：「不，如何處置夏言，那是皇上的旨意，就算真的到時候把夏言放了，那也是皇上的決定，用不著我們這些做臣子的多干涉。**金不換，你也是朝廷的人，怎麼可以知法犯法，主動地違反聖上的旨意呢？**沈某做事但求忠君報國，不會跟你同流合汙。」

鬼聖的聲音驟然響起：「廠公，這小子軟硬不吃，我看別跟他廢話，就在這裡順便把他做了拉倒！他知道我們的計畫，回去後若是胡說八道，對嚴閣老不利，我們不能給閣老留下什麼禍患。」

金不換的臉上閃過一絲殺意，道：「沈鍊，你自己不想活，怪不得我們，明年的今天，就是你的忌日，給我上！」手一揮，身後幾十名魔教殺手紛紛拔出兵刃，準備衝上前去將沈鍊亂刀分屍。

沈鍊大吼一聲：「天狼、鳳舞何在，速來救我！」

話音未落，三柄明晃晃的鋼刀就要兜頭砍下，沈鍊站起身，寶刀出鞘，橫刀於頭上，「噹」地一聲，硬生生地擋住了這一刀。

出刀的三人均是魔教總壇衛隊級別的高手，這一刀雖然架住，但硬生生把沈鍊的雙腳砸得陷入地裡深達半寸，三柄鋼刀剛退，兩支閃著藍光的槍尖便直奔沈鍊的胸口，眼看這一下沈鍊就要有開膛破肚之危了。

突然一陣紅光閃過，眾人只覺得眼前一花，沈鍊的身前突然多出一人，兩支如毒蛇般的槍尖突然暴退，緊接著，那三把明晃晃的鋼刀以迅雷不急掩耳之式抖出一圈水銀瀉地似的刀花，把沈鍊和他身前的那人罩在刀光之中。

只聽沈鍊身前的那人一聲悶喝：「來得好！艾斯特拉達！」周身騰起一陣血紅的氣霧，一道冷冽的刀氣倏地一閃，三柄鋼刀伴隨著三聲悶哼，齊刷刷地從中間斷開，碎落於地。

這一切只發生在眨眼之間，來人以閃電般的速度擋在沈鍊面前，先是以掌風逼退兩名持槍高手，再抽刀反擊三名刀客，動作乾脆俐落，只三招的時間就破解了魔教五名高手的聯手攻擊，一下就削斷三柄快刀，手中的武器顯然乃是神兵利器。

在場之人都是江湖武者，寶刀神劍自然是大家最關心的，所以目光都落在了來人手中的武器上，只見一把比尋常鬼頭大刀的尺寸大出一圈的巨大寶刀，正舉重若輕地提在來人的右手之中，刀身上紅色氣勁流動，像是一塊燒紅了的翠玉，一邊閃著寶刀本身的淡淡藍光，另一邊紅光閃爍，與來人周身騰起的強勁紅氣融為一體。

更詭異的是，這把寶刀的身上有一道肉眼難辨的細縫，縫中又閃著一絲可怕的綠光，如同夜行路中餓狼的眼睛，透著一股難言的恐怖氣氛。

持刀之人，正是剛才躺在地上那名已「死」的老丈，胸前還扎著三支鋼鏢，但整個人比起剛才高大了許多，背也不駝了，站在沈鍊面前，比他還高出了半個頭，他眼中冷厲的神芒透出一股殺氣，從魔教和東廠幾個首腦人物的臉上一一掃過，刺得這些高手們心中一寒。

沈鍊哈哈一笑：「想必你就是天狼吧，鳳舞呢？」

天狼沒有回頭，聲音與剛才那個蒼老之聲完全不同，猶如金鐵交加一般的鏗鏘刺耳：「鳳舞就在附近暗中保護，對付這些狗東西，用不著我們一起出現，只需我一個人足矣。」

金不換臉上肌肉跳了跳，沉聲道：「天狼？你是錦衣衛陸炳的人？只有他才喜歡用這些畜生禽獸的名字來給自己的爪牙命名。」

天狼沒有理會金不換，對智嗔說道：「你們伏魔盟的人膽子未免也太大了吧，居然敢在光天化日之下公然攻擊朝廷的傳詔使者，此事若是傳了出去，只怕你們伏魔盟各派都有滅門之禍，聽我一句勸，趁現在沒打起來，還是先撤吧。」

智嗔的眉毛動了動，從剛才天狼保護沈鍊的這一下，他能看出此人的武功冠絕全場，比起自己只高不低，想了半天，也沒有猜到此人的身分。

智嗔朗聲道：「天狼，雖然我們伏魔盟這些年跟你們錦衣衛因為巫山派的事時有交手，但總體上並沒完全撕破臉，你今天只憑兩句話就想讓我們放棄此行的目的，是不是太托大了點？」

天狼冷冷道：「你們記好了，**今天之後，天狼之名將會傳遍整個江湖**，如果你們伏魔盟的人現在不走，一會兒打起來，我天狼可不會手下留情。」

沈鍊在天狼的身後低聲道：「天狼，怎麼只有你一個人？現在得想辦法不要同時跟正邪雙方結怨，不然我們誰都逃不掉。」

天狼轉過頭，臉上閃過一絲笑容：「沈經歷，想必你來之前已經有心理準備了吧？不必擔心，天狼就是拼了這條命，也一定會保護你殺出重圍的。」

萬震聞言，讚道：「哈哈，好漢子，真英雄，在如此險境之下依然面不改色，談笑風生，天狼，萬某佩服你！剛才你隱藏武功，欺騙萬某的事，萬某不與你計較，衝著你這份豪氣，今天萬某願意與你聯手一回。」

說著，大踏步地走上前來，站在天狼的身邊，手中已經多了一支碧玉洞簫。

端木延面沉如水，跟身邊那個帶刀護衛商量了兩句，沉聲道：「天狼，你這刀從何而來，用的又是何刀法？可否見告？」

天狼看了一眼端木延，微微一笑：「這刀乃是在下機緣巧合得來，刀法則是上古流傳至今的一種古刀法，名字不提也罷。怎麼，端木幫主也對這個感興趣？」

端木延眼中光芒閃爍，神農幫的武功以刀法見長，端木延少年時得到奇遇，於長白山天池底得到赤烏刀法，二十年苦練方得大成，一舉打通八脈，成為頂尖的高手，即使面對中原武林頂尖的強者公孫豪，也在伯仲之間。

正因此，端木延對於上乘刀法的渴求遠遠超過常人，如果碰到武功極高的刀客，更是會主動挑戰。這次來中原，他本來是想會一會以刀法見長的魔教左護法上官武和巫山派掌門屈彩鳳，卻不曾想到在這京外的茶鋪見到如此厲害的刀客，讓他見獵心喜，激動難耐。

端木延道：「天狼，我對你的刀法很感興趣，所以想和你切磋切磋，只是看來今天在場的各位都想要你的命，如果你死了，那我就找不到人比刀，所以我需要你活下來，誰若是想取你的命，得先問問我手中的這把刀。」

端木延話音未落，手腕一抖，兩支看起來非金非鐵，鏽跡斑斑的兩尺短刀一下子出現在他的右手之中，刀柄上還繫了根肉眼難辨的絲鏈，纏在端木延的雙手手腕上。

他大踏步地走到天狼的身邊，朗聲道：「想取此人性命的，先問過我手中的這對赤烏刀。」

隨著端木延的挺身而出，那名一直跟在他身後的黑臉刀客也站了過來，一把閃著寒光的寶刀出鞘，內力一震，刀音清脆，顯然也非凡品。

端木延笑著對天狼說道：「這位乃是我的徒弟**劉黑達**，學了十幾年的刀法，也算懂點皮毛，一會兒打起來後，閣下可以指點指點他。」

那劉黑達哈哈一笑：「天狼，你的武功真高，居然剛才可以瞞過師父和我的雙眼，只是剛才我若是用內力一震，你就死了，你又憑什麼敢這樣賭呢？」

天狼也笑道：「閣下看起來並非窮凶極惡之人，應該不至於上來就要我的命，再說了，如果你真的想要發力，我自問也有充足的時間運功抵禦，這條命沒這麼容易就交代的，不然怎麼跟這些正邪高手一較高下呢！」

金不換在一旁一直盤算著形勢對比，這個不知道從哪裡冒出來的錦衣衛高手天狼，雖然口口聲聲說自己只有一個人，還有一個叫什麼鳳舞的同伴隱藏在別處，但金不換根本不信以陸炳的行事風格，會只派兩個人進行護衛。

剛才趁天狼說話的當口，他暗暗打量起四周的地形，茶鋪後是一片小樹林，風吹草動間，隱隱地能感覺到裡面埋伏有高手，官道上這會兒居然一個人也不見，像是完全被封鎖了一樣，這更讓他心生警惕，想必錦衣衛的大批援軍就隱藏在附近，天狼看來是想誘自己先出手，然後再名正言順地把自己和魔教眾人一網打盡。

金不換武功高絕，但作為首領，以前當山賊時養成了未慮勝先慮退的習慣，此刻這種對危險的本能反應，讓他開始四下尋找起退路來。

天狼看金不換四下張望，猜中他的心思，譏諷道：「金公公，你怕了嗎？有魔教的人給你撐場子，你逃跑起來機會也更大一些。」

金不換給說中了心事，見鬼聖看向自己的眼神中多了些責備與不滿，強自鎮定了一下心神，道：「天狼，我們東廠和你們錦衣衛都是為朝廷辦事，這宣詔之事確實是嚴閣老所吩咐，你家的陸總指揮跟嚴閣老現在已經是一條船上的人，咱們也沒必要搞得這麼劍拔弩張，對不對？」

天狼「嘿嘿」一笑，眼光突然暴漲：「要打就打，要走就走，既不打又不走，你想做啥？跟個娘們一樣嘰嘰歪歪的，還真的就是不男不女的死太監！」

金不換平生最恨別人說他是太監不男不女，給天狼當著這麼多人罵，再好的性子也忍不住了，連脖子都脹得通紅，指著天狼吼道：「你說什麼？你敢再罵一遍試試？」

隨著他火山爆發一樣的怒氣膨脹，周身漸漸騰起一陣青藍色的氣勁，只要一言不合，就會馬上出手。

金不換身邊的那名中年婦人拉了一下金不換，金不換扭頭一看，周身的氣勁漸漸地散去，嘆了口氣，退後半步。

那名婦人上下打量了天狼兩眼，沉聲道：「天狼，衝著你剛才的話，本來殺你一萬次都可以，但考慮到同為朝廷辦事的份上，我給你兩條路選。」

天狼看著這名婦人，眉心有一顆綠豆大小的黑痣，容貌平平，荊釵布裙，中等身材，有些黑瘦，放在人群裡就是個標準的村姑民婦，實在是很不起眼，但她的一雙手，卻是瑩白如玉，和整個人的感覺完全不一樣，顯然是練過上乘的內家掌法所致，她的袖子也不像一般的農婦那樣緊緊地紮起，而是鬆開了袖口，想必袖中還另有乾坤。

天狼聽公孫豪和陸炳提過，**金不換和鬼聖當年師從江湖異人公冶一陽，而公冶一陽的獨生愛女「紅花鬼女」公冶英，則是盡得公冶一陽的絕學真傳**，武功甚至在她的兩個師兄之上，金不換與鬼聖為了爭奪師妹，掐了許多年，終於逼走鬼聖，得到了師妹，但也因此一直在公冶英面前抬不起頭來。

公冶英當年在懷孕時與人動手，傷了胎氣，以致兒子公冶長空的腦子有點問題，智商只相當於五六歲的孩童，但武學天賦卻是超乎想像的高，學起任何武功來幾乎是上手就會，從小遍訪名師，不到三十的年齡就有頂尖高手的武功，甚至比他的父母都要高出一籌。

天狼一看紅花鬼母（公冶英生下公孫長空後改名紅花鬼母了）一發聲，金不換就乖乖地閃到一邊，心中暗笑這江湖傳言果然屬實。

天狼看著公冶英，想到此女一身的毒功和天蠶絲武功縱橫江湖多年，是真正的高手，自己可千萬不能被她這村婦外表給騙了，於是衝著公冶英點了點頭：「紅花鬼母，你有什麼路就說吧，我聽著呢。」

紅花鬼母眉毛微微一揚：「第一條路，你現在就離開此地，不得插手我們的事情，今天你罵我相公的過節，就算一筆勾消。」

天狼面無表情，冷冷地說道：「第二條路呢？」

紅花鬼母眼光從天狼、萬震、端木延和劉黑達的臉上一一掃過：「你們現在有四個人，我們一家三口加上我的二師兄鬼聖也是四個人，今天我們以江湖的身分來解決此事，四人對四人，誰輸誰滾蛋，這個提議公平吧。」

天狼略一沉吟，判斷著形勢。

金不換和鬼聖帶了五六十人，都是一流好手，自己這一方加上沈鍊也只有五人，而且智嗔那一邊態度不明，不排除他們會趁亂攻擊沈鍊，搶奪詔書的可能。而鳳舞到現在也沒有露面，自己不能把希望放在她的身上。

那紅鬼鬼母之所以放棄自己的人數優勢，願意和自己以四對四，絕不是出於俠義之心或者是武者尊嚴，而是也忌憚在一邊虎視眈眈的伏魔盟眾人，己方如果趁著雙方纏鬥之時殺出一條血路突圍，還是辦得到的。

天狼腦子飛快地旋轉著，已經決定接受挑戰，接下來就是想出一個合理的打法，鬼聖和金不換的武功他見識過，若是紅花鬼母母子的武功真的在金不換之上的話，那麼鬼聖應該是最弱的一環。上次自己任脈還沒有打通時，已經可以勝過他了，現在再交手，他有信心在六七十招內將其打敗，只是劉黑達對上對面的其他三人，不知道可以撐上多久。

想到這裡，天狼轉頭對端木延低聲道：「端木幫主，如果接受對方挑戰的話，對方勢必會猛攻劉兄弟這點，到時候還請多加照顧。」

端木延微微一笑：「天狼，我這徒弟跟我練的是一路刀法，兩人間有一套刀陣，可以合擊互保，共同進退，我們不會給你拖後腿的，放心吧。」

劉黑漨也衝著天狼微微一笑，點了點頭。

天狼心裡一塊大石落了地，便對紅花鬼母道：「紅花鬼母，我接受你的提議。就四對四，輸者就自行退出，不得干涉今天接下來的事。如果你殺了我，也是我比武落敗而致，無需報官。」

沈鍊在一旁點頭道：「不錯，江湖事江湖了，現在我們的身分是習武之人，而不是朝廷命官，天狼，我可以為你作個見證。」

紅花鬼母眼中寒光一閃，回頭對鬼聖點點頭，鬼聖心領神會，一抬手，身後的魔教眾人全都開始向後退，伏魔盟的眾人也在智嗔的率領下向另一個方向退出，兩邊始終保持著刀劍出鞘的全神戒備狀態，小茶鋪外的官道上，漸漸形成了一個方圓二十多丈的空地，供雙方較量之用。

沈鍊則孤零零的一個人留在茶鋪中，面沉如水，緊緊地盯著紅花鬼母等四人。

紅花鬼母回頭跟己方的其他三人低語了幾句，細如蚊蚋，天狼雖然耳力出色，但這會兒正是順風，風勢又頗大，因此聽不清楚，只看到鬼聖和金不換連連點頭。

紅花鬼母跟兩人說完後，臉上突然掛起慈母般的微笑，走到一旁正玩著球的公冶長空，笑著說起什麼來。

沈鍊的聲音突然在天狼的耳邊響起，細如蚊蚋：「天狼兄，你當心，他們上來是準備四人一起出手來先攻你，千萬不要大意。」

天狼心中微微一動，轉頭看向一邊的沈鍊，只見他神情肅穆，看著自己的眼睛裡有一絲擔心與牽掛，天狼奇怪沈鍊為何能聽到那幾人的談話，但看他這眼神，想到沈鍊跟陸炳的關係非同一般，當年陸炳那可怕的聽風術把自己嚇了個半死，沈鍊學會這門功夫也不足為奇。

這會兒只見對方的四個人已經走上了場，金不換拿出了一把墨綠色的長劍，紅花鬼母空著雙手，鬼聖手裡拎著一隻沉重的鬼頭杖，公冶長空的手裡則拿著兩個鐵球，用兩條鏈子拴在手上，顯得格外地怪異。

天狼的眼睛逐漸變得血紅，周身的紅氣緩緩流轉，身後的三人，他始終不能完全放心，畢竟是萍水相逢的路人，會不會暗中偷襲自己的後背還很難說，所以他跟這三人的距離遠了點，一個人頂在了前面，如果這四人真的如沈鍊聽到的那樣聯手圍攻自己，那擋住第一擊就變得至關重要。

鬼聖那張慘白的臉龐突然變得碧綠，周身騰起一陣黑氣，金不換的周身則騰起一陣青藍色的氣息，兩人的內力一下子變得強大許多，同時大喝一聲，一左一右飛撲而上，鬼聖的鬼頭杖帶起一陣陰風，直奔天狼的右側腰間，而金不換手中的墨綠長劍則幻起一陣劍花，無聲無息地襲向天狼的左側十餘個穴道。

天狼迅速地把斬龍刀交到左手，右手飛快地撫過刀身，就在兩人撲上來的這十餘步時間中，斬龍刀變得通紅，周身的紅氣暴漲，也不避讓，左手一招夜狼撕裂，斬出十餘道刀氣，分襲金不換的上中三路，右手則打出一招屠龍二十八式的龍騰四海，化出三道帶著虎嘯龍吟的掌氣，直接撞向鬼聖的鬼面杖。

「砰」地一聲巨響，緊接著就是十餘聲刀劍相交的清脆劍擊聲，鬼聖抱著鬼面杖，連退六個大步，每一步都在地上踩出深達兩寸的一個大腳印，周身的黑氣幾乎完全被震散，連眼中的碧芒也消失不見。

金不換的身形也跟著暴退，墨綠的長劍一下子變得黯淡無光，這把名劍上居然被磕出了十餘個肉眼難辨的小口子，正是剛才一連串的金鐵相交所致。

天狼二掌震退鬼聖，緊接著十餘招逼走金不換，原來火得發燙的斬龍刀一下子變得紅光黯淡了許多，剛換了一口氣，只見漫天的塵土中，十餘根紅色的細絲撲面而來，分襲自己胸前和小腹的十餘處要穴，來勢既急又快，很快就把天狼的周身都罩在一團紅色的蠶絲之中。

天狼意識到這一定是紅花鬼母的突襲，這會兒他剛打出一個暴擊，還在換氣的階段，看起來這一下難以硬擋，於是腳下反踏丐幫的七星蓮花步，雙手持刀，運起屠龍刀法的龍游淺水，密雲不雨等防守招式，飛快地撥擊那些無法閃避開的天蠶絲。

只見天狼一邊以各種精妙身法後退，一邊把自己包裹在一團紅色的刀光中，而那些鬼魅一般的天蠶絲不斷地與斬龍刀空中相撞，爆出朵朵火花，震得空氣都彷彿在燃燒與激蕩。

天狼一邊揮刀，一邊向後退步，不停地旋轉，後撤，幾乎每轉一個圈都會揮出六七刀，凜冽的刀氣與那十餘根天蠶絲在空中碰撞，就好像在天狼渾身的紅氣周邊擦出點點火光。

天狼從這隱隱的火光中，看到離自己二十餘步外，紅花鬼母正裹在一團淡紫色的氣焰之中，手中的十餘根天蠶絲如有生命的活物一般，不停地衝著自己身前穴道襲來，那些天蠶絲被刀氣略一擊退，馬上又飛撲上前，招招不離自己的要害。

天狼退出了十餘步，卻無法擺脫紅花鬼母天蠶絲的追襲，甚至感覺到紅花鬼母的攻勢更加強烈，他意識到紅花鬼母用的是極為高明的**借力打力**的辦法，借著自己刀氣的威力，天蠶絲與自己的發出的刀氣一觸即退，卻又馬上彈起後攻擊自己新的穴道。

饒是自己這樣一邊退一邊卸去來勢，也半點不能化解紅花鬼母這凌厲的追擊，因為她的天蠶絲所使的內力有八成是借著自己刀上的內力。除非自己力竭倒地，不然根本無法擺脫天蠶絲的攻擊。

天狼心下雪亮，此等武功與當年火松子使出的六陽至柔刀法有異曲同工之妙，都是借著對方的護身內力，把對方限制與纏繞在自己的護身武功中，靠著借力打力，最後活活把對方累死為止，端的是非常歹毒陰險的高深武功。

天狼突然想到當年破解火松子的六陽至柔刀時，情況比現在還要危急，當時自己連火松子的方位都無法判斷，最後還是靠著使計叫破了他的身分才翻盤，多年過去了，當年的大戰仍然歷歷在目，每每夜深人靜之時回想起來，仍然不寒而慄。

紅花鬼母的天蠶絲喚起了天狼心中對六陽至柔刀的回憶，那種把自己封閉在護身劍法中，聽著外面接連不斷的刀劍相交的聲音，手臂上陣陣酸痛襲來，而內力就像水一樣不停地順著劍身向外流，那種心理和生理上的雙重折磨實在是讓人恐懼。

在這一瞬間，天狼作了個決定：**不再後退，正面與鬼母硬碰硬**。

想到這裡，天狼雙手緊緊地握住刀柄，體內的氣息加速流轉，左手陽勁，右手陰勁，紅色與金色的兩股氣勁源源不斷地流入到刀中，周身的氣息也由微微褪色，變成了左紅右金，氣流重新變得強烈起來。

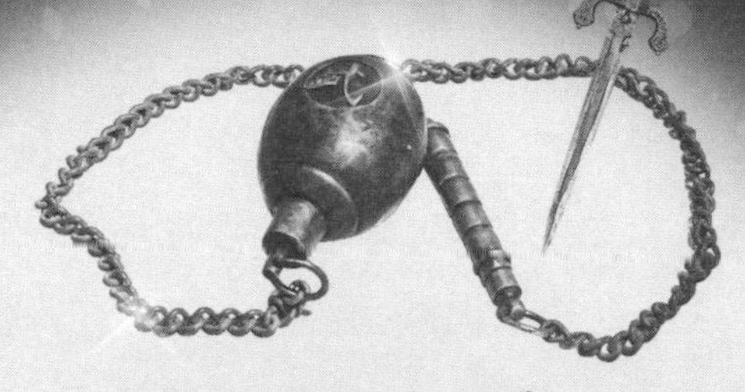

第十章

孤星計畫

鳳舞道：「我不是青山綠水計畫的一員，
而是殘酷的孤星養成計畫，看來你是一無所知啊。」
天狼心中一動：「孤星養成計畫，這又是什麼？」
鳳舞閃過一絲痛苦：
「我不想說，請你不要問了好不好。」

紅花鬼母發現天狼準備破釜沉舟地一擊，這股可怕的氣勢讓她的攻勢為之一阻，縱橫江湖多年的紅花鬼母也沒有見過有誰擁有如此可怕的力量，十指猛的向後一拉，原來向前攻出的十餘根天蠶絲立即收了回來，變成密如蛛網，形成一道完美的防禦屏障，從天蠶絲編織的絲網空隙，她可以看到天狼的雙眼一金一紅，宛若妖孽。

鬼聖和金不換這會兒分別和萬震與端木延師徒交上了手，而那個狀若頑童的公冶長空卻是拖著兩行鼻涕，樂呵呵地看著自己的母親和天狼交手，對其他戰成兩團的人視而不見。

天狼感覺周身的壓力一鬆，知道紅花鬼母也感覺到了自己的氣勢，轉攻為守了，他發出一聲恐怖的狼嚎，這種戰吼讓他熱血沸騰，前世的記憶迅速地復蘇，他的肌肉因為體力冰火兩重內力的激蕩而變得異常痛苦，體內的真氣就像要爆裂一樣，兩隻眼睛因為過度的充血而變得血紅一片，連瞳孔都像要滴出血來。

公冶長空哈哈一笑：「好玩，真好玩，太有意思了！」

他的周身瞬間騰起了一陣極強的藍氣，衣服像是被吹脹的氣球，連他那張有些嬰兒肥的胖臉，也變得像是個充滿了氣的泡泡，整個五官都變了形。

天狼大吼一聲，大地都在他的這聲怒吼中顫抖，一招天狼滅世斬，全身的勁道順著斬龍刀澎湃而出，洶湧的氣勁彷彿滔滔大浪一般，山呼海嘯般地湧向紅花鬼母。

她的眼中，只看到一隻巨大的紅色惡狼張牙舞爪地向著自己撲來，巨大的狼爪高高提起，鋒利的狼牙彷彿要將自己生生撕裂。

天蠶絲布成的天羅地網，在這毀滅性的爆發力面前顯得不堪一擊，紅花鬼母紫色的護身氣勁被紅色的氣流震得消失得無影無蹤，仰天噴出一口鮮血，整個人也像斷線風箏似地給震得倒飛出去。

天狼雙手揮舞著斬龍刀，順著這股一往無前的氣勁，連人帶刀一起向前，他的眼裡只有紅花鬼母一個目標，趁著對方暫時被自己震飛，無抵抗之力時，將其重創甚至是擊斃，這一戰也就贏了。

就在天狼窮追鬼母不捨的時候，突然感覺到自己的氣勁彷彿撞到一股沉重的氣牆，壓得他的胸口一陣氣短胸悶。

紅花鬼母的身影從他的眼中消失，取而代之的是兩顆非金非鐵的沉重鋼球，迎著自己那洶湧的刀氣，閃著瑩瑩的藍光，徑直向自己的胸口襲來。

天狼的雙手手腕一轉，斬龍刀在空中倏地一轉，畫出一道巨大的刀弧，向著如流星來襲般的兩顆鋼球拋去，他知道**這一下只能攻不能守，任何的退讓不僅無**

法阻擋這巨大的鋼球來襲，更會讓自己全身的氣勁倒轉，經脈爆裂而亡。

紅色的刀弧撞上了兩枚藍色的鋼球，「砰」地一聲，一聲巨響，一股震天動地的響聲，伴隨著巨大的外溢氣浪，震得在場的眾人個個站立不穩。

功力稍差一些的正邪兩派成員，儘管離著打鬥之地有二十丈開外，仍然承受不了這巨大的氣勁襲來，紛紛使出各種上乘武功，或一飛沖天，或閃身急退，或運起十八銅人羅漢之類的硬功相抗，總之是八仙過海，各顯神通。

賀青花、六指蝙蝠、智嗔等幾名武功最高的高手，儘管原地不動，也被這氣浪震得鬚髮皆張，衣袂飄舞，相顧失色。

正在圈中打鬥的鬼聖、金不換、萬震與端木延師徒五人，也被這氣勁所震，一陣飛沙走石蒙住了眼睛，各自捨了對面的對手向後躍出，運起護身的武功，把周身擋的是水泄不通，維持一個二尺見方的氣勁圈，保護自己不被這罡風傷到。

簫影如林，刀光似海，劍氣如虹，杖影如山，五大高手各施所能，周身的護體氣勁與這氣勁激蕩，「劈劈啪啪」地響個不停，如爆豆般一刻也不得停歇。

紅花鬼母就很慘了，先前被天狼一招天狼滅世斬直接擊破了防禦和護身氣勁，硬頂的這一下讓她噴血而飛，幸虧公冶長空飛身出擊，逼得天狼捨了自己，但她仍然是離兩人交手位置最近的人，剛剛落地，還沒來得及站穩，又是一陣絕大的氣浪來襲，本能地舉起雙手一擋，又被震得飛了出去，這一回直接在空中帶出一蓬血雨，重重地摔到二十多丈外，以手掩著心口，劇烈地咳起血來。

塵埃還沒有落定，巨大的煙塵中卻傳出了「乒乒乓乓」不絕於耳的兵刃相交之聲，透過重重的塵霧，眾人隱約可見一紅一藍兩個身影正攪在一起，殺得難解難分。

天狼的嘴角掛著長長的血跡，鼻孔與耳朵也在微微地滲血，手中的斬龍刀已經變成了藍白相間的原色，紅光幾乎消失不見，他胸前的衣服也被打碎，貼身的胸甲被擊成了粉末狀，露出濃密的胸毛，此外，兩塊發達的胸肌上已是鮮血橫流，右胸口被生生地砸地陷進去一小塊，顯然是被那鋼球所傷。

公治長空的情況更慘，胖胖的臉完全扁了下去，衣服碎得一片一片，只有一條貼身的短褲還掛在身上，露出一身白花花的皮膚，皮膚上則是青一塊紫一塊，俱是刀痕爪傷。五六條新鮮的傷口正向外嘩嘩地流血，伴隨著他的每一招一式發力，這些傷口處的出血如噴泉一般。

兩人腳下被轟出一個直徑丈餘，深達五寸的大坑，坑裡焦黑一片，顯然是被兩人的可怕內力所致，兩人的腳踝都陷在坑裡，幾乎無法行動，只能原地以兵刃互搏，你一拳我一刀，你一球我一爪地硬碰硬較。

兩人的拳爪功夫也都是上乘，天狼因為內力消耗過巨，無法同時使出屠龍掌法與天狼刀法，只能右手繼續以天狼刀法的一些低內力消耗的巧招格擋公冶長空手中雙球，左手則以黃山折梅手對公冶長空進行攻擊。

兩人幾乎落在了一處，又因為腳下同時陷入了地底的坑中，無法抽身，只能這樣近身肉搏。

公冶長空的雙手鐵球雖然威力強大，但在這近身格鬥中卻顯得笨重，雖然趁機擊中天狼胸口一錘，但自己也被砍了四五刀，中了十餘記拳爪。若不是他天賦異稟，皮粗肉厚，一身硬氣功如銅牆鐵臂一般，再加上天狼的內力難以為繼，又是用了一大半氣勁在護身抵擋他的兩隻鋼球，換了常人承受天狼哪怕是一小半的攻擊，也早已經吐血不起了。

鬼聖和金不換一看勢頭不妙，紅花鬼母剛剛勉強起身，強撐著開始打坐運功，暫時已經退出了戰鬥，而公冶長空與天狼這樣拳爪相搏，也是已現敗勢，若是自己再不上前幫忙，只怕要硬生生折在天狼手上。

二人心急如焚，也不等那波氣浪完全平息就飛身而上，試圖衝進十餘丈外的戰圈中心幫忙，卻是被萬震和端木延、劉黑達三人看出意圖，衝上前將兩人生生擋住。

萬震的洞庭玉簫法變化莫測，奇巧精絕，加上其因奇遇而練就的一身陰寒內力，完全無懼鬼聖的陰風掌，剛才打起來就已在百餘招內占了上風，這會兒趁著鬼聖分心他顧，更是占盡優勢，不到十餘招就逼得鬼聖連連後退，鬼面杖法已顯散亂，幾乎攻出一杖，卻要擋萬震的三招，劣勢盡顯。

另一邊的金不換也好不到哪裡去，他的武功與端木延在伯仲之間，但端木延身邊多了個劉黑達，總是趁著二人全力正面相搏之時走奇門離位刀出偏鋒，幾次弄得金不換手忙腳亂，連衣服也被劃破了幾道，只得守緊門戶，但求自保，根本顧不上自己的妻兒了。

圈中的二人又是四五十招相搏，天狼雖然周身鮮血四溢，但這一身凜然的氣勢卻隨著周身的紅氣流轉速度的加快而越來越強，剛才天狼胸前被鋼錘重擊的那一下是最難受的，幾乎無法發力，刀也差一點掉到地上，幸虧公冶長空這一下放棄了防守的全力一擊，自己的一刀兩爪反擊也是刀刀見血，拳拳到肉，生生擊破了他的護體氣功，把他一身鋼板似的皮膚打得如同麵團一樣軟了下去。

接下來百餘招的相持與肉搏是最艱難的，兩人這時候幾乎都是全無內力地搏鬥，只憑招式，而不再有內力，天狼畢竟武功要高出公冶長空一些，天狼勁更是天上至霸至邪的內功，一百多招下來，天狼周身的紅氣重新瀰漫開來，壓過了公治長空的一身藍氣，他傷口中流出的血一冒出來就被灼熱的內力蒸發，也不知道這周身的紅氣是氣勁還是血雲。

又是鬥得二十多招，天狼的左手一招可堪折梅，右手天狼刀突然縮小一截，變成二尺左右的柴刀大小，在手中迅速地一道旋轉，刀勢轉環不絕，如飛旋的利刃，直取公治長空的咽喉。

公冶長空這時候雙臂已經酸痛難忍，兩臂如挽千斤之力，臉上的表情也不復一開始參戰時的那種興奮與激動，拖著兩道鼻涕，在那裡一邊出招一邊號啕大哭，不停地哭爹叫娘，完全不像是頂尖高手在以命相搏，倒像三歲的頑童打架打輸了以後在哭鼻子。

但公冶長空畢竟是頂尖高手，武者的本能早已融入他的血液與靈魂之中，眼見對面那柄削金如泥的寶刀化成一道血紅的轉輪，向自己的脖頸處飛速地切來，連忙兩顆鋼球一震，左手的鋼球去硬頂斬龍刀，右手的鋼球則如流星一般擊向天狼裸露的左胸，逼天狼回救。

天狼哈哈一笑，現在公冶長空內力不繼，無法與自己硬碰硬，只能用這種圍魏救趙，攻自己所必救之法來緩解壓力，這早在天狼的意料之中，雖然己方其他三人皆占了上風，但在一邊調息的紅花鬼母始終讓他心有餘悸，就連萬震和端木延也不能讓他完全放心，儘早解決掉公治長空，把命運掌握在自己手中才是正理。

天狼陷在坑中的右腳重重地向地上一運力，氣勁從自己的左胸直貫足底，渾身皮膚變得堅逾鋼鐵，生生鼓足十二分的天狼護體勁，硬拼著受這一下。

「砰」地一聲，公冶長空的鋼球重重地擊在天狼的左胸，天狼只覺得眼前一黑，跟剛才一樣金星一陣亂冒，一口鮮血噴得公冶長空滿臉都是，自己的左胸肌則陷下去深達寸餘的一個小洞。

可公冶長空左手的鋼球被天狼那飛速旋轉的斬龍刀刃迎頭斬上，這一回公冶長空的左手只是格擋，用力不到四成，鋼球幾乎沒有任何藍光閃現，被紅得發燙的斬龍刀像切豆腐似的，硬生生把這枚幾十斤重的鎢金鋼球從中切成兩半，若不是他手縮得快，只怕連左手也會被齊腕切掉，而他周身的藍色氣勁也一下子消失不見，連肌肉也變得鬆垮垮的。

天狼的左手穿過公冶長空那已經形同虛設的護體氣勁，直接擊在公冶長空的胸腹處，由於天狼剛才也被重創，左手又只是輔助手，這會兒力量不到一成。但即使這樣，仍然足以要了公冶長空的命，他的手形連點帶戳帶爪，招招狠辣俐落，俱是黃山折梅手中的狠厲殺招，直打得公冶長空口中鮮血狂噴，右手那只鋼球無力地垂在地上，卻是再也提不起來。

天狼背後響起一陣淒厲的叫聲：「休傷我兒！」

七八根天蠶絲急襲天狼的後背要穴，紅花鬼母的七竅都在流血，但是看到愛子即將死在天狼手下，再也顧不得打坐療傷，強行跳起身，拼著經脈受損的風險，使出最後的力氣來攻擊天狼。

天狼長嘯一聲，偉岸的身軀從坑中長身而出，一躍跳出了坑外，他右手的斬龍刀泛著碧藍的血光，直架在公冶長空的脖子上，左手畫出一個半圈，向內一收再向外一推，打出一招暴龍之悔，「波」地一聲把那幾根天蠶絲擊落在地。

天狼的臉上掛著勝利者的微笑，扭頭看向再次被一掌震倒在地，捂著胸口再也起不了身的紅花鬼母，笑道：「公冶大娘，這一戰勝負如何？」

紅花鬼母的胸口劇烈地起伏著，嘴角邊的鮮血長流，在地上無力地說道：「這一仗，是我們輸了。天狼大俠，請你放了我兒子。」

這一刻的她，只是一個無助的母親，與半個時辰前那個英氣勃發，狠厲凶悍的綠林女魔頭判若兩人。

隨著紅花鬼母的服軟求饒，公冶長空「哇」地一聲哭了出來：「娘啊，孩兒好痛啊，一點也不好玩，這個蠻子厲害死了，孩兒給打得好疼啊。」

在這刀光劍影的格鬥場中，公冶長空突然來這麼一齣，讓所有一直屏氣觀戰的高手們都忍俊不禁，哈哈大笑起來，就連一向喜怒不形於色的智嗔也嘴角勾了勾，幾乎要笑出聲來。

天狼微微一笑，刀仍然架在公冶長空的脖子上，對著一邊的鬼聖和金不換說道：「二位還想繼續打嗎？」

金不換的臉一陣青一陣白，臉頰邊的肌肉在跳動著，今天在盟友和手下面前一敗塗地，讓他無顏見人，但現在老婆孩子的命都在人手，好漢不吃眼前虧的道理他比誰都清楚，只有咬咬牙道：「天狼，算你狠，帳咱們改天再算。」

鬼聖剛才與萬震一番惡鬥，打了足有三四百招，拼掌亦有十餘下，剛才若不是天狼叫停，萬震心有不甘地收手，只怕不用百招他就要落敗了。

以前鬼聖身為魔教四大護教尊者之首，在江湖上也是響噹噹的頂尖高手，沒想到這幾年新人輩出，失蹤許久的李滄行、新任武當掌門的徐林宗、執掌巫山派的屈彩鳳、峨嵋的林瑤仙、楊瓊花等等，都比他只強不弱，就連這個兩年前還手無縛雞之力的萬震，還有這個不知道從哪裡冒出來的端木延，都在自己之上，這麼下去，只怕自己這個護教尊者之首的位置早晚不保。

這次截擊信使、賜死夏言的計畫，是由**魔教總護法慕容劍邪所訂**，慕容劍邪與鬼聖、賀青花等人年齡相仿，**是前任魔教教主陰布雲的師弟**，比起冷天雄、上官武和司徒嬌還要大上一輩，與現在已經在魔教擔任起重任的宇文邪、林震翼、傅見智等人相比，更是師叔祖的輩分了。

眼看著自己這些老傢伙們被後生小輩漸有替代之勢，以鬼聖為首的魔教老傢伙們便求慕容劍邪出面，把這次的重要任務接了過來，目的就是向冷天雄證明自己的能力，證明自己仍是魔教不可或缺的中流砥柱。

為此，鬼聖一早就聯繫到最近在東廠失意的金不換一家三口，由於金不換被解除了東廠掌印太監的職務，改為秉筆太監，等於降為了東廠二把手，因此這回帶不出大批的東廠精英，只能帶自己的幾個二流護衛前來。

但金不換一家確實武功高強，因此鬼聖想辦法調動了五十名總壇衛隊，加上四大護教尊者手下各宮的精銳，加在一起三百多人，就在這裡準備截持信使，然後假傳聖旨賜死夏言，再把這矯詔的罪名推到沈鍊和錦衣衛的身上。

雙方同為失意之人，立即一拍即合，都指望著靠這次行動打一個漂亮的翻身仗，奪回自己在魔教和東廠失去的權勢與地位，為此，鬼聖和金不換這對為了紅花鬼母反目多年的師兄弟，也算再次合作了一把。

只是沒想到在這小茶鋪裡先是遭遇了大批伏魔盟的高手，然後又碰到一個武功這麼高的天狼，居然連紅花鬼母與公冶長空聯手都非其對手。

此人幾乎是騰空出世，以前在錦衣衛中從沒有聽過這麼一號人物，聽他說在暗處還有一個什麼叫鳳舞的，帶著大批精英埋伏，今天這局面自己可謂是一敗塗地，若是這麼回去了，從此再也不可能在魔教抬起頭來。

想到這裡，鬼聖陰惻惻地說道：「天狼，剛才與你立賭約的是紅花鬼母，她只能代表金兄一家三口，或者說只能代表東廠，我們神教可不接受這個賭約，我們神教今天絕不可能放你走！」

此言一出，伏魔盟眾人立時炸開了鍋，指著鬼聖大罵，罵他作為江湖前輩，說話全無信義，與放屁無異。

鬼聖自知理虧，一張慘白的臉上也看不出有什麼表情，對這些責罵聲只當充耳不聞，也不看金不換一眼，逕自走回了本方的陣中。

「毒手羅剎」賀青花和「六指蝙蝠」王子喬迎了上來，賀青花低聲道：「老鬼，咱們江湖中人做事要講個信字，你今天這麼搞，以後讓大家在江湖上還怎麼混？」

王子喬嘆了口氣：「青花，別怪老鬼了，這次也是我們這些老傢伙最後的機會，要是這麼回去了，以後也只能在總壇掃地看家啦，教主本就很不情願給我們這次機會，這下更會有口實了，所以我們一定不能這麼輕易地放過這機會。」

賀青花搖搖頭道：「眼下形勢逆轉，金不換一家三口退出，那天狼看起來還有再戰之力，伏魔盟的人毫髮未損，姓萬的書生和那個神農幫的端木延師徒看起來武功都在你我之上，再這麼打下去，丟的只怕不止是名，而是命了！要是連命都保不住，那要虛名又有何用？要打你們打，我可不奉陪。」說著轉身就要走。

鬼聖急忙一把拉住賀青花：「且慢，聽我說完再走不遲。」

賀青花不耐地轉過頭，把手從鬼聖那隻枯瘦的爪子中抽開，嗔道：「老鬼，你想強留我嗎？」

鬼聖換上了一副笑臉，配合著他那張陰死陽活的臉，比哭還難看：「這世上有誰敢留毒手羅剎，又有誰能留得住毒手羅剎呢？聽我一言，現在的形勢還未到絕境，我們仍然有機會。」

賀青花眼中閃過一絲迷茫，「說來聽聽？有道理我就留。」

鬼聖的聲音頓時變得比蚊子哼還要輕：「咱們先按兵不動，甚至可以假裝離開，伏魔盟的人也要那沈鍊，天狼雖猛，但剛才和紅花鬼母跟他那個傻兒子大戰一場，內力消耗巨大，要想擋住伏魔盟的攻勢，只有那個什麼隱藏在暗處的鳳舞和錦衣衛的伏兵大舉出動才可能，到時候他們打得正凶，我們再趁機殺入，坐收漁人之利。」

鬼聖看了一眼在一邊已經退出戰圈，坐到路旁一處空地調息的金不換一家三口，眼中閃過一絲凶芒：「實在不行，到時候搶了老金懷中的那道假詔書，假扮沈鍊去傳旨。嚴閣老反正只是想要夏言的命，害不害到錦衣衛可不是他關心的。」

賀青花與王子喬相視一眼，猶豫道：「老鬼，這樣做是不是太不仗義了，跟金不換翻臉，那以後我們跟東廠的合作也完蛋了，教主是絕不會同意你這計畫的。」

鬼聖的表情變得越發可怕：「量小非君子，無毒不丈夫，當年金不換為了搶師妹逼我出師門，是神教收留了我，所以我跟他們夫婦早就恩斷義絕，這次跟他們合作，也不過是互相利用罷了。金不換現在已經不再是東廠的廠公，他代表不了東廠，只要我們幫嚴閣老成了事，還怕他不會讓東廠和我們合作嗎？」

王子喬不以為然地道：「老鬼，就算這樣成了事，傳到江湖上也只會讓人恥笑，我們神教中人雖然快意恩仇，手段狠辣，但還沒在信義這一點上讓人挑過毛病，你這樣做會惹得教中兄弟都看不起咱們的。」

鬼聖眼中凶光畢露，咬牙切齒地說道：「當年前前任教主，也就是陰布雲教主的師父司馬狂風，為了奪取六陽至柔刀譜，還不是騙黃山三清觀的觀主青陽子帶刀譜出來比武，然後集合了左右護法聯手將其制住？江湖上也沒有恥笑司馬教主，成大事者不拘小節，當我們取得成功的時候，誰還能嘲笑我們手段的黑暗呢？」

鬼聖看著還在低頭沉默，沒有下定決心的賀青花與王子喬，上前一步，聲音中透出一股嚴厲與堅決：「這次我是行動的總指揮，你們真的要走的話，我也不留，但我鬼宮弟子和總壇衛隊都會留下聽我命令，回去就是永遠在教中抬不起頭，留下來拼一把還有希望，何去何從，二位自己選擇吧。」

王子喬跺了跺腳，咬牙道：「那好，老鬼，憑著咱們幾十年的交情，再聽你一次，這回你說怎辦就怎辦。」

鬼聖的眼光看向了賀青花，賀青花嘆了口氣：「我們四大護教尊者聯手闖蕩江湖也有三十多年了，老烈火死的時候，我不在他身邊，這是一生的遺憾，這次不管怎麼說，我也不想留什麼遺憾，老鬼，就聽你的吧。」

鬼聖臉上現出一絲喜色，授意道：「青花，老六指，你們都先假裝帶著自己的人離開，我裝著沒辦法也跟著走，一會兒在一里外的樹林裡會合。」

鬼聖說完，突然指著王子喬和賀青花破口大罵起來：「賀青花，老六指，你們兩個今天要是不幫我，休怪我鬼聖與你們割袍斷義。」言罷扯起自己的衣袖，作勢欲撕。

賀青花憤憤不平道：「老鬼，你不仁，別怪我們不義。你不要臉，我們還要臉呢，今天你能背叛師兄師妹，明天就能叛出神教，聽我一句勸，現在回頭還不晚，咱們一起跟教主請罪。」

王子喬也附和道：「是啊，老鬼，人在江湖混，死生事小，義氣事大，今天若是你壞了自己的信譽，以後也是不可能彌補過來的。先回去吧，回去以後再從長計議。」

鬼聖的聲音抬高了八度，吼得遠處伏魔盟的每個人都聽得清清楚楚：「你們兩個不知道嗎？過了這村就沒這店，沒了這次機會，以後教主也不會再給我們機會的，現在我們人數畢竟還有優勢，拼他一傢伙，也不留遺憾了。」

賀青花冷笑道：「拼？你拿什麼去拼？剛才你連那個奪命書生都打不過，更不用說天狼了，現在你受了內傷，再不走只怕想走也走不了，我賀青花只要有萬花宮的宮眾在，在神教中地位自然有保證。老鬼，我勸你一句，你的鬼宮組建也用了幾十年的心血，今天在這裡拼光了，以後你在神教中才真的是什麼也沒啦。想想老烈火，他的人在當年落月峽一戰中損失殆盡，從此就給呼來喝去，再無地位可言，我可不想步他後塵。」

賀青花說完，長鞭在地上震了一個鞭花，激起一陣塵土，扭頭對著魔教徒眾中幾十名青巾蒙面的女子喝道：「都跟我回去！」說完，便雙足一點地，騰空而起，頭也不回地向官道邊的一個小樹林飛去。

鬼聖怒道：「賀青花，算你狠！」

王子喬故作失落狀，嘆道：「老鬼，好自為之吧，青花說得有道理，今天我們沒啥勝算，若是在這裡把本錢折騰光了，以後回了教也沒我們好日子過。這些總壇衛隊都是教主的心血，不是你我能隨便折損的，你若是今天把他們都折在這裡，只怕教主不會放過你。聽兄弟一句勸，跟我一起走吧。」

鬼聖怒吼道：「要走你走，老子今天就是再用一次殭屍功，也不會離開的。」

王子喬搖搖頭，對著二十多名一身白衣，胸前繡著一隻飛天蝙蝠的手下喝道：「跟我走。」言罷，身形一飛沖天，如同一隻巨大的白色幽靈，無聲無息地在空中迅速飛行，緊跟著賀青花的身影而去。

賀青花和王子喬一走，一下子帶走了魔教近一半的成員，剛才還人多勢眾，黑壓壓一大片的魔教徒眾瞬間就少了許多，數量比起對面的伏魔盟人眾也有所不如了。

剛才鬼聖等人在一邊商議的時候，天狼抓緊時間調整自己的內息，今天的一戰，他消耗巨大，尤其是與公冶長空的一番惡鬥，看起來自己勝得乾淨俐落，實際上已經被那兩錘打得受了內傷，連內息的運轉也都不太流暢了。

放開公冶長空後，天狼抱臂站在原地，裝出一副傲視群雄的樣子，其實一直在暗暗運功調息，也多虧鬼聖剛才和賀青花與王子喬囉嗦了半天，給了他充足的調息時間，這會兒感覺功力基本上恢復了八九成了，除了那招消耗巨大的天狼滅世斬以外，其他招數基本上都能使出。

鬼聖看著賀青花和王子喬離去的身影，恨恨跺了跺腳，對著還剩下的鬼宮門徒與總壇衛隊說道：「撤吧，回去後再向教主稟告，治這兩個傢伙臨陣脫逃之罪。」

總壇衛隊裡為首一個高大漢子走了出來，他全身上下裹在一件胸前繡著火焰的黑衣裡，只有兩隻炯炯有神的眼睛露在外面：「鬼尊，真的就這麼撤了嗎？教主可是吩咐過，不惜一切代價也要達到目的的。」

鬼聖恨恨地道：「那兩個傢伙不戰而逃，東廠的人已經指望不上，現在繼續拼下去只有全軍覆沒，暫時先退，以後再跟這個天狼算總帳。」

說完，也不等那個高大漢子回話，一身黑袍一下子鼓滿了風，如同一隻黑色的大鳥，幾個起落便消失在幾十丈外，而那些形如幽靈般的鬼宮護衛們也都紛紛跟著撤離。

總壇衛隊的那個高大漢子心有不甘地瞪了沈鍊一眼，恨恨地說道：「我們走。」一揮手，五十名總壇高手迅速地組成了五人的戰鬥小隊，交替掩護著向鬼聖們走的方向撤去。

智嗔身邊的兩名僧人對智嗔低語道：「師兄，賊人要逃，我們要不要追上去？」

智嗔冷冷地看著對方離去的方向，搖搖頭：「看到那些魔教總壇衛隊了嗎，他們留下來斷後也保持著戰鬥隊形，敵人不是潰退，我們這時候追擊也不可能有太大的戰果，而且**逢林莫入，鬼聖他們三撥人都向著同一片樹林撤退，顯然有陰謀，沒準就是想誘我們過去呢**。跟魔教的爭鬥時間還長著呢，不必急於一時，一次，先對付沈鍊和天狼。」

智嗔說完，轉向了遠處護衛著紅花鬼母與公冶長空打坐療傷的金不換，朗聲道：「金公公，你還想繼續留下來和我們爭奪沈經歷嗎？」

金不換今天經歷了大喜到大悲的轉變，**他現在也沒有反應過來，為什麼會冒出一個如此厲害的天狼，硬生生把自己的完美計畫擊得粉碎**。

接著又遭到鬼聖的背叛，雖然他很清楚鬼聖跟自己只是互相利用罷了，但這傢伙翻臉比翻書還快，把還在原地治傷的自己一家三口就這樣無情丟下，完全不管自己的死活，氣得金不換牙癢，剛才一邊在給老婆兒子護法，一邊想著如何脫困後找那鬼聖報仇算帳。

聽到智嗔的話後，金不換眼珠子一轉，臉上堆滿了笑容，這套根據不同的情況迅速變臉，是他在進宮前就學到的本事，靠著這種對人說人話，對鬼說鬼話的技能，他成功地討到了師父的歡心，娶得師妹，逼走鬼聖。

進宮之後，金不換當差多年，耳濡目染各種宮庭鬥爭，這套伎倆越發地純熟，最後混到東廠廠公這個位置，絕不是只靠著武功。只是前幾年隨著金不換官越做越大，這方面漸漸開始不注意了，終於惹惱了皇帝，又因為東廠新來了一個厲害角色，抓了他一個把柄一下子就奪了他的廠公之位。

金不換痛定思痛，又開始重新把以前當小人物時察言觀色的本事拾了起來，現在，正好到了這本事發揮作用的時候了。

金不換的臉上擺出一副無奈的表情：「智嗔師父，你也看到了，此事都是嚴嵩與魔教鬼聖所為，咱家也是上了他們的當，被他利用過來傳詔。本來咱家不想來的，奈何鬼聖搬出了嚴嵩來壓我，你說我就一宮裡聽差的，哪敢得罪當朝首輔啊，再說，咱家現在也不是東廠廠公了，沒了權勢，還不是任他們擺佈了嘛。」

智嗔聽得一樂：「金公公，你就這兩句話就能把自己撇得乾淨，真是好本事啊，怪不得能在宮裡混這麼多年，就是失了勢也沒給打發到南京看祖陵呢。」

金不換索性繼續裝下去，哭喪著臉道：「本來只是說好給嚴嵩傳個旨的，他說咱家反正是宮裡人，直接去宣旨就是，咱家就是尋思著沈經歷也得了聖旨去尋旨，到時候萬一兩邊衝突起來，鬧不好咱家就得落得個矯詔的罪名了，那可是要滅族的。所以咱家才力勸鬼聖帶人來這裡，就是想和沈經歷商量出個辦法來。」

天狼在一邊聽得噁心得要吐，這傢伙張嘴就胡說八道，這份厚顏無恥實在讓人無語，天狼怒道：「金不換，剛才你不是很威風嗎？怎麼這會兒一下子就軟成個慫蛋了？一點氣節都沒有，還真是個死太監。」

換了平時，有人這樣指著鼻子罵自己死太監，金不換早就要他的命了，可是現在攻守易位，他哪敢再得罪這尊殺神，臉上賠著笑，連連點頭：

「天狼大俠，咱家只不過是個宮裡聽差的，其實都是受命於人，你看，你不也得聽陸總指揮的命令，過來保護沈經歷嘛。大家都不容易，就別再相互為難啦。」

天狼心中暗想，魔教的人一走，接下來就得面對伏魔盟的這近百名高手，智嗔跟自己也是相識一場，動起手來只怕不會像剛才對付金不換時那樣全無顧慮，真要是讓自己對這些人下殺手，總感覺會很彆扭。

他又看了一眼站在一邊負手而立的萬震和端木延、劉黑達三人，剛才一戰中，這三人確實幫忙自己擋住了鬼聖與金不換，按說自己對他們應該感激才是，但現在他不再輕易相信別人，畢竟他們來路不明，即使是經歷了剛才的一戰，自己仍不打算把後背完全放心地交給他們。

天狼的心中有些焦躁，**變成了天狼後，他發現沒有一個可以依賴的朋友**，以前還是李滄行的時候，至少裴文淵、錢廣來這幾個人是可以完全信任的，而**現在自己能指望的，居然是那個還沒有出現、殘忍狡猾的女殺手鳳舞**。

天狼看了一眼金不換，冷靜地判斷了一下形勢，這一家三口中，金不換基本上沒有什麼損傷，而紅花鬼母與公冶長空雖然傷重，但以他們的武功，再調息一兩個周天，沒準也能恢復六七成的戰鬥力，足以給自己造成麻煩了。

想到這裡，天狼冷冷地說道：「金公公，你說得有道理，都是給朝廷辦事，也都有自己的難處，雖然我不喜歡你，但也不至於為了這個取你全家性命，今天你上來對我就是使暗器出殺招，本來按我的個性，今天必取你的性命，但剛才我重傷了你的老婆和孩子，也算出了口氣，下次記得不要惹我，不然，我不會再給你這樣說話裝可憐的機會。趁我沒有改變主意之前，馬上給我消失。」

金不換心中鬆了口氣，總算可以平安撤出了，坐在地上的紅花鬼母顯然也聽到了天狼的話，正好這會兒運功完畢，長身而起。

一看自己的母親站起身，傻乎乎的公冶長空也跟著站了起來，雖然臉色還是因為失血與消耗內力過巨而變得慘白，但比起剛才運功之前那副半死不活的樣子，已經好上許多了。

金不換低聲問道：「婆娘，能運功離開嗎？今天是栽了，先想辦法保命。」

紅花鬼母依然以手掩胸，道：「淤血在胸，無法動氣，現在使不了輕功，只能走路了。」

公冶長空扭頭對著天狼哈哈一笑：「你這蠻子，可真厲害，今天我沒打過癮，改天恢復了再找你打過。」

天狼對這個孩子氣的傻子倒是沒什麼成見，點點頭：「隨時恭候。」

金不換一家互相攙扶著離開，天狼目送著他們的身影漸漸消失在官道的盡頭，轉向智嗔，冷冷說道：「智嗔師父，你為何還不離開呢？」

智嗔嘆了口氣：「師命在身，這詔書絕不能當著夏閣老的面宣讀。而且這次夏閣老還帶著曾銑曾總督的妻子孩子一起上路，若是讓你就這樣過去宣詔，那只怕忠良都無後了。」

天狼原來沒有想到這一層，微微一呆，看向沈鍊道：「沈經歷，在下這次前來是奉了陸總指揮的命令，只保護你一人而已，智嗔師父說得有道理，夏大人畢竟比嚴嵩要好上許多。夏言和曾銑這次雖然遭了難，但至少該給他們留個後，你這樣帶了詔書過去，他們全家被抓回來，以嚴嵩的稟性，想必會把他的妻兒害死在牢裡的。」

沈鍊冷酷地道：「天狼，這是朝廷的事情，不是我們能決定的，我們唯一能做的，就是儘快追上夏言，向他宣讀詔書。」

「可是你要知道，我就一個人，加上萬震和端木延、劉黑達，也不過才四個，就是算上你，也才五個人，對方可是有近百人之多，真動起手來，只怕我們討不了好。」

沈鍊「嘿嘿」一笑：「本官再說一遍，本官只負責傳詔，別的事情一概不管，你既然接下了護衛我的任務，就不要問這問那的，只管帶我前行就是。」

天狼哈哈一笑，對沈鍊沉聲喝道：「**鳳舞，你還想演戲演到什麼時候？**」

沈鍊眼中閃過一絲慌亂，身軀微微一震：「你胡說些什麼，什麼鳳舞？」

天狼雙眼一紅，周身紅氣大起，上前一步，右手運起七成功力，伸手就向著

「沈鍊」的臉上抓去，沈鍊本能地揮手一擋，身形如鬼魅般地向後飄出六七步，饒是如此，官帽仍然被天狼那強勁的內力擊落，露出一頭絲緞般柔順的秀髮。

天狼冷笑道：「哼，果然是你，下次你易容的時候記得不要撒太多香水，一個大男人哪會弄得這麼香！」

鳳舞不解地道：「天狼，你剛才離我沒這麼近，應該聞不到我身上的氣味，**又是怎麼猜出是我假扮沈鍊的？**」

天狼沉聲道：「沈鍊為人剛正不阿，是個忠義之士，他不是嚴嵩那種奸黨，不會對夏言和曾銑的家人趕盡殺絕的，剛才如果是沈鍊本人，我那樣請求他，他至少會考慮一下，但你卻不假思索地一口否決，只有陸炳和你鳳舞才會這樣做，只衝這一件事，我就確信了你的身分。」

鳳舞嘆了口氣：「總指揮說的真沒錯，你不僅武藝高強，頭腦智謀也屬一流，在江湖上流落實在是太可惜了。我本以為扮得夠像了，想不到還是給你看出了破綻。」

一邊的智嗔突然臉色一變：「不好，沈鍊一定是抄小路趕過去了。我們快走！」言罷身形一動，快如閃電，直接沿著官道追了下去。

他身後的伏魔盟眾人也都紛紛跟了過去，一時間茶鋪又變得空空蕩蕩，就剩下天狼和鳳舞還有萬震、端木延等三人。

天狼狠狠地瞪了一眼鳳舞，鳳舞卻做了一個鬼臉，即使隔著人皮面具，依然表情惟妙惟肖。

天狼轉頭對萬震和端木延拱手道：「今天麻煩三位出手相助了，大恩不言謝，他日天狼一定有所回報，現在天狼還有任務在身，恕不相陪了。」

萬震哈哈一笑：「今天與閣下並肩一戰，實乃人生之快事，想必很快『天狼』這個名號就會隨著今天這一戰傳遍整個江湖。閣下一身正氣，並不適合久居官場，有機會的話，不妨來我們洞庭幫看看，到時候萬某一定與天狼兄把酒言歡。」

萬震說完，衝著天狼拱了拱手，身形一飛沖天，向著京師的方向飛去，也就七八個起落，人已經消失在視野之外。

端木延也道：「天狼兄，好武功，好功夫，你還有要事在身，比刀切磋之事改到他日好了，在下在這京師還要盤桓幾天，如果閣下有什麼指教，請來城中『萬壽藥鋪』，那是敝幫在京師的一處落腳點。」

他說完，與劉黑達便向天狼拱了拱手，向京師的方向走去。

天狼看著三人離開，面沉如水，一言不發，自顧自地回到茶鋪，拿起茶碗，倒上一大碗茶，仰頭就咕嘟一聲喝了下去。

鳳舞不知道什麼時候恢復了女殺手的打扮，沖天馬尾，蝴蝶面具，一身緊身黑衣勁裝把她凹凸有致的曼妙身材襯托地格外明顯，而那支透著千年蛟皮的古劍也拿在了手裡，她不客氣地在天狼的對面坐下，一拍桌子：「天狼，你忘了來之前怎麼跟總指揮承諾的嗎？」

天狼冷冷地說道：「沒忘啊，所以我在這裡等沈鍊來與我們會合呢。」

鳳舞眼中閃過一絲焦急：「你明知道沈鍊已經走小路到夏言那裡了，這會兒想必已經快要趕上啦，可你現在還在這裡磨蹭，這難道就是遵守總指揮給你的命令嗎？」

天狼眼中寒芒一閃，重重地把茶碗往桌上一頓：「鳳舞，**總指揮和你設下這個圈套，不就是逼我跟伏魔盟正面起衝突，最好動手再殺掉幾個，好讓我徹底沒了選擇，只能在錦衣衛待著！**你以為你們的想法我看不出來？」

鳳舞嘴角勾了勾：「天狼，我提醒你一句，你現在已經是錦衣衛的人了，別再抱其他不切實際的想法，你的過去我不知道，也沒興趣知道，總指揮也不可能向我透露，但我能看得出，你跟我不一樣，不是他從小就訓練出來的殺手。」

「鳳舞，你什麼時候能不這麼自以為是？**你很瞭解我嗎？我們很熟？你怎麼**

知道總指揮只訓練了你一個人？」天狼反問。

鳳舞眼中閃過一絲恐懼與哀傷，一下子站了起來，手也不覺地摸上了劍柄，渾身都開始騰起一股殺氣。

天狼對她的這個反應有些意外，拿著茶碗的手停在了半空，沉聲道：「怎麼，想打架嗎？正好我今天還沒打過癮，反正現在沒事幹，上次輸你我還不服氣呢。」說著，把斬龍刀重重地往桌上一拍，渾身的氣息開始流轉。

鳳舞眼中光芒閃閃，露出的半個臉表情陰晴不定，最後還是坐了下來，周身的氣勁散得乾乾淨淨，古劍也輕輕地放在桌上。

鳳舞拿起一個碗，倒了碗茶，一口喝下，一邊擦著嘴，一邊幽幽地說道：「不可能的，總指揮不可能還有時間精力再去訓練你。」

天狼突然對鳳舞的過去產生了興趣，這個蝴蝶面具下隱藏的神秘女殺手，究竟是個什麼樣的人，讓他一下子有了好奇心，但他表面仍裝出一副滿不在乎的樣子：「總指揮又不可能每天都跟你待在一起，你怎麼就這麼肯定他沒有時間和精力去訓練其他的高手？我們都是青山綠水計畫的成員，你不知道嗎？」

鳳舞搖搖頭：「你這麼說我更確信了，我並不是那個青山綠水計畫的一員，而是另一項殘酷的孤星養成計畫，看來你對此是一無所知啊。」

天狼心中一動：「**孤星養成計畫，這又是什麼？**」

鳳舞眼中閃過一絲痛苦：「我不想說，請你不要問了好不好，如果你實在要問，那你要答應我做一件事情。我也不想拿龍組指揮的頭銜來壓你，只想你心甘情願，怎麼樣？」

天狼料她是要自己繼續執行這個任務，追上夏言，既然答應了陸炳這個任務，自己肯定是要保護沈鍊的，於是點點頭：「你先說要我做什麼事情好了，去救沈鍊嗎？」

「不，不是這件事，那件事你答應過了的。天狼，雖然我不瞭解你，但既然總指揮說你是個言出如山的人，那我就信你是這樣的人，你現在在這裡和我耗著，只是想知道更多你感興趣的事情罷了，所以我要你做的，一定不會是這件事。」鳳舞慧黠地說道。

天狼心中暗罵，好個狡猾的姑娘，看來自己的想法給她識破了，但天狼也不想給她這樣牽著鼻子走，於是反問道：「這個我可不能答應你，不然你要是叫我自盡，或者是姦淫擄掠，殺人放火，我不是都得照做？」

鳳舞的秀目微微眯了起來：「那這樣吧，我退讓一步，只有你我都認可的事情，你願意做才算踐諾，如果你不願意的話，我也不勉強，怎麼樣，這個提議公平嗎？」

天狼想了想，這樣一來主動權在自己，是穩賺不賠的買賣，真的不願意做的事，直接拒絕就是了，於是點點頭：「成交。」

鳳舞突然笑了起來：「天狼，為什麼你覺得我會讓你去做什麼殺人放火，還有那個什麼姦淫的事呢，我畢竟是個女孩子耶，有這麼邪惡嗎？」

天狼冷哼道：「錦衣衛裡沒什麼女孩子，只有冷血無情的殺手，我們做的事情不就是殺人放火嗎，只不過披了一層合法的官方外衣罷了。你上次比武奪位時，手段如此酷烈凶殘，不正是最好的印證嗎？」

鳳舞眼中閃過一絲落寞：「想不到在你眼裡，我是這樣的一個人。也罷，反正我馬上要跟你說的故事，也會證實你的想法的。」

鳳舞輕啟紅唇，緩緩地說道：「我自幼被父母拋棄，是總指揮大人從小收留了我，訓練我，像我這樣無父無母的孤兒一共有十幾個，這個計畫就叫做孤星養成計畫，目的就是**培養出最出色，最無情的殺手**。」

鳳舞說到這裡，幽幽地嘆了口氣：「天狼，你可知道，我們只有三歲的時候，就開始接受各種非人的訓練，我現在還記得，我接受的第一堂課，就是我們十幾個孩子，被帶到一個屋子裡，屋子裡有一個鐵籠，有十幾個可愛的小白兔，正在籠子裡吃著草，可是籠子的另一邊，卻連著一條被封閉的通道，天狼，你知道那通道裡有什麼嗎？」

天狼從鳳舞的眼神中看到一絲恐懼，他能猜到接下來發生的是什麼，但還是搖了搖頭，因為他想聽鳳舞親口說出來。

鳳舞的聲音微微地顫抖，眼神中的懼意愈發地明顯，看得出來即使事隔多年，這件事仍然在她的腦海中有很深刻的回憶。

「從那個通道裡，我們開始看到的是幾點綠光，然後聽到一些可怕的聲音，緊接著，通道的一道柵欄被打開，四五頭給餓了幾天的惡狼撲了進來，就當著我們的面，把那些小白兔一隻隻生吞活剝。

「兔子的血混合著狼的口水，就賤在我的臉上，我能聞到那屋子裡的可怕血腥味，我嚇得直哭，閉上眼睛不敢看，卻被身後那些如狼似虎的錦衣衛們點了穴道，翻開我的眼皮，逼著我看完那幾隻惡狼是如何蠶食小兔子的。天狼，你能想像那種可怕嗎？我當時只是一個三歲的孩子！」

天狼雖然有心理準備，但聽了仍然動容，他沒有想到陸炳居然用這種方式來訓練這些小孩子，自己三歲的時候，雖然在武當山上已經開始了習武，但不至於經歷如此血腥的刺激，真正第一次動手殺人，還是二十歲時初次下山時的事情。

天狼突然對眼前的這個鳳舞有了一絲同情，本來他對此女印象極壞，一方面是因為第一次見她時就看她殺人不眨眼，手段之血腥凶殘即使在江湖匪類中也難得一見，另一方面也是因為此女在陸炳面前極盡撒嬌之能事，裝得小鳥依人，可在自己面前卻是半句真話也沒有，不僅不以真面目示人，而且種種手段都是為了利用自己，這讓習慣以心對人的天狼從心底裡就厭惡她。

但聽到了鳳舞的故事，他突然對這個女子生出了同情，**看來她的狠毒、自私和殘忍，都是因為童年的這個巨大陰影的刺激，是陸炳把她訓練成了這樣的魔鬼。**

想到這裡，天狼的語調變得柔和了一些：「鳳舞，我能想像到這件事對你造成了多大的刺激和傷害。陸總指揮的手段確實太激烈了一些。」

鳳舞突然叫了起來：「不，你根本想像不到，從那天開始，我幾乎每天晚上都在做惡夢，無數次給那天的慘狀驚醒，**那血淋淋的一幕已經深深地印在了我的腦子裡**，從那天開始，我明白了一個道理，**世上沒有一個人是可以信任的**，沒有一個人是會真心對你的，**如果不想變成任人宰割，被撕成一片一片的小白兔，就只有變強，變成狼一樣，也只有這樣，才能在這個渾濁的世道裡活下來。**」

天狼無話可說，只能嘆了口氣：「看來陸總指揮的課上得很成功，他就是希望你能變成這樣的人，從此他就開始教你們習武練功了對不對，**像你這樣的孩子有十幾個，為什麼這個計畫還叫孤星養成計畫呢？**」

鳳舞慘然一笑，眼神中盡是落寞與孤獨：「天狼，你知道為什麼我剛才那麼肯定你不是我們那些小夥伴中的一員，也不可能是總指揮大人弄出別的小組訓練出來的殺手嗎？因為這個計畫最後只留一個人，每年我們都要拼命練武，拼命讓自己變強，因為在除夕的那天晚上，**我們所有人要集中起來比武，一對一的淘汰，最後的兩個人，必須要打到死一個為止。**」

天狼心中一驚，失聲叫道：「什麼！」

請續看《滄狼行》7 決戰劍神

滄狼行 卷6 不傳之秘

作者：指雲笑天道
發行人：陳曉林
出版所：風雲時代出版股份有限公司
地址：10576台北市民生東路五段178號7樓之3
電話：(02) 2756-0949
傳真：(02) 2765-3799
執行主編：朱墨菲
美術設計：許惠芳
行銷企劃：林安莉
業務總監：張瑋鳳

初版日期：2021年02月
版權授權：閱文集團
ISBN ：978-986-352-912-5
風雲書網：http://www.eastbooks.com.tw
官方部落格：http://eastbooks.pixnet.net/blog
Facebook：http://www.facebook.com/h7560949
E-mail：h7560949@ms15.hinet.net
劃撥帳號：12043291
戶名：風雲時代出版股份有限公司

風雲發行所：33373桃園市龜山區公西村2鄰復興街304巷96號
電話：(03) 318-1378
傳真：(03) 318-1378
法律顧問：永然法律事務所 李永然律師
北辰著作權事務所 蕭雄淋律師

行政院新聞局局版台業字第3595號 營利事業統一編號22759935

定價：270元

國家圖書館出版品預行編目資料

滄狼行 ／ 指雲笑天道 著. -- 初版 -- 臺北市：風雲時代，2020.11- 冊；公分

ISBN 978-986-352-912-5（第6冊；平裝）

857.7 109013225